逃亡上海
ESCAPE TO SHANGHAI

何宁 著

文化藝術出版社
Culture and Art Publishing House

图书在版编目（CIP）数据

逃亡上海 / 何宁著 . —北京：文化艺术出版社，
2023.10
ISBN 978-7-5039-7415-1

Ⅰ.①逃… Ⅱ.①何… Ⅲ.①长篇小说—中国—当代
Ⅳ.①I247.5

中国国家版本馆CIP数据核字（2023）第100920号

逃亡上海

著　　者	何　宁
责任编辑	魏　硕
责任校对	董　斌
封面素描	何　宁
书籍设计	郭雪艳　王熙元　顾　紫
出版发行	文化藝術出版社
地　　址	北京市东城区东四八条52号（100700）
网　　址	www.caaph.com
电子邮箱	s@caaph.com
电　　话	（010）84057666（总编室）　84057667（办公室） 　　　　　84057696—84057699（发行部）
传　　真	（010）84057660（总编室）　84057670（办公室） 　　　　　84057690（发行部）
经　　销	新华书店
印　　刷	国英印务有限公司
版　　次	2023年10月第1版
印　　次	2023年10月第1次印刷
开　　本	710毫米×1000毫米　1/16
印　　张	21.25
字　　数	247千字
书　　号	ISBN 978-7-5039-7415-1
定　　价	68.00元

版权所有，侵权必究。如有印装错误，随时调换。

上篇

上 海

从这里,我们被撵了出去,
在那里,我们又不能进入。
请告诉我吧!亲爱的天主!
这种日子究竟还要有多长?

——犹太哈希德教派民歌

1

小提琴家莱隆德·维森多夫回到四川路上维克多丽娅小旅馆的时候，和刚刚打扫完房间的服务生撞了个正着。

"您好！维森多夫先生！您回来了？"

服务生用洋泾浜英语伴着谦恭的职业微笑问候道，而后又悄悄打量了这位房客一眼。他觉得他的气度不凡，早就记住了他的名字。

这是一位气度优雅的老人。他体形匀称，但是十分消瘦，有着凹陷的面颊和修饰得短而整齐的银须银发。他的鼻子和嘴角的轮廓线条分明，传达着内心的自尊，令人心生距离感，但他在说话的时候却常常露出和蔼、友好的神态。

服务生还记得第一次为他打扫房间的情景。

那天早晨，随着房间内的回应，他推开门，看到这位新入住的房客正在靠近窗户的老旧的软布面椅子上一动不动地坐着。他的手指修长，右手半拢着虚放在腿上，左手向上抬着靠近前胸，手指在左面肩头稍稍靠下一点的地方时高时低、时快时慢地点着。他见到他进来，嘴角微微扬一扬，露出友好的表情。

"他看上去是一个非常有派头的人，怎么会住在这种廉价小旅馆里呢？"服务生心想。

"休息得还好吧？"他搭讪道。房客没有作声，而是依然继续着他那种奇怪的动作，他的眼睛微微眯起，似乎沉浸在另一个奇特的世界里。在他打扫卫生的整个时间里，房客始终一动不动地保持着这个姿势。

"不要动它！请不要动它！"突然，房客口气温和但是十分坚决地说道。

那一刻，他正在用抹布擦桌子，准备把放置在床头柜上的由蓝色丝绒包裹的小提琴匣子移到墙角上的一个帆布面的折叠行李架子上去。

"放在那儿好像更好吧？但是……"服务生有些发窘，他为了解嘲说道。

房客没有回答，而是依然按照自己的念头认真说下去："但是，不要动它！今后也是这样。"

"这样的房客在这种小旅馆里是难得见到的啊。"服务生暗想道，"而且，他已经在这儿住了很多天了。"他随即像忘记了什么重大事情一样折回到桌子那边，将上面的台历"唰"地翻过一页，然后推着清洁车走了。

一九四〇年十一月十日！维森多夫心中一阵烦乱，这就是说，算上刚下船的那天，一眨眼他已经在上海生活一个星期了！

"米拉尼！"他把头转向床头的矮桌。

"米拉尼！"他又轻轻叫了一声，目光变得柔和。

矮桌上端端正正放着那个蓝色丝绒布包裹的匣子中的小提琴。

他的眼神更加柔和，"我们……我们在上海已经待了这么久，哦，亲爱的！今天是第六天……"

他又想了想，从衣服的夹层口袋里取出那天早上在邮轮驶入黄浦江的时候轮船公司匆匆发给乘客们的传单，他把头侧一侧，借着窗外的天光，默默读着：

为了保障刚刚到达以及先期到达上海的旅客的利益，上海工部局董事会谨建议大家遵守以下注意事项。这些事项由运输的船舶公司协助，由上海海关执行。各位的任何疏忽或不当，不但会给个人，亦会对您的亲属及有关大众带来严重后果。

所列注意事项如下：

禁止向陌生人及报刊媒体提供消息。

禁止与陌生人讨论政治问题。

依照军事理由，禁止在虹口地区拍照。

禁止在公共场所的不当举止，如在旅馆大厅乱逛，在街头行乞。

禁止嫖妓。

禁止进入夜总会。

禁止赌博。

祝诸位在上海前途美好，生活愉快！

内容类似的传单在这个旅馆前面的柜台上也摆放着，任由住店的旅客阅读与自取，提醒着初来乍到的人们，上海在灯红酒绿背后的生与死。

"米拉尼，你瞧，上海原来也在战争里，如果按照这样的要求，现在我们能做什么呢？"他有些茫然，又对着小提琴喃喃着，半晌，他慢慢将这张传单整齐地对折了几次，然后丢进了桌子边的废纸篓里。

2

"早上好！莱隆德·维森多夫先生！"

一九四〇年十一月初的一个清晨，在意大利劳埃德·特里斯蒂诺轮船公司的"绿伯爵号"邮轮就要到达上海的那一刻，船长塞尔吉奥·法布里亚诺在前甲板上向着正在散步的维森多夫高兴地问候。

一般来说，作为"绿伯爵号"这种豪华邮轮的船长，历经风浪和艰苦的海上生活，又掌握着一船几百位乘客的命运，往往会养成坚毅果敢、粗犷而又内敛的性格。然而眼前的这位船长似乎更像是一个演员，他的情绪溢于言表，开朗而健谈。他一笑起来，脸上被阳光和海水浸泡过的条条皱纹，便会随着他的表情起伏。

"早上好！可是，您怎么知道我的名字呢？"维森多夫也笑着回答。

"每天清晨您都会到甲板上来散步，早上在甲板上散步的人很多，但是您永远是第一个出现的。您是音乐家，犹太人。"

"您不但知道我的名字，还知道我是犹太人，音乐家。"

"我这么说没有使您不快吧？我是这艘'绿伯爵号'的船长，我干这个行当几乎一辈子了，船上客人中经常有贵族和一些非常重要的人物，照顾好他们是我们公司在经营上的一个重要的服务。"

维森多夫没有回答，因为说起贵族，这不禁使他联想起不少热爱音乐的上层人士，这些人谈吐优雅，家里常常有昂贵的乐器收藏，也会和他大谈音乐，但是这里边的很多人并没有使他产生共鸣和归属感，因为被需要和被接受是两码事。他想起同样是犹太人的作曲家古斯塔夫·马勒①，马勒曾经痛苦地说，他是三重意义上的无国之人，在奥地利人中他是波西米亚人，在德意志人中他是奥地利人，在所有民族中他是犹太人。而今天，维森多夫不由得想到，他即刻就要到达上海这座陌生的东方城市了，"而我的身份又是什么呢？"一丝淡淡的悲伤与惶恐掠过他的心头。

然而这一点点微妙的情绪也被塞尔吉奥察觉到了。他随即按照自己的猜测尽量语气轻松地说起宽慰的话。"是啊！现在是不一样的时期啊！战争！大家都高兴不起来。"他摇一摇头，惋惜地说，"不像以前，我们每次起航都会搞一个彩旗飞扬的仪式，甲板上有神气的管乐队演奏音乐，而且乐队的人数都足足在六十人以上。"他摊摊手，说："不过，我今天早上还特地刮了胡子，谢天谢地，我们终于可以平安到达上海了！"

"好像轮船公司是非常重视乘船客人的身份的，对吗？"

"当然是这样的！政客、艺术家、社会名流，一艘身价非凡的邮轮，它的身价其实是乘客的身价给的。"塞尔吉奥兴致勃勃地继续说下去。"但是就我个人而言，我更尊重那些独一无二的人物，他们的身份又是各种各样的。很早以前我们接待巴西里约热内卢的国家足球队，我至今还保留着全体队员签了名的球衣。我喜欢足球，看他们天天在船上训练，就好像是在船上开了个足球学校。哦，去年我们船上

---

① 古斯塔夫·马勒：19世纪末至20世纪初奥地利作曲家、指挥家。他的作曲技巧及风格对后世的现代音乐创作产生了深远的影响，被誉为德奥浪漫主义交响曲的最后一位作曲家。

来了一位印度教徒，那天天气好得不能再好，可他坚持说一个小时后要有大风暴，大家都在甲板上的时候，他却坚持回舱里去了。结果应验了，那可怕的景象使我想起小时候看过的一幅画，叫《九级浪》。"

"这太不可思议了！"

"看到您每天天不亮就在甲板上散步！我看得出您是犹太人，我的每一次航班，都有无数的犹太人来上海。"

"我也看到了，船上有特别为犹太人准备的安息日食谱，还有领唱班和拉比①。"

"是啊是啊！这几年坐船走这条线来上海的犹太人太多了，公司特地加了这么多服务。"他又加了一句，"可是对我个人来说，您一定瞧得出，我也是犹太人啊！"

他感到了维森多夫随之投来的打量的目光，又补充道："犹太血统。我们家族的犹太血统是以倍数方式递减的，二分之一，然后是四分之一，到了八分之一的时候，就成了我——塞尔吉奥·法布里亚诺。不然的话，先生，您一定知道，意大利在两年前颁布了《反犹太种族法》，我如果是个纯犹太人的话，这个船长的位置就留不到今天，命运就一定会和你们一样，成了难民！"

他突然感到自己说走了嘴，"啊！冒犯了，对不起！"他迅速说道。为了解嘲，便紧接着唱道："啊！犹大的真神啊，你的圣殿会重新崛起，圣歌会再为你而传颂！"

这是意大利作曲家朱塞佩·威尔第的歌剧《纳布科》临近结尾的

---

① 拉比（Rabbi）：接受过犹太教正规教育，担任犹太社团的精神领袖或学者。

一首咏叹调的开始部分①，他的声音通透而有磁性。维森多夫笑了，"意大利人天生都是歌唱家啊！"他不由得在心里感叹着。

"总而言之，八分之一！我站在你们犹太人这一边，血缘上、情感上都是。现在战争了，我当然站在英国和美国这一边！

"其实，您早应该来找我，您是一等舱的船票对吧？我可以将您的船票换签成经济舱的！哦，当然，我的意思是您不用真的去三等舱，只是稍微换一个舱位，船票的差价很大。我给您办理就是了。您知道，这条线上的许多犹太人都是这么换票的，这样手里可以有些现金，我知道，那些德国人是不允许犹太人带很多钱出境的，再有名的人也不行。"

塞尔吉奥没有得到对方的回答，就又接着说下去："您在意大利待了很久吗？"

"是的。"

"看来您喜欢意大利？"

"当然，怎么不呢？又有谁能不喜欢意大利呢？"

他感到了面前这个音乐家彬彬有礼背后欲言又止的距离感。

"有身份的人说话的时候大都是这样的。"他在心里自言自语。

天色渐亮，白色的水鸟多了起来，轮船的速度也慢了下来，水的颜色明显变暖，接着，浩瀚的水面左右，开始出现同样浩瀚的浅滩，

---

① 《纳布科》临近结尾部分的咏叹调：歌剧《纳布科》是意大利作曲家朱塞佩·威尔第的成名作。讲述古巴比伦国王尼布甲尼撒（纳布科）征服耶路撒冷后奴役犹太人，而后在神的启示下悔悟，释放了犹太奴隶并重建圣殿。这几句歌词出自该歌剧中的咏叹调《犹大的上帝》（Dio di Giuda），为剧中尼布甲尼撒幡然悔悟后所唱。

陆地开始出现，稍晚，在船舷左边的浅滩上，数不清的带帆的木船停靠，确切地说是搁浅在混浊的湿地上。接着出现的是零星的房屋和树木，而在视野的尽头，在明信片里常见的黄浦江外滩那些高楼的几何形状在地平线上高低起伏着，那些欧式建筑的凸起部分，在太阳的照射下闪闪发光。

"瞧，航道的水很深，江底又平坦，就像铺了迎宾的红地毯。"他向左右点一点头，"我们已经非常熟悉黄浦江了，它是中国长江的一条支流。"

"这个地方叫吴淞口，是长江的出海口，也就是说，立刻就要驶入黄浦江了。谢天谢地，我们还有一个小时就要到港了。祝您在上海愉快！"他对维森多夫说道。

而就在他说话的同时，远处有两艘巡逻炮艇正泛着白浪朝"绿伯爵号"驶来。这是英国皇家海军的巡逻炮艇"佩特里尔号"与美国海军的军舰"维克号"。塞尔吉奥对这两艘炮艇并不陌生，"绿伯爵号"每一次到达上海，在驶进吴淞口的时候，这两艘老式炮艇都会威风凛凛地出现，就像是尊贵显赫的宅邸的护家犬，在到访客人的身前身后狂吠和跳跃。

"老朋友来了！"塞尔吉奥对维森多夫笑道，随即他仰头向着驾驶舱的值日官喊道："玛蒂奥！准时的！七点十五分！"随着他的声音落下，邮轮发出愉快的汽笛声，一长一短，然后又是一长。很快，长途旅行的乘客都感到了活跃的气氛，纷纷拥到甲板上，原先在船尾甲板上散步的人们也沿着狭长的船舷来到前面。瞬间，甲板上靠近船舷的地方都挤满了人，欢声笑语一片。

然而，接下来的情况却让塞尔吉奥摸不着头脑，只见美国炮艇留在了半海里之外，只有英国军舰径直驶过来。随着"立即停船，接受检查"的旗语，舰舷上的武装船员用扩音器发出命令："我是英国皇家海军巡逻炮艇'佩特里尔号'，现在，我命令贵邮轮立即停船，立即停船！请放下舷梯，准备接受登船检查！"接着，从"佩特里尔号"那边传来汽艇"噗噗噗"的轰鸣声。

塞尔吉奥慌了手脚。

"请诸位女士和先生暂时回自己的舱里去吧！没有什么大事情，就是一些必要的手续。这些家伙是我们的老朋友啦！另外，玛蒂奥！抓紧时间把进港注意事项的传单也给大家发一下！"

塞尔吉奥用手招呼大家回舱，然后转过身来呈立正姿势面对着刚刚从汽艇登上舷梯的英国"佩特里尔号"巡逻炮艇长官詹姆斯·安德森和他身后的两位全副武装的士兵。只见安德森身着深色海军服、头戴大檐帽，外面还穿了一件浅色防水卡其布、腰间有系带的作战风衣。他一身戎装的模样使塞尔吉奥感到了事情的严重性，但安德森和他毕竟是老相识了，于是塞尔吉奥依然拿出故作轻松的姿态。

"早上好！詹姆斯！发生了什么事，让你这样一本正经的样子？"

只见安德森将手上的公文夹打开，先是认真地称呼了一遍"尊敬的塞尔吉奥·法布里亚诺船长先生"，然后一字一句朗读起来：

鉴于贵国政府和我国政府在事实上已经形成的交战国关系，为了保护大英帝国在海外特别是远东的利益，大英帝国皇家海军舰艇"佩特里尔号"已得到命令，对到港的意大利王国的劳埃德·特里斯蒂诺轮船公司的"绿伯爵号"邮轮施行扣押。

足足有半分钟，两个人相对站立着不动。安德森嘘一口气，将公文夹上下掉转后郑重地递到塞尔吉奥的手里。紧接着，像是一个演员结束了在舞台上的表演，走到观众看不到的帘幕后边露出了如释重负的神色一般，说："这次不能和你喝一杯了，塞尔！但愿我们今后还有机会！不过依我看，'绿伯爵'肯定是从今往后驶进上海的最后一条意大利船了。"他耸耸肩。

"上帝听到你了，詹姆斯！"塞尔吉奥举起胳膊，想在他肩上打一拳，迟疑了一下还是把手放下了。"你这杂种！太不够朋友了！你刚才是在念讣告，宣布从今天起，'绿伯爵'死了，对吗？而且，你也在诅咒我们失业呢！"

"没有人喜欢战争，所以别骂我，该骂的是你们的元首墨索里尼！你们在船上也能听得到广播吧，前几天你们意大利的军队在希腊和我们英国军队交战了，就是说，不光是像以前口头上、外交上耍耍嘴皮子瞎起哄而已，而是正式和希特勒穿一条裤子了！塞尔，这就是说，意大利和英国是敌对国了。虽说是在上海，但是现在，我是代表我们国家，当然也代表上海工部局的董事会和安全警署以及港口管理监查部，履行公事。"

"那我这一船人怎么办？八百多人！加上船员就是九百多人！现在我们该怎么供应他们的生活物资？我们这次的航行比以往多用了一个星期的时间，地中海就是点着了的火盆，打仗了。苏伊士运河、印度洋、太平洋，到处都不太平。停靠了孟买、科伦坡、新加坡和中国香港，在经过亚历山大港附近水域的时候还受到检查，说是船上有人在贩卖情报，真是鬼知道！哦，还有，我们这次带来了四百多犹太难民，詹姆斯，他们怎么办？"

"四百多人？确切数字是多少？你得给我一份这些犹太人的名单，我得向上海工部局呈报，看看怎么办。这是工部局董事会的正式要求和特别嘱咐，基本的态度是拒绝接收。这两三年从欧洲来的犹太难民越来越多，上海现在已经有两万多人了，城市已经受不了了。"

"你说什么？拒绝接收？就是说不许他们下船对吗？你说得轻巧，翻脸不认人！这些可怜的人！难道要我把他们再送回纳粹的集中营去？或者把他们扔到海里去？詹姆斯！"

"塞尔，我看，你找找日本人吧。看看日本人会不会高抬贵手，给你帮帮忙。"

"日本人？"

"对啊！日本人，虹口的日本人。别忘了，现在日本人和你们意大利不是也成'轴心'了吗？"他扭头望向远处的江面，突然脸色发青了。他随即转过头来对着塞尔吉奥匆匆说道："听清楚了！塞尔，找找日本人！明白吗，我在帮你！瞧！他们的鼻子真灵啊，这些日本'太郎'！他们已经找上门来了！再见，塞尔！"

太阳已经完全升起，黄浦江中线的右侧，一艘漆成深灰色的战舰，正翻着白浪向"绿伯爵号"快速驶来，只见战舰的前方劈开的碎浪点点飞散，日本海军红白两色的军旗在猎猎飘动。

3

日本驻上海西洋人事务部刚上任不久的联络长合津康弘有早睡早起的习惯，这个好习惯早在他在日本的名古屋上中学的时候就养成了。如今到了上海，早起还可以勉强坚持，但是早睡却越来越难。突如其来的事情会令他忙到深夜，即使难得无事躺在榻上，也常常无法入眠。而连日来令合津忙得焦头烂额的，则是关于两天来登陆上海的犹太难民的事情。

本报记者从上海工部局发言处获悉：

引起上海各界瞩目的意大利劳埃德·特里斯蒂诺轮船公司的邮轮"绿伯爵号"的进港纠纷，在今天中午终于得到了妥善解决。工部局再次强调，由于意大利王国于今年夏天宣布加入纳粹德意志帝国一方参战以协调军事行动，并于上个月挑起巴尔干半岛的战事，在事实上已与大英帝国成为交战国状态。因此，英国皇家海军驻上海的水上卫队在驻扎上海的美国海军陆战队的武装舰艇协助下，对该邮轮进行了强制扣押。

据悉，此次到达上海港的邮轮"绿伯爵号"上的827名旅客，在经过两天的漫长等待之后，终于可以登陆上岸，并在工部局指定地点办理相关口岸手续后自由离去。本港当局在对船上旅客进行仔细认真的核对身份之后，也基本确定其中432人为欧洲来沪的犹太难民。本港本着人道主义惯例和通常做法，迅速联系了上海本地的犹太救济组织与美国联合分配委员会驻上海代表处，进行了妥善的安置。

又：午间快讯

由于上海工部局的强制扣押令，被扣押的"绿伯爵号"邮轮已经无法返回欧洲的原出发地。昨日深夜，日本驻上海西洋人事务部长官井冢明光大佐正式约见工部局有关官员，郑重申明大日本帝国与意大利王国的友好关系，宣布已经将"绿伯爵号"邮轮交由日本海军军方提供保护安置并使用。由于虹口汇山码头战时毁坏严重，日方已经同意该船暂时停泊在汇山港口军用码头附近直线中线水域，近期进入码头船坞。据悉，意大利劳埃德·特里斯蒂诺轮船公司名下的"绿伯爵号"豪华邮轮，是以意大利皇室萨伏依家族成员名字命名的，而家族中的阿玛迪斯六世，便被人们称作"绿伯爵"。另外，根据军方消息，"绿伯爵号"船上的134名船员中除去18名负责人员和机械技术人员被指定必须留驻之外，日方已经同意其他船员自谋办法，返回欧洲意大利。

这是他在今天怀着终于释然的心情读到的两则消息通报。每个星期两次，事务部的助理处都会负责将这一星期上海发生的有关西洋人的情况做成简报，按时放在他的办公桌上。这些情况通报五花八门，如新近虹口"小东京"路边炸弹爆炸伤人事件的调查进展；虹口区舟山路一家犹太难民经营的婴儿用品商店中出售非法用品的来源追踪；从天津南下上海的犹太人中间激进的锡安分子和中国人的联系；等等。这些有的是情况综述，有的是本地不同语种的报刊摘录，有的干脆就是几张照片。

合津长呀一口气，随口叫道："小川君，意大利邮轮的事件终于妥善解决了。"

合津毕竟刚刚当上这个事务部部长，还没有学会当官的威严和架子。

外间办公室的助手小川一男走了进来："联络长，这是本次意大利邮轮'绿伯爵号'来到上海的全部犹太难民的名单，'绿伯爵号'邮轮交出来的登记注册存档，总共是432人。"说罢，递上夹在牛皮纸公文夹里的十几页打字纸，每个难民的姓名、性别、职业一览无余。

其实，意大利劳埃德·特里斯蒂诺轮船公司的"绿伯爵号"早就是上海港的常客，这次实际上是日本海军从英国和美国的军舰的武装扣押下强夺回来的。意大利是日本的盟友，这艘几乎有两个足球场长度的意大利豪华邮轮已经无法离开上海，但是无疑可以使日本人用来在海上运送兵员和军用物资。日本人一翻脸，上海工部局就服了软，只得乖乖地把船移交给日本人。而上海本地的犹太人组织为了化解冲突，两面讨好送钱，只要他们的欧洲同胞能够平安无事地下船便好。所以这两则新闻写得委婉而柔和。

合津啜一口咖啡，目光在这些名字上滑过，显然，这些名单是匆匆记录在案的，所以并没有按照英文字母顺序排列，也没有按照年龄或者职业分类，所以读起来有些令人眼花缭乱。合津很快地翻看了两遍，依然不得要领。他记得以前一些难民曾经抱怨过，两年前在德国当局给犹太人重新发放的新护照上，要求所有的犹太男性必须在名字上添加中名"Israel"（以色列），而女性则必须添加中名"Sara"（莎拉）。这样，倘若这名男性犹太人的名字是"Fritz Kirsch"，则成为"Fritz Israel Kirsch"，倘若是叫作"Sonia Kirsch"的女性，则成为"Sonia Sara Kirsch"。合津顺着名单看下去，果然发现几乎三分之一的名字都有这样的添加。他忽然好奇地想道，假如这名男子或女子的名字原本就叫"Israel"或者"Sara"，那又该怎么填写呢？

"无论怎么说，这都是对种族的一种侮辱啊。"他端起咖啡，自言自语地感慨道。

突然，他的咖啡杯停在了半空中。"姓名：莱隆德·维森多夫，职业及特长：音乐，小提琴演奏家。"

"小川君！"他又向着门外叫道，小川一男便又一次应声跨到门口听命，"安排一下车辆吧，我们今天下午去一下河滨大厦的临时难民接待站，如果需要的话，或许还得再去一下华德路和兆丰路的难民收容所和大厨房。"

"您的意思是……"

"我们一定要找到他！"

"您说找谁？"

"维森多夫！莱隆德·维森多夫！"

"维森多夫？这个人是……"

"这个人是世界著名的小提琴大师啊！"

4

合津和小川在上海大大小小的犹太人救济所和难民营逐一寻找小提琴家莱隆德·维森多夫的时候，在虹口汇山路的美国犹太联合分配委员会①驻上海代表处的会议室里，一场工作会议正在进行。主持会议的是几天前刚刚来到上海的美国犹太联合分配委员会驻上海代表处的新任代表劳拉·玛格丽斯。

上海工部局向美国犹太联合分配委员会驻上海代表处致以崇高的敬意。

我们需要告知你们的是，由于欧洲来的犹太难民的大量拥入，上海正经受着严重的经济困扰，面临着日益严重的难民问题。在当前中日相互敌对的战争情况下，我们是完全不可能再吸收任何数量的从欧洲进入上海的犹太难民了。再一次，上海工部局外国难民委员会恳请你们的理解和协助，为防止出现更多严重的社会问题，我们会对此后到达的客轮及任何载人入港的船只进行限制和检查，一经发现上述身份的旅客，拒绝上岸。

---

① 美国犹太联合分配委员会：英文全称是 American Jewish Joint Distribution Committee，简称 JDC。实际上，这个委员会成立于第一次世界大战前后，旨在专门救援欧洲受到战争伤害的犹太人。而后，便自然而然地担当了救济上海犹太难民的主角，被犹太难民称为"卓因特"（The Joint）。这是当时资金雄厚、最具影响力的国际犹太难民救援机构，总部设在美国纽约。

"这是最后通牒啊！"

劳拉·玛格丽斯将刚收到的上海工部局的信函字句清晰地读给屋子里面的人们听，读罢，看了看桌子两边坐着的几个人，笑着摇一摇头，然后将信函递给大家传看。

"那天早上，我的上司摩西·莱维尔先生打电话给我，说：'劳拉，你忙吗？有个非常美的差事想让你干。'我说什么美差？他笑着说：'想派你去上海！'我当即说：'好啊，去上海，在全世界排名第三的繁华大都市，我当然愿意！'"玛格丽斯说罢便笑起来了。"我真是上了他的当了！"

被人们称为"JDC"的美国犹太联合分配委员会的驻上海代表处，设在汇山路的119号，这是一座左右对称的双拱门红砖小楼，它的斜对面是一个小巧的街头公园。小楼一层是模仿科林斯式的简化柱头和圆拱挑起的外廊，非常美观。事实上，这片街区上下都是类似式样的连体三层红砖楼，最下面的一层都是朝向街面的外廊，住户则大都是近两年搬进来的清一色的犹太难民。有趣的是，JDC所租用的这座小楼却是四层，它的顶层多出的一排窗户，似乎特地显示出了代表处与众不同的身份。

尚未发放的救济物资靠墙堆放着，使得原本就不大的会议室显得十分拥挤。玛格丽斯代表坐在会议桌的正面，这是一个体态匀称清瘦，面部线条分明的中年女人，她的一颦一笑不禁使人联想到她年轻时候的漂亮模样。她浓重的美国东北部口音里流露着自信，行事十分干练，有着男人般的作风，这无疑是她在社会福利领域经年摸爬滚打的结果。坐在她旁边的是上海援助欧洲来沪犹太难民委员会(CFA)[①]的管理员保尔·柯哈纳,一位年近六旬,骨骼粗大,精瘦如同仙鹤的男子。CFA的负责人卡恩·斯皮尔伯格,是个戴金丝眼镜的胖子,靠坐在桌子对面的角上,仿佛打定主意要在会议里面当配角儿一般。他正暗暗受着糖尿病之苦,因此看上去疲劳不堪。其他的座位上坐着三名工作人员。

玛格丽斯继续说着:"我看,这就是最后通牒。它传达的信息再明白不过了,第一,从今以后严禁犹太难民在上海登陆;第二,工部局绝不会再在难民的救济上伸手。我看,我得把这个情况立刻向纽约那边通报。"

斯皮尔伯格将话头接过来:"这次'绿伯爵号'的情况让人费解,虽然说意大利已经是敌对的交战国,但是除去犹太难民,为什么连一般的旅客都不允许下船呢?"

玛格丽斯道:"人质!他们把这些人当人质,他们未必真会坚持这么做,但这是一种姿态,给轮船公司看,也给我们看。就是说,今后再有犹太难民到港的话,所有的人都得倒霉。所以说,工部局给我们的通知,实际上是带有最后通牒的性质。"

"后来我们找了日本人,还是日本人帮忙,最后所有的人都是从日本人的汇山军用码头下的船。"

"那船呢?我是说,'绿伯爵号'。"玛格丽斯继续问道。

"到日本人的手里了,就是说日本人把'绿伯爵号'拿走了,据说

[①] 上海援助欧洲来沪犹太难民委员会:上海本地最具影响力的救济组织。英文全称是 The Committee for Assistance of European Jewish Refugees in Shanghai, 简称 CFA。这个机构成立于1938年,它最强大的后台便是上海有名的塞法迪犹太富商嘉道理。

日本人要更改船名，叫作'什么什么丸'，成了日本船。但是他们向我们要罚金，活见鬼！说是允许犹太人下船的感谢费，狠狠敲了我们一笔！"他把"我们"二字说得很重。

柯哈纳接过话说道："不过，谢天谢地，难民全部安置完毕了。到昨天为止河滨大厦临时收容所那边终于腾空了。只有两个人去了'海姆'①。"

"'海姆'？"

"'海姆'！现在难民都把收容所叫作'海姆'。"

"这么长时间，只是这一条船的人，怎么安置得这么慢？"

不等斯皮尔伯格和柯哈纳回答，一位工作人员道："因为这一船四百多名难民的年龄比以前的偏大，平均四十多岁了。而且从我们登记表格的统计上来看，诸如职业是律师或者教授这一类在上海最不容易找到工作，人数也比以前的多。"他翻了一下手中的笔记本，朗诵一般读道："裁缝仅有八人，有烹饪技能的仅有三人，但是其中律师和在律师事务所就职的与在大学教书和就职的反而有……"柯哈纳打断话头道："行了行了！具体的安置你们去做就是。但是还是我以前说的，不要忽视了中国人那边的劳工市场。"

坐在桌子另一端的斯皮尔伯格接过话头说道："再多开一家当铺或者二手货商店吧。这种应急的临时措施还是管用的。"

玛格丽斯感慨道："看来确实很难啊！人们告诉我说，你们上海所有的犹太救济会正在酝酿合并起来组成七个工作部。好吧！我会尽快向总部汇报，希望我们能收到上海曼哈顿银行的救济款，这样就再

---

① 海姆：德文 Heime，家的意思。

也不会有分配上的麻烦了。"

柯哈纳闻言向前俯一俯身子，看一看斯皮尔伯格，然后将目光转向玛格丽斯道："谢天谢地！谢天谢地！我们最缺的就是钱啊！现在收容所的工作人员已经改成全部雇用难民来做了，工资已经压低到仅仅勉强可以吃饱饭，再有，这个思路也是解决难民安顿就业的一个方法。就这样吧，等你们的钱了。"

斯皮尔伯格补充道："劳拉，我们其实用了大量的资金在改善收容所的生活环境，首先是建立公共浴池和定期消毒。这些看似并不重要的事情其实是非常要紧的，因为稍不注意，带来的次生灾害就会使我们付出意想不到的代价。我们的会计这个月中旬就会把账目明细的复件交给你们的财务处。不然，比如说传染病再出现，我们肯定会垮下来。所以，所有下船的犹太难民，我们都会当即给他们免费注射伤寒和霍乱的预防针。但是这次情况特殊，'绿伯爵号'由日本人接管了，所以我们只能给在收容所登记的难民做注射。"他环顾一下在座的其他人，"但是，我倒觉得，工部局封港了，不允许增加难民了，我们反倒可以松一口气了。"

"我准备尽快从凯茜旅馆搬出来，也节约一点儿开支。"玛格丽斯道。

"我们也正在帮您找合适的房子，昨天找到一户俄国人的出租房，租金很合适，包早餐，而且可以负责打扫房间，唯一的不足就是离您现在的办公室远了一点儿。"另一位工作人员道。

"条件合适的话远一点没关系，还可以再搬。"

玛格丽斯送大家下楼。

玛格丽斯问斯皮尔伯格道："卡恩！听说日本人的西洋人事务部

部长井冢明光大佐又要邀请你们几位共进晚餐？"

斯皮尔伯格耸一耸肩膀，苦笑道："日本人一直惦记着我们犹太人的钱口袋！"

大家走到楼梯口，下面一阵响动，跑上来一个工作人员。

"有事吗？"玛格丽斯问道。

"来了三个日本人，要我们帮助查找一个难民音乐家，名字叫维森多夫，说是个老年人，拉小提琴的音乐家。"

"维森多夫？你是说莱隆德·维森多夫？"玛格丽斯脱口叫道，"那是德国著名的小提琴演奏家啊！"

工作人员道："对对！莱隆德·维森多夫！他们说的就是这个名字！"

玛格丽斯道："天哪！这个老头还活着！听说他一直不愿意离开德国，后来就失踪了，原来他搭船到上海来了！"

柯哈纳道："人呢？找找看！这样的人是我们首先要救助的对象！"

工作人员道："我们刚刚给所有的难民收容所都打过电话了，都说没有。一定是他下了船就自己悄悄走了。"

斯皮尔伯格顺着又窄又暗的楼梯缝隙向下张望片刻，随即放低声音道，"噢！小个子！来的这个小个子叫合津康弘，是日本人新任的西洋人事务部联络长啊！估计其实是弄情报的。你们先别动"，他转向柯哈纳："保尔！你和我先下去一下吧！"

5

上午九点半，维森多夫坐上一辆黄包车到法租界去。他穿着从旅行箱子里挑出的尽量得体的外套，膝上放着小提琴，口袋里是一张折叠起来的报纸单页，在密密麻麻的广告栏中，这一栏已经被他用从小旅店前台借的红铅笔勾上了框框，一目了然："急招酒吧晚场助兴的提琴师——地址：法租界福煦路35号，'黑天鹅'酒吧。"

若要在上海活下去，他唯一可以赖以生存的当然便是音乐了。

"需要帮您叫车吗？"在他临出门时向旅馆前台借用铅笔的时候，那位无微不至的服务生谦恭地低声问道。"黄包车？"他又十分有把握地询问道。他并没有问起是否叫一辆出租汽车，这说明他完全明晰，这位风度不凡的老人其实是在经济窘迫的状态中的。

黄包车走得很快，车夫背上浸透汗水的坎肩被迎面的风吹鼓，整个人便像是一只展翅飞翔的大鸟。路上的建筑变得高耸而且气派，街道上明显清洁了许多，衣着时髦的行人也渐渐多了起来，东方人面孔和西方人面孔混杂，还有骑着阿拉伯马，身穿戎装，裹着红色包头的印度锡克骑警在街上悠然巡视。这里无疑是繁华的闹市了，目光所及，铺天盖地点缀着商店的招牌和广告，这些广告几乎无一例外地是配着妖冶盛装，含情脉脉地注视着路人的美女形象。他读不懂广告和招牌上的汉字，但许多招牌和广告都是双语的，对应的文字明白无误，譬如：

您有烦恼吗？请饮一杯上海啤酒吧！

雪花膏最新配方——肌肤水嫩，香醉客心

名媛雅士的最佳选择，哈德门牌五十支罐装香烟

利华皮货，还是它最好！

家有老鼠不用愁，撒上一次保管绝迹

维森多夫如同来到了曾经熟悉的巴黎，然而潮湿的天气和既像是唱歌又像是吵架的奇特语言又全然陌生，他一边东张西望一边想着，想起自己身为一个难民，此刻是为了解决温饱而来的。

"黑天鹅"酒吧的入口装着红色帆布顶子的转门，两侧临街的大玻璃窗上画着倾斜的酒杯和同样倾斜欲倒的摆满丰盛食物的餐盘。"黑天鹅"，从它的名字便大致猜得出是俄国人的生意。这是一家很有规模的热闹场所，每天晚上，都有乐师演奏音乐作为助兴节目，到了周末，还有大腿舞表演，不用说，是为了使客人们联想起风情万种的巴黎红磨坊。

维森多夫以为时间还早，店里不会有许多客人，但他一进门，就愣住了。只见欧洲水手们的宽肩膀一字排开，把整个吧台堵得严严实实的。小舞台那边铺着一块红地毯，有人正在玩着飞镖。

一位女招待见有客人进门，便快步走了上来，瞟了一眼他的小提琴，问道："先生用餐吗？"

透过橱窗招牌字之间斑斓的阳光，他看出面前的女招待员是犹太人，便礼貌地说道："我是看了报纸上的广告，来这里试一试晚间小提

琴手的。"那姑娘便转回到酒台去问其他的人，然后告诉他，乐手招聘是在饭店临街一面旁门的二楼，她把维森多夫上下打量一番后，说道："您一定是个了不起的小提琴家！"然后告诉他，此刻老板和他的情人都在二楼那上面呢。

维森多夫不好回答，便笑一笑。

姑娘道："格拉茨。我是格拉茨来的。您呢？听您的口音想必您也是从南边过来的？"

维森多夫又笑一笑。

姑娘又道："我在大学里学哲学，可是在这里是个废物了。"

维森多夫来到街上，果然看到饭店隔壁有一个窄窄的门洞，一道陡立的楼梯直指上去，楼梯的尽头仿佛和天花板相接，他小心翼翼地踏上楼梯，吱吱嘎嘎地走了上去。楼梯右手边的一扇门开着，这是酒店老板的私宅，看上去老板和他的女人都是俄罗斯人。须臾，又有一个应试的男子上得楼来，顺次坐在了维森多夫的旁边。这是一个三十多岁的脸上没有血色的男子，一看便知是夜生活的精灵，他穿着滚了双排发亮裤边的马裤，上面是白衬衣和黑色暗花马甲，这一身行头似乎是夜场舞台出场的专用服装。

应试开始，由维森多夫先来。

维森多夫站起来，将米拉尼小提琴托举在肩，将琴弓指向弓弦，竟感到两只手的手腕与手指都有些紧，不禁自己也感到惊奇。他随后自问，难道是希望找到一份糊口的工作的愿望影响了他的发挥？他又立刻想到，的的确确，在他离开德国近两年的时间里，他毕竟没有认真、系统地练琴了。他的思绪如同一缕斩不断的丝线，回到他离开德国前作为演奏家在舞台上度过的那些日子。他赶忙把自己的思绪拉回来，放在小提琴上。他拉着琴——这些曲子早已如同唱片上的密纹一般镌刻在了他的脑子里,然而他的思绪却又不禁飞到了离开德国后在意大利蹉跎的那段时间里了。正当他将左手的无名指与中指提高,按向小提琴弦的高把位的时候,他听到俄国老板在吧台那里发出来的声音:"喂,喂,换首曲子吧!"他青粉色的胖手在空中挥了一下,这一刻,维森多夫看到了他手腕和前臂上的刺青。

他明白了俄国人的意思,停了几秒钟,略想一想,开始拉起贝多芬明快欢乐的奏鸣曲《春天》,然而只有二十秒钟,又被老板手指敲击台面的"咯咯"声打断了。"停住吧!停住吧!"

"您这一前一后拉的什么曲子?"随着他的话语,飘过来一股很浓的雪茄味儿。

"巴赫的无伴奏小提琴组曲中的一段柔板和贝多芬的《春天》奏鸣曲。"

"您觉得,拉这样的曲子有意义吗?"俄国老板将无礼和无知隐藏在笑容的后面,"您说说,有人能听得懂这样的曲子吗?"

维森多夫语塞,愣了片刻,他用尽量自然的口气说道:"没关系,需要拉什么曲子,只要您指定一下,应当不是什么问题。"他又补充道,"我还从来没有在酒吧里拉过琴,不过可以试一试。"

老板摊一摊手。他身后的皮肤粉红、头发银光闪闪的女人把话接了过来,说:"我们需要的是适合在酒吧里演奏的音乐家,而且,到了晚上,客人的年纪都很小,这样的音乐能让客人多喝上两杯酒吗?您是想让他们手舞足蹈呢,还是想让他们越听越想睡觉呢?我看,下一位先生吧!"

这几句话已经说得非常明白,该知趣地走了。维森多夫不再等待回答，立起身，尴尬但礼貌地点头道别，等他迈下黑洞洞的楼梯踏到水门汀的路面时，楼上的小提琴声又响了，熟练但是油腔滑调，音准也不尽如人意。他就站住了脚，好奇地禁不住想听一会儿。

他头一次这样认真地听这种充满了滑音的演奏，感到十分新奇，那是一种肚子饿的时候，看着一块冷黄油在刚刚出炉的热面包上慢慢变软，融化，在舌头上产生的甜痒痒的感觉。

"勃拉欧！"猛地有女人的欢呼声。

"啪！啪！啪！"又有人鼓掌的声音。

"嗯！录取了！"维森多夫心想。

片刻，他自言自语地念道："Mitten im gesange sprang, ein rotes mäuschen ihr aus dem munde。"①

他转过身，向街对面的一辆黄包车招一招手。

阳光穿过深秋的薄云，渐渐变得热起来，透过衣服，蒸烤着吸了寒气的肌肤，脖子、肩膀、背上都暖乎乎的。而此刻坐在黄包车里的维森多夫如释重负，想想刚才"应试"的情景，有了一种不真实的感觉，自己竟被一个胳膊上刺着女人图案的酒吧老板和他的胖情妇揶揄了一番，而在二者中被选中的，是一个浪迹酒吧和夜总会的琴油子。在世界音乐界颇具名声的小提琴大师的一生中还不曾有过这样尴尬的经历，他只能无奈地将这种五味杂陈的感受硬吞到肚子里。

"说不定今后还会有类似的第二次，第三次。"他想。然而此刻他心中反而浮起一种跃跃欲试的兴奋，因为刚才的应聘结果无疑将他

---

① 这是歌德的诗剧《浮士德》中的句子，意为："我正在等待你的清歌徐吐，从你的口中却跳出了一只红鼠。"

置身于一种面对现实的心态之中了。

"我夹着尾巴逃跑了！"维森多夫自嘲地想，心情也开朗了许多，所以当他看到路边有一个报童的时候，就想买几份报纸，看看租房子的广告，打算先搬出小旅馆安顿下来，然后尽快让生活步入正轨。

"请停车！"他用英语喊了一句。但是车夫或许是听不懂，或许是没有听见。

"停一下！"他又叫道。

车夫顿了一顿，依然飞快地走着。

维森多夫猛然想起前几天在报纸上读到的一篇叫作《在上海乘黄包车》的文章，作者是一个美国人。文章里提到，许多黄包车在车斗前方或者边框上，都安了一块由小弹簧支起来的竹板，有事的时候便可以用脚在竹板上踏出响声。他低头看去，果然看到了竹板，便急忙用脚点住，上下起落拍打出"啪啪"的声音来。黄包车应声停住了。

他挑了两种报纸，付了钱，发现离他现在住的小旅馆已经不远了，就又付了车钱，一边慢慢踱着，一边翻看报纸上的房屋招租广告。他打开一份德文的《上海犹太早报》，才想起自己忘记戴老花镜了，看了几行，觉得实在费劲，勉强看到密密麻麻的招租广告上有一处出租屋的地址是在圆明园路，便合上报纸，不打算再看其他的了。他熟悉这个街名，记得它离旅馆不远，就找行人问确切了，然后拐了个弯，决定干脆径直走过去看看。

圆明园路是一条不长的、漂亮的小街，套在一条更宽一些的街道的拐弯处，站在这头就可以看穿另一头。这条街很静，而且建筑外观雅致，除了拐角上的小杂货摊以外，便没有其他店铺了。因此，维森多夫没有费什么周折就找到了这栋房子。这是三栋连体的双层小楼房中最靠边上的一栋，从外面看，房子已经有了些年头，岁月和风雨留下的苔痕上，布满密密麻麻的爬山虎，秋天，叶子和藤蔓在阳光下泛着点点紫色，映衬着漆成枣红色的窗子，将老房子的外观装点得十分美观。

维森多夫眯起眼睛再看一看报纸上的地址，当他确定地址没有错误后，便轻轻踏上台阶，找到门廊右上方从里面伸出的一根手柄，拉动几下。房子深处随即响起"丁零零"的声音，这时候，他的脑子里突然闪过一个问题，房东如果是个中国人的话，他应该用什么语言和他说话呢？

正想着，里面有人"嗒嗒嗒"地走下楼来。门随即开了，维森多夫的眼前出现了一位中国少女，她下意识地说了一句上海话，见到面前站着的是个洋人，随即改口成了英语"您好"的问候，她的面孔消瘦，留着稍稍高过肩头的黑发，齐额留着整齐的"刘海儿"。她的眼睛直视着他，清澈得如同秋水，在这种清澈之外，她的眼神里又似乎蒙着一层雾一样的深邃，隐隐透出不寻常的经历和超越年龄的成熟。她的眼睛是那种精致的单眼皮，线条优美，眼角的上扬部分透出微微的嫩红色，焕发出青春的气息。于是，当她直直地站在门前，在明朗的阳光和门内暗影的衬托之下，便如同一株美丽的待放的白玉兰。

这一刹那，维森多夫竟失神了。

女孩有些迷惑，但依然很有礼貌地笑了，随即露出洁白的牙齿。片刻，她又用纯正而且清晰的英语说道："您好！先生！您是来租房的吗？我便是房东，我叫陆晓念。"

6

陆晓念没有想到，这一次她房子招租的广告登在犹太报纸上的第二天，房子就顺利地租出去了。这是她听从了以前的房客——来自德国的犹太人马尔库斯夫妇的建议的结果。马尔库斯先生是《上海犹太早报》专门负责广告的业务员，因此招租广告的收费是半价。这次出租不但价钱上非常理想，更让她感到满意的是房客本身，这个风度翩翩的犹太老头原来是一位小提琴家啊！

自从父亲死后，陆晓念的心底便一直有一个愿望，就是给弟弟陆扬找一位好的小提琴老师。父亲去世后家里一下子变得十分拮据，使得她一时无法实现这个愿望。再说，她也明白，弟弟小扬已经达到了相当的水准，也不是一般的老师随便就教得了的。现在，有了这样的一位好房客，或许便是"踏破铁鞋无觅处"的缘分也未可知。于是，当她得知这位犹太老头是小提琴家后，就利用领着他在房间里四下看看的机会问了几次关于小提琴的事，想知道他是专业的还是仅仅作为业余爱好。可是她把话题在这上面绕了几次，那个老头的回答却翻来覆去只有一两句话，只说自己是个拉小提琴的，至于水平嘛，他说到了这把年纪也应该是不错的了。尽管如此，陆晓念在心里已经非常肯定，面前的这位犹太老人，一定是一位高水平的小提琴家。他的风度和举止已经说明了一切。此外，他的眼神是极为真诚坦率的。特别是有好几次，他突然望着陆晓念的面孔，露出深沉的目光久久不说一句话。那目光令晓念想起死去的父亲来。

"如果方便的话，我可以在今天下午就搬进来吗？"在就要离去的时候，老头问道，"我的行李在一家旅馆里面，非常简单。"他说，"哦，如果您不放心的话，我可以先付给您押金的。"

"当然可以。"陆晓念爽快答应道。

"但愿能给小扬找到一位好老师！"当这个想法又一次出现在她的脑海里的时候，她便一步跨到客厅里小柜子的跟前，蹲下身去，搬出一套十分精美的咖啡具来，她不禁愉快地想道，父亲生前最喜欢的这套咖啡具，这次或许会派上用场了。

就在陆晓念浮想联翩的时候，她的弟弟陆扬正歪歪斜斜地在回家路上走着。他是一个带野性的少年，但眼睛里透着聪慧。现在，他把小提琴抱在怀里，琴匣子立着靠在肩膀的一侧，活像一名愤世嫉俗的剑客，仿佛前面有数不清的人间不平事正等着他去施展手脚。这个姿势是他最近才采用的，因为他越来越感到，那种手里提着小提琴匆匆走路的模样，实在是太像那些"洋琴鬼"了。

"洋琴鬼"是一种绰号，是上海人给那些专门在交际舞场里当伴奏乐师的音乐家起的。上海有许多这一类的舞场，舞场里准备着十几个甚至几十个专门当作舞伴的女郎。每到晚上九点，她们就准时在场子边上或者进门的地方一字排开地坐着，浓妆艳抹地等待男舞客上门去挑选。而给这种舞场伴奏的乐班子，就被人称作"洋琴鬼"。

每当陆扬走过八仙桥的"大世界"，看到那些珠光宝气的游客，望到大厦顶上闪着霓虹灯的尖塔时，他便常常在心里叨唠着，想着自己的未来。

陆扬的琴是爸爸亲手教出来的，加上自己的天分，他拉得相当出色。他喜爱小提琴，也相信他自己命定就是要延续爸爸的艺术生命和艺术抱负的。自从三年前爸爸被日本人杀死后，这一切就突然地改变了。那一年陆扬十一岁，姐姐陆晓念十五岁。陆晓念真是一个无比坚强的人，她放弃了女子高中的学业，在上海红十字会和天主教圣心公所开办在法租界里的一家慈济卫生院里当了护士，用微薄的收入支撑着姐弟两个人的生活，同时严格督促着弟弟练习小提琴。陆扬本在虹口读寄宿初中，他再小，家里的难处也是明白的，后来，日本人为了修兵营，将那所学校夷为平地，他干脆从此不再上学，向陆晓念提出到街头拉琴的想法，理由是在大街上拉琴，既练了琴，还能挣些钱。经过他的不断吵闹，陆晓念勉强同意了他的要求，但是要小扬保证三件事：第一，一定要注意安全，不许和人打架，准时回家；第二，不论街上有什么好玩的事，有多吵闹，也绝对要专心致志；第三，要自重，看热闹的不给钱不要追讨。陆扬都郑重地答应了。

从那以后一晃三个月，他在街上拉琴，行人的反应是十分冷漠的。那时候，不要说在中国的其他地方，就是在上海这样最"洋气"的城市里，大多数的人也并不知道小提琴为何物，这种以古怪的姿势才能演奏的乐器被人们称为"梵婀玲"，再加上他还只是一个孩子，每天收摊的时候，琴匣子里的钱真是寥寥无几。

"'洋琴鬼'！"他有些悲凉地想，"我的前途就是一个出色的'洋琴鬼'吧！"

他天天在街上混，人在不知不觉地起着变化。有一天，他终于闪过一个念头，以卖艺挣钱为主，不再管他许多了！

陆扬暗暗下定了决心，心里有了非常痛快的感觉，晚上睡觉的时候，他在被子里面翻来覆去，暗暗排练着要拉什么样的曲子，要用什么样的姿势才能耍出噱头来，想到滑稽的地方，不由得"扑哧"笑出了声。幸好他是单独睡在一间房里，要不然姐姐肯定会发现他的诡计的。

陆扬拉琴常常是在离家不远但十分热闹的地方，但从这以后，他就改到远远的静安寺一带去了。因为陆晓念知道他通常拉琴的地点，万一被姐姐发现了，就都完了。那天等他连跳带扭、动作夸张地拉完一首流行小曲儿，果然收到了意想不到的效果。以前即便是在他拉到许多高难的段落的时候，也从来没有人会给他鼓掌，可这一回不得了，周围停下来的人都张着嘴，像是发现了什么稀有的动物那样直直地打量他。末了，有了鼓掌的了！到了下午，陆扬琴匣子里的钱，竟然比以前多了三倍！

陆扬在不知不觉中变了，他学会了在大街上混日子的所有本领，但是他小心翼翼地保守着秘密，没有被陆晓念察觉到。

楼梯上突然"砰砰砰砰"的一阵响，陆晓念刚抬头，见到陆扬的人已经在房门里了。他看到她，顿一顿，也不说什么，懒洋洋地向自己的房间走去。

"怎么回来得这么早？"陆晓念停下手，抬起头来叫道。

陆扬的房门已经"砰"地关上了。

"最近你好像回来得都很早，你没有什么事儿胡来吧？"

屋子里面的陆扬没有回答。

陆晓念推开弟弟的房门，看到陆扬正弯着身子向抽屉里面放东西。

"你真的好好练琴了吗？我总觉得你有什么事情瞒着我。"

陆扬并不回头，不以为意道："唉！小提琴，小提琴，谁懂这个？我看，你是把拉小提琴这事儿看得太崇高了！"

"乱讲！"陆晓念厉声说，她向里跨一步，"家里不缺你那一点钱！你要是以为没有人管你，可以想干什么就干什么的话，我就绝对不让你再上街去！"

"我刚才回来的时候，看到楼下的房间门开着。"陆扬说。

陆晓念转怒为喜了："噢！忘记告诉你了，楼下的房间租出去了。价钱也蛮合适。是个外国老头，你猜怎么着？是个小提琴家呢！"

"洋琴鬼吧！"陆扬冷冷地说道。

"真的是小提琴家！是刚刚来到上海不久的犹太人！人长得蛮神气的。"

陆晓念一边说，一边回到茶几边上继续擦那套咖啡具。她又四下里打量，突然间觉得房间里的确是需要收拾收拾了。

"所以，我想这对于你也是……"她回过头，陆扬已经不见了。

维森多夫搬家，实在是一件再简单不过的事情。所有的东西加在一起，也就是小提琴、两个皮箱，外加来到上海之后临时添加的一些零碎。在他离开旅馆前结账的时候，前台的小厮问他是否需要帮助，被他谢绝了，但是他担心在美国的音乐同行会有信函，所以还是在前台留下了要搬去的地址。

"看来是终于要在上海安顿下来了！"他感慨着。

这里总共是一室一厅，收拾得十分干净。四周的墙壁都有齐腰的桃木墙围。在与门同一侧的墙上，甚至有一个假壁炉，大小和材料都很恰当，因此并不显得做作。此外还配有一间小小的卫生间。虽说是一室一厅的两间，但是总共的空间十分狭小，堪称"迷你"型。或许是意识到空间的局促，在客厅正对窗子的墙上齐腰高的墙围以上装了一面大镜子，占了这面墙的大部分。这真是个巧妙的设计，大镜子的折射不但起到拓展空间的视觉错觉，而且反射了光线，使得室内的光线亮度几乎增加了一倍。

维森多夫在房间里又看了一看，就打开箱子，将仅有的三套衣服和细软放进衣柜里去。他一边干着，一边思忖，他需要添置一些起码的物品，需要重新开始一个人有尊严的生活，等一下要给自己开一个单子，尽量筛选一下，然后去买。

"这里虽然已经有了可用的锅和碗，但是还要添置刀叉和盘子，要买毯子和枕头。啊！太好了，这里有酒柜，哦！当然，当然，这是以后手头宽裕的时候再说的事情。接下来，就应该好好恢复一下手了！"他就这样东一下西一下地想着，"嗯！乐谱架子和乐谱！特别是乐谱。可是这些应该到哪里去买呢？"

他随即又想到了钱，想到必须精打细算，必须有工作和有收入，而这无疑便要依赖他仅有的技能——音乐了。

他的眼睛停留在小提琴那里。

那把小提琴放置在一个老式的长形琴匣里，外面用蓝色的丝绒布包裹着，此刻静静地躺在桌子上。

他走过去，认真地解开丝绒布，打开琴盒，琴盒子里面随即飘出一股幽幽的松香味儿。只见这把小提琴的弦松着，琴身反射着窗外的天空，发出柔和的暗光。

"米拉尼！"他出神地呆住不动了。

"嗨！"背后突然有人在打招呼。

维森多夫回头，只见半开的房门边上站着一个结实而俊秀的中国少年，此刻正努力做出老成持重的样子。

"你在说话！"他又说。

维森多夫愣了一下。

"刚才，好像你在叫什么人的名字！所以，需要帮助吗？"

维森多夫定一定神，收了琴。

陆扬笑了，但是依然把双手插在裤兜里面。

"小提琴家？"

维森多夫合上琴匣，将那方蓝色丝绒布用心盖好。

"我明白了，喜欢，但就是不想天天拉。我也和你一样！"陆扬道。

"不过，我姐姐天天盯着我！我当然不会听她的喽！不过，"他眯一眯眼睛，做出老成持重的表情，"我想其实她还是对的！"

他说罢，无奈地耸一耸肩同时又摊一摊两手，做出一个看上去十分有表现力的动作，这个动作是他前些时候从一个外国电影里看来的。

"你姐姐？这么说你是……"

维森多夫正问着，一个操着口音很重的英语的声音出人意料地插了进来："请问，您一定是莱隆德·维森多夫先生吧？"

维森多夫回头看去，只见门前站着三个陌生男子。为首的穿西装，个子十分矮小。另外两个是黑色便装打扮。维森多夫的眼光越过来人望去。房门开着，住宅的大门也开着。

他随即将小提琴上的丝绒布盖好。

小个子见维森多夫并没有否认自己的身份,便喜出望外地说道:"啊!太好了!看来您一定是世界著名的小提琴大师莱隆德·维森多夫先生了!"

陆扬一惊,简直不敢相信自己的耳朵,他不禁问道:"嗨!你说什么?真的吗?"

话音未落,后面一个穿黑衣的走了上来,劈胸向陆扬一推,说道:"去吧!去吧!这儿没你的事!"

陆扬全无防备,被这人推得向后一个趔趄,几乎摔倒。他当即火起,哪里肯饶,随即跨上一步,一探身,向那人的手腕上一口咬去。那黑衣人疼得叫了一声,甩开手,向后跳开一步。

这一切发生得很快,只几秒便恢复了平静,双方四目相视,却又都如同什么也没有发生过似的站着。小个子也被吓了一跳,旋即挥手道:"小川君,请你们还是在门口等候吧!"

维森多夫哪里搞得明白为什么这两边的人一刹那竟动了手,他看一看眼前的不速之客,再看一看陆扬,也不由得后退一下,谨慎地问道:"你们是什么人?我刚刚搬来,你们怎么会这么快就找到我了呢?"

小个子答道:"我叫合津康弘。我们的长官,井冢明光大佐,最近得知您来到了上海,指示我们一定要找到您。我们几乎去了上海所有的犹太难民救济站和收容所,也去了很多家小旅馆,终于在四川路上的维克多丽娅旅馆的房客登记簿上查到了您的名字,但是柜台上说您中午刚刚结了账,但幸好您留下了搬家的地址,所以,我们冒昧地来拜访您,在这里找到了您,真是万幸!"

维森多夫满腹狐疑。

小个子欲言又止。陆扬看出他想要和维森多夫老头单独说什么，哼了一声，摇着肩膀到大门外面去了。

"怪事！"陆扬心里纳闷儿，"这个犹太老头，刚才还告诉我说，他也和我一样，很久都没有好好练琴了。突然一下子，原来是世界著名的小提琴大师！既然是小提琴大师，却为什么不好好练琴呢？他前脚刚搬进来，后脚跟着日本人就找上门来了！而且似乎还有什么事儿不便声张的！小提琴大师究竟和日本人是什么关系，又有什么瓜葛呢？"他又一转念，"哦！也未见得！听上去日本人是费了好大的力气才查访到这里来的。大上海有名的洋人艺术家并不少，但是话又说回来，那些小日本儿为什么单单会对这个叫维森多夫的小提琴家这么感兴趣呢？"他觉得，刚才发生的事情充满了不祥的意味。

陆扬有些烦躁，他扭回头向大门内瞥一瞥，过厅里，维森多夫的那扇房门是关着的。他又回过头来看一看那两个穿黑衣服的，见到那两个家伙正在二三十米远的马路边上立着。他随即声音很大地咳嗽了一下，接着，紧了紧胳膊，将双手交叉抱在胸前，人往门框上一靠，仰起下巴，用鄙夷不屑的眼光挑衅地直望过去。那两个人的目光遇见了他的目光，转过身，又走得远了一点儿，到停在路边上的一辆黑色汽车那儿待着去了。

一顿饭光景，门开了，只见走出来的维森多夫和合津都是和颜悦色的样子。

维森多夫把日本客人送上了汽车，心里却无法确定这些飞快发生的事情对于他的意义，他目送车子在街道的拐角处消失才走回来。见到陆扬还站在门前没有离去，就走过去，打算向他问问在上海的日本人的情况。合津向维森多夫介绍说，他是代表日本在上海的西洋人事务部长官井冢明光大佐前来慰问他的。那天上午，日本人从意大利特里斯蒂诺轮船公司"绿伯爵号"邮轮交来的乘客名单上发现了他的名字，可惜时间晚了，错过了。

"嗨！"陆扬却先开口了。只是他依然保持着双手交叉在胸前的傲慢姿势，而且完全变成了另外一种态度，"我想你既然是个有名的人，就应该好自为之！"

维森多夫一愣，随即明白他是因为见到自己接待了日本人。

陆扬道："你还没有明白？我是说，小心点儿！你不要和日本鬼子搞到一起去！他们可不是什么好东西！"

这是一个既笼统又具体的问题。维森多夫被他这么一讲，竟一时语塞，耸一耸肩却答不上话来。

陆扬见他不作声，以为是故意的，便高声道："直说吧！我恨透了日本鬼子了！恨透了！"

维森多夫道："你的意思是我也应该和你一样，恨他们？"

陆扬听到这个犹太老头反问过来，火气冲了上来，随即将话说得十分难听，"我看，"他将头看一看天上，"我看你要是和小日本儿穿一条裤子的话，就帮帮忙，不要在这里住了！"

这话大出维森多夫的意料，他也火了，随口答道："好吧！陆先生！我明白你的意思了！不过，我刚交了两个月的房租，还要请你让你姐姐下来一下，如数退给我！"

陆扬没有想到这老头也会这么硬，张了张嘴，说道："听着！我是要提醒你，要看清楚什么是好人，什么是坏人！明白吗？什么是好人，什么是坏人！"

维森多夫又不说话了。

陆扬觉得这个老头真是执迷不悟，便懒得多说，冷冷笑道："看吧！看吧！看你今后有什么好结果！"

"砰"的一声响，维森多夫被关在了大门外。

7

陆晓念还记得犹太难民收容所招工广告上刊登的地址：虹口区华德路138号，第一难民中心。出门前她把它特地写在一张纸条上放进手提包里。这个地址是《上海犹太早报》的广告推销员马尔库斯提供给她的。

事实上，她的仔细完全是多余的。因为刚刚拐过舟山路，她就看到前面的街边黑压压的一大片高鼻子洋人，这些人是等待领取救济午餐的犹太难民。细看起来，陆晓念才看出这些人排着井然有序的队伍，只是没有排成一条直线，而是在原地兜着圈子，如果延伸开来，这支队伍便一定会有一百多米长。

陆晓念夹紧了手提包和文件夹，尽量侧着身子挤过人群，钻进了收容所的院子，院子里面同样是人挤着人。队伍贴着四围转了一圈回到起点，然后又沿着院子里花圃之间的方砖折了几折，最后走向后面的一排平房去了。这排平房半新不旧，前面有很宽阔的廊檐，廊檐的水泥柱子都盘旋着卷草的浮雕。这里便是收容所的食堂。

救济午餐早就开始了，每个发餐口都有两个服务员发餐，领餐的每个人都统一发给两个白铁盆和一把白铁匙，白铁盆一个用来装汤，另一个用来装面包。食堂里面是依次的长条木桌和长条板凳，一批难民吃完了，换进第二批人。陆晓念回头瞅一瞅看不到头的长队，暗想，这顿午餐恐怕要到下午三四点才能使全部的人吃完，不由得对厨房里巨大的工作量啧啧称奇。她看看手表，十一点一刻。来早了，还有些时间，就慢下脚步四下里打量着。

厨房是一间在楼房和平房之间搭起顶子添盖出来的青砖墙大房，和食堂挨着的那一面打通了成为一体。从窗子外面看进去，里面切菜的案板长得惊人，无数切菜的刀正在上下翻飞地切削土豆。那声音就仿佛有人赶着几十匹马，在菜板子上奔走。陆晓念转身，看到脚边花圃中的植物，不是花草，都改种了蔬菜。

再往前走，是两栋一前一后的二层青砖楼房，这是收容所的住房，走廊都是一面敞开的格局，就像是蜂房一样裸露着一排一排的房门。房顶上向前探出的廊檐，由老旧但是依然优雅气派的柱子和圆拱支撑着。

在第一座砖楼的廊檐尽头，砌着一个在农村才见得到的大灶，灶上面架着的几个铁皮水壶里正同时烧着开水，有的已经烧开了，壶嘴里喷出热气。靠墙边支着木架，架子上是成排的竹壳暖水瓶。烧开水的是一个中国女人。不时有人来，先交给女人一个小竹牌子，留下空水壶，然后从木架子上取走一瓶新灌好的开水。也有的人前来，是专门花钱买小竹牌的。小竹牌都早已用猴皮筋成五成十地扎好，放在木架子上的一个布兜子里。女人忙而不乱，并且不时起身，吆喝着一个在地上乱爬的小孩。

见到这个情景，陆晓念想起许多弄堂路口烧老虎灶卖开水的男女。他们收的水钱都放在房子深处的一个大毛竹筒子里。而这个妇女将收来的钱都放进围在腰间的青布兜里面。

"哈！毛竹一定是全都被做成竹牌儿了！"陆晓念一边情不自禁

猜想着,一边踏上台阶,东张西望地寻找管理员的办公室。

一楼的所有房间里都是人。这里正在办着各种各样的培训班,教授的内容包括木工、理发、缝纫、熨烫,还有其他的手工技能。这些项目都是收容所和一个叫作"奥特"①的犹太难民自救培训机构合办的。走廊上大张的海报上,"奥特"以锤子、铲子、剪子、钳子和铁砧组成的标志画在正上方。

陆晓念东张西望地走到了烧水的大灶那儿,她突然瞥见那个小孩的一条腿已经攀上了栏杆,赶忙一把把他揽住,抱到里面来。烧水的女人见到,笑一笑说:"是来找工作的吧?"

陆晓念略一犹豫,本想告诉她是难民营的需求,而自己则是有人推荐来约好的面谈,但只是点一点头,省了费唇舌。

女人又说道:"那你需要去找管理员'帆布'。认识吗?好长的一个人!"

陆晓念没有听懂,问道:"叫什么?"

女人一下子没有了把握,愣了一愣,说道:"'帆布'呀!都是叫他'帆布'的呀。"

到了二楼,走廊上正有两个犹太女人靠着栏杆低声说话,见到陆晓念便都停了嘴,直直地打量着她。其中有一个问道:"怎么,您也是来面试的?"陆晓念明白在她的问话里那个"也"字的意思,就是诧异于她是中国人。她也不好解释什么,就点头应了。另一个人就指一指旁边的房间,说:"就在这里!我们也在等着呢!"

陆晓念踱开些,走到走廊的尽头。她听到楼下有嘻嘻哈哈的声

---

① 奥特(ORT),是当时向犹太难民提供技能培训的组织。全称为 The Society of Handicrafts and Agriculture among Jews,是由19世纪末俄国犹太人塞缪尔·波利亚科夫筹集资金建立的。

音，不由得低头向下张望。只见楼下的露天里是一个由房子隔出来的后院，晒着各色的布单和衣服。七八个犹太孩子聚在院子中央正叽叽喳喳地说着什么。一会儿，一个大孩子从墙角的草丛那里搬来一块石头，松手蹾在地上。所有的人旋即散开，围着石头大致两米开外站成一个圆圈。大孩子站在圆心的石头边上，十分郑重地用眼睛测着距离，使每个人的位置更加精确。

陆晓念看不明白他们在干什么，好奇中见到有两三个小孩弯下腰，夹紧着膝盖，扭动着身子催促道："快点儿！快点儿！"话音未落，另一边上早有个孩子猛然掀动裤裆，竟"哗啦啦"撒了一泡尿！

全场随即爆发了起哄的笑声和口哨声。那撒尿的孩子丢了脸面，坐到了边上，使圆圈露出一个缺口。

大小孩跨步站到了口子上喊道："从我的左手边开始吧！雅谷！"

那个叫雅谷的孩子两三下掏出小鸡鸡来，用手把着，翘出角度，随着众人齐声的大喊，"刺啦啦"开始向石头上撒尿了！只见他的尿在空中画出一道白亮的弧形，但是转眼便软了下来，消失了。人群随即发出一片起哄的笑闹声。

陆晓念看懂了院子里的游戏，忍俊不禁。

一连几个，都是虎头蛇尾。

轮到了一个矮胖的。他的位置在陆晓念的正下面，她只能看到他金黄头发上扣着的"卡帕"①。

一股水柱在众人的鼓噪声中瞬间够上了距离，却因为用力太猛尿偏了！

---

① 卡帕（Kippah）：犹太人戴在头上的小圆帽。

陆晓念扼腕,低头再看。

尿柱终于点到石头上了!

那孩子露出得意的表情,把手在大腿的两侧抹一抹,然后一手提着裤子,一手伸出来。其他的孩子都悻悻地不说话了,纷纷拿出硬币放在他的手上。一会儿,他们又爆发了什么冲突,扭打起来了。

"一定是那个先憋不住尿了的小孩拒绝付钱吧!"陆晓念想。

"陆晓念小姐吗?"有人在她身后问道。

陆晓念赶忙回头,只见面前站着一个六十岁开外的男子,他的个子高挑,骨骼很大,因此虽然瘦得出奇,却不但没有羸弱的感觉,反倒令人觉得有使不完的力气。加上他的眼睛很亮,鼻子很大,精神饱满得像是昂首的火鸡,也多少像是舞台上喜剧中的人物。她再四下里看看,原先在走廊里的那两个女人早就不见了。

"我是这儿的管理员柯哈纳!保尔·柯哈纳!"他和蔼地说,"人们都叫我'班布',非常有中国特色的一个名字。"

陆晓念恍然大悟!"班布"便是英语里"竹竿"的意思。这才明白刚才楼下烧水的女人所说的"帆布"原来是英语。① 于是她不禁笑了。

"竹竿"受了陆晓念的感染也笑了。于是,原本严肃的谈话变成了聊天。

柯哈纳摊了摊关节极为粗大的两只手说:"我今天真不走运!本来我们这里的犹太文艺俱乐部和希腊轮船公司的水手联队有一场足球赛的,可是今天来面试的人出奇地多,我从早上忙到现在,唉!球赛

---

① "竹竿"(Bamboo),在英语中的发音和上海话中的"帆布"极为接近。

恐怕早就结束了！"

"怎么会一大早就赛足球呢？"

"哦！水手联队！水手嘛！他们的时间是不固定的，只能迁就他们。不过，我们今年一定会打败他们！我敢打赌！不信晚上听广播吧！"

"看样子你们以前总是输给他们？"

"是啊！可是今年不同喽！今年来的难民里有好几个专业的足球运动员！听说过大吉姆吗？"

陆晓念摇一摇头。

"以前汉堡队的中锋！"

"再好奇地问一句，你们在什么地方比赛呢？"

"去年可是风光啊！在公共租界的跑马厅的外场呢！"

"今年呢？"

"今年安排在我们的'海姆'！哦，我是说，我们的兆丰路的难民营的操场，比正规的足球场稍微窄了一点儿，但是足够了。"

"为什么不在跑马厅了呢？"

"嘿！观众，观众的加油很重要，这里才是我们的主场啊！"他又笑了，显得非常内行。沉默片刻，他将两只大手的手指交错在一起拢在胸前，说："噢！言归正传，您是本地人，说到工作的事，您一定会向我说些不一样的话。对吧？"

"您是说……"

"今天来面试的人非常有趣，只要我一问：'你了解中国吗？'每一个人就会说：'当然了！'然后就像背书一样，说着同样的话。"

"真的吗？为什么呢？"

"因为这两年从欧洲来的每一班船上,都不断放映《大地》①。他们在船上肯定都看了,就像学会了唱同一支歌儿一样。"

从楼下传来"丁零零""丁零零"的摇铃声。"竹竿"伸长脖子向楼下望一望,说:"我还要到食堂去照顾一下。开饭了。我们下去吧,边走边谈!"

"不是早就开了吗?"

"那是给外面人的。里面开饭的时间是准时的,十二点整。"

两个人便一起下了楼,从后门进了食堂。只见食堂里面已经是人山人海,门口的人都挤着,等着里面的人让出位置来。收容所难民午餐的供应在同一个食堂里分作不同地点。最后面的那一个单独的才是给住在收容所里的人盛汤的。

"这个房子原来是俄国人的,这个食堂原本小得多,后来我们扩建了一下,平时也可以让大家当娱乐室,演出节目什么的。"

陆晓念走了几步就愣住了,因为她看到在正面的墙脚下,地上有一个龛窿,里面供着城隍和关公。

"我听说你们犹太人有习俗,是不崇拜偶像的呀?"陆晓念说道。

"哦!是啊是啊,这两个神像是几个月前刘太太放在这里的,我们把它们搬走了,但是她很生气,坚持要放回来。"

"刘太太?"

"哦!就是在前院里负责烧水的刘太太。"

陆晓念恍然大悟,知道他说的是刚才在前院走廊上带着孩子烧开水灌暖水瓶的本地妇女。

---

① 根据美国女作家赛珍珠描写中国的小说《大地》改编成的好莱坞电影。

"这位刘太太很有趣,她的热水房原本开在我们收容所的路口。"

"您说的开水房在我们上海人的习惯中都叫作'老虎灶'。"

"我们这里住的所有人都去她那里打开水,所以大家干脆让她把开水房搬到我们院子里了,大家方便了,她也省了房租。她先生是黄包车夫,这一下大家外出乘黄包车也方便了,比如明天早上要去什么地方,都会提前和刘太太预订。"

"热水房搬到你们收容所里面了,那这个弄堂别的住户要用热水怎么办?"

"哪里还有别的住户啊!早些时候还有两三户本地上海人,后来他们把房子也都出租给新来的犹太人了。"

"所以刘太太送给你们这两个神像表示谢谢。"

"是啊!起初,大家都不知道这两个神像代表的是什么意思,后来我特地请教了我的一位中国朋友,才知道这两个神像的身份。这一个,"他用手指一指城隍,"他的表情总是笑呵呵的,这是城市之神。"他又用手指一指关公,"这一个是战神,所以表情非常严肃。怎么样,我没有弄错吧?"

陆晓念几乎笑出了声音。

"我想,现在是战争时期,唉!欧洲、亚洲、中国、上海……所以,上帝也一定比平时更忙,顾不上照顾那么多的人,所以,有了这两位先生的保佑,大家会更安心一点儿。"柯哈纳一下子双手合十,用舞台上的声调朗诵道,"中文怎么说来着,岁岁平安,吉星高照,步步高升,恭喜发财!"

陆晓念终于憋不住大笑起来。

在关帝爷和城隍佬的上方,一架擦得亮闪的收音机正在播音。一个男主持声音朗朗地说着：

各位女士们、先生们！大家好！这里是 XMHA 上海犹太华美广播电台①，我是盖瑞·施奈德。又到了《寻找亲人》的节目时间了！上个星期，我们收到在上海这边的来信近三十封，希望帮助他们寻找失去了联系的亲人和朋友；我们也收到另外整整二十封信，它们千里迢迢由海外寄到华美广播电台，委托我们帮他们寻找他们来到上海的亲人。这二十封信中，有来自德国的十封；其他的，分别寄自法国、瑞典、瑞士，还有一封来自南美洲的多米尼加。一会儿，我就给大家读一读这些来信。

有人喧哗着冲进食堂，随即被人嘘住。
收音机里的盖瑞·施奈德还在说着：

这些来信的姓名和地址如下：
来自德国的：卢采尔·孔伯里茨先生，寻找他的姐姐汉娜一家人，包括他的姐夫埃尔塔·瓦萨曼和他们的儿子埃里克。
来自瑞典的：原居住在德国科隆的埃瓦尔德·沃尔特先生，现居住在瑞典的斯德哥尔摩。他来信寻找失散的父亲马克斯和母亲芙莉达……

突然，餐厅里发出一声尖叫，一个瘦小的老头冲出餐厅，脚一踮

---

① XMHA 上海犹太华美广播电台：由美国 NBC 协助建立的犹太广播电台。1939年5月开播。服务对象主要是来到上海的犹太难民，但是在上海极有影响力。它的中文名字叫作"华美电台"。

一蹿地直向楼上跑去，他的手里还握着亮晶晶的白铁皮饭碗。他边跑边喊着："芙莉达！芙莉达！埃瓦尔德来信了！我们的儿子！……"

这准定是马克斯·沃尔特了。

柯哈纳应声看了看，对陆晓念道："我们还是到外面谈吧！"

两个人快走几步，坐在了食堂后门的台阶上。食堂内的喧闹遥远了一些，陆晓念这才有了机会仔细说话。

"是这样的，《上海犹太早报》的广告推销员马尔库斯先生推荐我来找您的。他告诉我，难民营为了帮助刚来的难民解决日常生活上交流的困难，打算试着在难民收容所里开一个短期中文学习班。"

"好奇，能问一下您是怎么认识马尔库斯的吗？"

"他是以前住在我家隔壁的房客，我常常教他太太一些中国话才提起的。"

"那么，您也出租房子吗？就是说，那您也是……房东？或者，房东太太？"

"是房东！不错，我的楼下也出租啊。"她几乎脱口而出，想说"是啊，我的楼下刚刚出租给一位从德国来的音乐家，是一位小提琴大师呢。"到了嘴边的话到底还是没有滑出口。

"噢！那么您一定很有钱！这就是说，您其实不是来收容所找工作，而是来帮助我们的，对吗？"

陆晓念听出了柯哈纳的话里透出的犹太人的狡猾。

"我当然会要求您给我发工资的呀！"她立刻说道。

柯哈纳慌忙说："噢！噢！这是当然的！这是当然的。"

"是的是的，是我托马尔库斯先生帮助我物色一下合适的人选的，他不假思索就立即推荐了您。他也提到您一直在教他太太中文，而且他说您的英文很好。"

柯哈纳一边说，一边从上衣的口袋里拿出一张折了两个对折的信纸，上面写着陆晓念的名字、住址与联系电话。他把它打开复又折好放回到衣兜里面，然后，眼睛亮闪闪直视着陆晓念道："是这样的，上海工部局正式宣布了，对从欧洲来的犹太难民已经封港，所以今后难民的数量不会再增加了，我们收容所也就可以松一口气了，可以有个大的总体规划。估计我们这个中文补习班存在不会太长，当然视难民的需求和热情而定，自由参加，不收费，基本的想法是办半年。所以，好极了，只是您要告诉我实话——您可以保证在半年之内教会他们七百五十个中国字，而且他们会说一些简单的中国话吗？"

陆晓念也直视着柯哈纳的眼睛道："不能！我不能保证！因为学习的人是他们自己。但是有一件事是可以肯定的，就是我知道他们需要！"

柯哈纳笑着摇一摇头，露出欣赏的表情："您知道前两年一个在上海的美国人在难民里教'英语七百五十个单词'的事情吗？"

陆晓念坦率地点点头道："还是马尔库斯告诉我的呢！所以您一说起希望我在半年里教会大家七百五十个中国字，我自然就想起这个美国人的七百五十个单词了。"

陆晓念继续说下去："根本的问题是，中国话和英语完全是不同的两种语言体系，对于你们西方人来说，所遇到的困难是完全不同的。"

柯哈纳渐渐被眼前这个中国姑娘折服，频频点头，仿佛也来了灵感，就像是给陆晓念刚才说的一席话做注解似的，说道："我出生在匈牙利，就是……"他指一指遥远的空间，"对了！就是奥地利的邻居！

不过，我出生的时候，它们是一块儿的，一个国家。"

他继续着："匈牙利语，噢，或许也可以叫马扎尔语吧，你知道，我刚才说了，我们和奥地利曾经是一个国家。这样，我学习德语很容易。进而我也很容易学会说英语。可是中国话，这是一种完全不同的语言体系，我在中国生活了二十多年，其中在上海大约十五年，学了一些中国话，嗨，不过那些都是骂人的难听话，当然再有就是一些男人们感兴趣的话！比如……"柯哈纳突然停住了，他意识到了对方是个姑娘。"噢，当然，当然，我那个时候可是个年轻人啊！"他自我辩解了一句。

陆晓念差一点儿又要笑出声来了。

"听着！听着！"他说，"我说一句中国话吧！阿……拉……瓦……郭……宁！"

陆晓念终于再一次笑出了声音。

柯哈纳也"哈哈"地笑了半天，喘一口气，说道："我去满洲的哈尔滨办事，我对人们说了这句话，可是你猜怎么着？谁也听不懂！"

陆晓念说："柯哈纳先生，您说的是上海话，东北人当然听不懂啊！我们现在讨论的教中国话实际上也大部分是上海话！我们可以把教学内容缩小到一个范围，比如购物啦，餐饮啦，我们也可以事先请他们把需要的一些单词内容告诉我们……"

柯哈纳恢复了一本正经的表情："还有一个非常重要的问题，就是请您告诉我您预期的报酬是多少，就是说，您希望我们付给您多少钱。"

"我真的没有什么数字的概念，还是请您先告诉我吧。"谈到钱，陆晓念忽然感到有些不好启齿。

"是这样的，"柯哈纳用拳头捂住嘴轻轻咳嗽了一下，"我们难民营的资金来源基本上是靠'卓因特'和上海本地的犹太社团的捐款。比如，我们最近就正在和'卓因特'合作，把难民营后面的一个库房改造一下，给大家做公共洗澡堂。"

"卓因特？"

"就是美国犹太联合分配委员会。没有他们的帮助我们会非常困难。"柯哈纳继续着，"所以我们给这里员工的工资是每月五美元。"

"五美元，为什么不发中国钱呢？"

"直接发美元事情会简单得多，中国钱汇率不稳定，浮动差价太大了，算来算去没法对付，所以员工也希望要美元。而且，有些聪明人还可以利用差价换来换去，在黑市上赚点儿小钱。"

"明白了，就是说……"

"就是说，我们也给您美元做报酬，每星期一个晚上，一个月四次，每次一个半小时。我们也给您按五美元算，希望您能够满意。"

食堂内又爆发出了叫喊声："裕根！裕根！你的女儿找到了！还活着！"

这次冲出食堂的，是一个健壮的中年妇女。

"我看，我们还是到办公室去谈吧！"柯哈纳说。

两个人站起身来，一个瘦高的背影和一个苗条的背影，向僻静处慢慢走去。

8

　　日本占领上海当局西洋人事务部部长井冢明光大佐欢迎维森多夫的晚会开在虹口吴淞路上的日本人俱乐部里，俱乐部里外刚刚重新装修过，在这一片被人们称作"东洋街"的街区里显得十分耀眼。它的对面立着日本的警察署，所以非常安全。而在俱乐部会场的前面，有几个日本宪兵牵着狼狗在四下环视，同时周遭空地也临时用粗麻绳拦起了界线，隔开看热闹的行人。三年前，中国和日本军队在苏州河以北的地区鏖战一场，虹口地区就是战场的一部分。后来，中国军队撤退，在这之前坚决地炸毁了这一带的许多公共设施，给将虹口视为帝国的海外领土的日本当局添加了无数的麻烦。所以，能够在日本人俱乐部举办这样像样的晚会，也真是体现了井冢大佐的用心。

　　井冢明光，五十多岁，中等身材，发亮的秃顶下是一张留着山羊胡须的慈善的脸。他的体格壮硕，宽额骨，阔肩膀，虽然穿着便装，但是姿势堂皇，举止干练，显露出戎马生涯沉淀下的丰富阅历，令人在和他的接触中感到无形的威慑。井冢在晚会开始前的一刻钟便到了场，在客厅侧面拉了厚厚紫红色丝绒帘子的小厅里由属下陪着闲聊。

　　晚会的具体事项都是由合津操持的。在几十位被发送了请柬的客人里面，除去大半的日本人和十几位上海本地犹太社区的头面人物，还有苏州河对岸公共租界的英美洋人。所以，斯皮尔伯格、柯哈纳和玛格丽斯这些人也都在邀请之列。合津又添加了三四位上海工部局交响乐团的乐人，包括指挥——意大利人迈依斯特罗·皮亚契和首席大提琴沃尔特·约内斯。对于后者，合津并不知道他是维森多夫的好友，直到受到邀请的客人返回了确切出席的答复之后才知道的。于是他得意这会给维森多夫添加另一种惊喜。当然，合津也没有忘记通知上海报界的各色记者。

合津康弘，二十九岁，在这样的年纪做上了日本驻上海的西洋人事务部联络长，充分说明了他的才干。对于任何追求仕途的人来说，这都意味着前景一片光明。但是合津的兴趣在于此又不在于此。他的远大抱负似乎并不在某一个固定的目标之上，只是执着地怀着干一些大事给周围的人看一看的念头。这种充满虚荣的追求其实来自他的童年经历。合津的出身和成人之前的生活经历是他不愿提及的，但是在后来，当他成了犹太难民个个痛恨的人物之后，人们才渐渐从犹太人的闲谈和咒骂中知道了些片段。合津出身于名古屋一个家道中落的富足大户，或许由于家庭曾经的过度张扬引来人们的忌恨，合津的成长岁月是在周遭幸灾乐祸的冷眼中度过的。这无疑养成了他敏感多疑与乖戾的性格。此外，他的身材十分矮小，这便更强化了他由于不快的童年所形成的价值考量。而且正因为如此，还有一个非常有趣的事情，便是他十分厌恶高个子的男人。

前厅通向建筑深处的过道前面，一扇题了汉字画款，叫作《花下游乐园》的金帛手绘屏风掩藏了过道尚未装修好的部分，屏风上画着旧时京都的日本人围观来自海外赏樱花的西洋游客，显示着日本大众心仪欧洲的流行风尚。屏风前面，铺了雪白桌布的条案上，考究的东西方点心、饮料琳琅满目地排列着。这些东西，是合津令下属在上海有名的犹太人路易丝咖啡店和日本人做老板的三和点心店订购的。

客厅并不十分宽敞，所以正对入口的大墙被重新装修成一排隔扇纸窗门的模样，给人以宽敞空间的想象。贴墙略略高起一方平台，是专门为演出或者必要的讲演和发言用的，此时，平台上正坐着两名艺伎，用三味线弹唱着旖旎幽婉的曲调。

七点半，当维森多夫由玛格丽斯、斯皮尔伯格和柯哈纳陪同着到来的时候，门口立即响起热烈的掌声。在一片笑脸的围拢中，井冢大佐由侧厅缓缓走出来，他和维森多夫用力地握着手，同时眼睛自上而下地将眼前这位名声响亮的世界小提琴大师迅速地打量了一遍，随即露出快乐的表情。他已经看出，颠沛的逃亡经历和初来乍到的身不由己，在这位音乐大师面孔上刻下了些许迷茫，再加上晚间正装礼服的褶皱略显寒酸，井冢便愈加心中有数，自信日本人可以在今后好好利用一下这位音乐大师的名声。

井冢接受了维森多夫的谢意之后，说道："您更应当感谢合津先生哦！他为了找到您可是花了大力气的！喔？合津君！合津君！"

井冢一边说着一边扭头，却不见合津的人影，再四下里看看，才发现合津谦逊地站在一丈开外的人群外面。井冢道："合津君！你怎么还在后面站着啊？"他转向维森多夫，"瞧瞧！我看一定是您的名气太大，他这个小提琴家和您一比，就什么都不是啦！"

这真是出乎维森多夫的意料，他忍不住惊喜道："怎么？合津先生也是小提琴家吗？"

这天的合津梳着平滑光亮的背头，身穿剪裁十分合度的黑色西装。他的皮肤的露出部分，例如面孔和双手都保养得很好。一看便知是相当在意自己外表的人。他的脸上并不像一般的日本成年男人那样留起居中一粒的小仁丹胡，而是下巴两腮和嘴上都刮得干干净净，透出浓重的青色，显出旺盛的企图心。听到维森多夫的问话，合津这才有些谦恭地走过来。

维森多夫道："这简直太好了！咦？可是我们第一次见面的时候，您为什么只字不提呢？"

合津谦虚地答道："那天是行公事，所以怎么好意思在您面前自我吹嘘呢！在小提琴演奏上，我最钦佩的演奏家就是您。所以可以说，我早就认识您了。"

合津由衷地继续说下去："从唱片的封套上熟悉了您的模样，从唱片上熟悉了您的音乐。在我收藏的您的唱片里面，您在一九三五年录制的门德尔松的小提琴协奏曲，是这首曲子有史以来最好的演奏！"

维森多夫露出难以置信的表情问道："这是我在德国最后一次录制的唱片了。刚上市几天就被禁售了。您是在哪儿得到的？"

合津有些自得："就是这里呀！上海！上海就是这么一个奇妙的地方，你想要什么，就一定能找到！"

井冢将话接过来道："嗯！是啊是啊！合津君说的没错！中国人把上海称为'上海滩'，可能是说，水很深，你总是弄不清水的下面有什么东西。英国人和美国人都把上海叫作'冒险家的乐园'。而法国人的说法就很浪漫，他们说……上海是'世界的万花筒'。"

他笑了，大家也都笑了。

井冢渐渐露出了一丝威严，他的眼睛直视着维森多夫，用不容拒绝的口气问道："维森多夫先生！如果我要请您，或者说你们犹太人，给上海一个贴切的称呼的话，您会怎样回答我呢？"

维森多夫始料不及，一时语塞。

又停一停，维森多夫回答道："我想，叫'避难所'吧！"

"什么？"

维森多夫看一看周围的犹太宾客，仿佛要得到大家的认同似的，然后用肯定的语气说："'避难所'。对，这是一个恰当的词。来到上海，我才知道这里收留了这么多的犹太人！而且所有下船的人都是不要求签证的。"

"哦？"井冢愣一愣，随即半开玩笑半认真地说，"那您一定是感受到我们日本人的热情了吧？"

在场的日本人都跟着笑了起来。

艺伎们换了曲调，侍女在宾客中无声地停顿和穿走。

合津拉着一位胖子白人走到维森多夫面前："我来介绍一下！这是上海工部局交响乐团的指挥迈依斯特罗·皮亚契先生！意大利人。这位是大提琴家沃尔特·约内斯，是……"

合津的话未落，只见维森多夫和约内斯早就紧紧拥抱在了一起。

"沃尔特！是你！你也在上海！"

"前几天看到报纸上的消息，就知道你来了！合津先生要我今天神秘地出现，给你一个惊喜！"

两个人再次紧紧拥抱！

维森多夫和约内斯、皮亚契来到角落里，在不断微笑和寒暄的繁文缛节之后，几位音乐家各执一杯酒，想痛痛快快地说一说心里话。

约内斯道："莱隆德！到我们乐团来吧！大家都会欢迎你的！这里有不少我们犹太同胞呢！"

"水平怎么样？"

皮亚契道："还可以。你想，上海，远东的第一国际大都市啊！只是有两点，弦乐部分的人，大都是从俄国来的。所以，演奏些浪漫派的东西还不错，但是要说演奏海顿、莫扎特或者贝多芬的作品，就差些了。"

维森多夫笑道："哦，我明白！是不是就像在演奏古典主义的东西时，纽约交响乐团和柏林交响乐团的差别？"

皮亚契道："对极了！但是当然和纽约交响乐团是没有办法比的了。"

"噢，当然！当然！"维森多夫啜一口酒。

约内斯道："还有一个，就是这个乐团在演奏的时候一不小心就会奏出酒吧的味儿来！"

维森多夫道："哦，说起酒吧音乐，你知道，我一到上海，真是一下子不知道该如何是好，还曾经去酒吧试运气呢！"

"说笑话吧？"

"不，我真的去了！那天我还听到了一种奇妙的酒吧音乐呢！"

"噢！我猜得出来！到处是滑音，到处是弹性速度！对吧？"

"对对！可见浪漫和轻浮只有一线之隔。"

"那你怎么办呢？"

"结果是不及格，老板的女人说我琴拉得不好，会让客人睡觉，而且……我想她也一定觉得我长得太老了！"

两个人都大笑起来。

约内斯道："不过，我必须承认，俄国来的音乐家水平都很好，有的相当出色呢！之所以会在演出时出现些油滑气，是因为薪水太低，很多人在空闲的时候去酒吧和夜总会里赚第二份收入养成的习气。说到底，就是拉野琴拉习惯了，缺乏控制。"

"乐团里有中国人吗？"

"没有！"

"沃尔特！前几天，我偶然听到一个只有十四岁的中国孩子拉小提琴。好得令人惊奇。他和他的姐姐都是非常有教养的青年人，我很喜欢他们，而且甚至有一个想法……"维森多夫情不自禁想说，他非常希望能够收那孩子作为他的第一个东方人的学生，但他还是把后半截话留住了。可约内斯哪里听得出来，人在快乐的时候，感官的功能往往是迟钝的。

"这里也和欧洲一样，最忙的是夏天的演出季。公园里的露天演出场次很多。"约内斯喝了酒，脸色红红的，鼻头也变红了，话多了起来。

"什么公园？"

"法国公园。"

"什么？法国公园？在上海？"

"对呀，叫法国公园，只不过，你猜怎么着？公园的隔壁就是动物园。有的时候正演着，动物突然叫了！那效果非常滑稽！"

"真的？"

"真的！非常滑稽！对！应该说非常奇妙！今年夏天的时候，我们正演奏《图画展览会》①的结尾部分，你猜怎么着，动物园的狮子叫了，而且叫得恰到好处！结果弄得台上台下所有的人都笑了起来，那

---

① 《图画展览会》：19世纪俄国作曲家穆索尔斯基的钢琴组曲，后由法国作曲家拉威尔改编为管弦乐作品。

些管乐的都吹得走调了。"

三个人都大笑起来。皮亚契随即用嘴模仿着乐队，唱起《图画展览会》结尾部分《基辅的大门》的旋律，不过把每一声钹的敲击，都唱成狮子的叫声。同时不端酒杯的左手做出乐队指挥的手势，直到三个人都笑得流出了眼泪。

合津见到维森多夫快乐的样子，心中十分高兴，他便命侍者随着他携去一瓶新酒，给三个音乐家斟了，然后自己先干一杯，寒暄几句，转到别处去照顾其他的客人了。

维森多夫望一望合津矮小精干的背影，感慨道："也是音乐家！对我伸出了音乐家之手！而且看来他真的熟悉我的演奏呢。"

约内斯道："他是我们乐团演出时的常客，有时连彩排的时候都来，可是我们从来不知道他是个音乐家！只是听说他喜欢音乐，喜欢收藏唱片。"

维森多夫不禁感慨道："哦？不可思议！人不可貌相啊！"

不知不觉地，主人们和客人们都说了很多的话，喝了很多的酒，客厅里面的气氛也渐渐从隆重变得轻松和随意了。当台上的两名艺伎弹着三味线唱完了一首曲子的时候，在场的不少日本人都"哗啦啦"热烈地鼓起掌来。

"这曲子名叫《净琉璃》。"合津向维森多夫和约内斯解释道，"《净琉璃》是日本传统的说唱艺术，有很多段落，现在她们唱的我也不太懂，这是古曲，是非常难唱的！"

他还打算继续说些什么，却听到不远处坐着的井家大佐开口叫道："合津君！你们音乐家不要只是自己交谈！请维森多夫先生到这里来坐坐吧。他可是我们今天的贵客呢！"

客人中突然有人叫道："怎么样，是不是应该请维森多夫先生演奏一曲啊？这可是难得的机会啊！"

他的话随即得到众人热烈的响应。

此时维森多夫已经被请到了台前，他一边执意摇着双手，一边反复说着推托的话，但是他的声音被淹没在周围热烈的鼓噪中，根本没有人听。

井冢站起来用手压下众人的叫嚷，用毋庸置疑的口吻道："这样吧！就邀请维森多夫先生和合津君一起拉好不好？一位是世界大师，另一位，唔！合津君！拜托你啦！我们日本人在这种西洋乐器上要加油哦！"

只有几分钟，两把小提琴便从俱乐部的琴室里取了出来，塞到了维森多夫和合津的手里。

合津向维森多夫低声道："实在是没有办法，请您一定包涵吧！"

两位音乐家正不知该演奏什么好，又有一名日本客人道："我知道在西洋音乐上有即兴演奏这种技巧，就是由别人提出一段曲调，然后由你们两位再，再……"

有人接着话头道："那叫'变奏'啊！"

人群中突然又传出一声叫喊："啊！太好啦！这样看来，这是一场小提琴大对决啊！"

此言一出，全场顿时活跃起来！

这个提议大大出乎维森多夫的意料，但是有碍情面无法拒绝。而合津闻言，即刻要逃走，但都被人们挡了回来。他抬抬头，只见紧张和激动使得他眼帘下面的面皮露出绯红的颜色，看上去甚至有些可怜。

维森多夫还记得刚才台上的艺伎说唱的曲调，便建议用它作为变奏的动机。两个人相隔不远站着，全场随即安静下来，人人全神贯注充满好奇。

维森多夫先拉，他略想一想，感到那段说唱虽然幅度并不宽，但却有一种上下扭动的趋势，正好便于发挥，于是他先拉出这个曲子的基本旋律，接着把这个旋律在不同的声部位置上重复了一遍，然后便连续拉出两段变奏，第一个变奏如同梦一样优美，而第二个变奏，则先用一连串的音符变化在低音上做出清风吹过树梢一般的呼啸，然后再在高音部分做出如同回声似的巧妙的应答。

他的头刚刚抬起，全场的喝彩就响了。约内斯和皮亚契相互会心地笑笑，无比赞美地摇一摇头。但说到底，这样精彩无比的变奏，给眼前这一群只想凑热闹的人们听，多少有些浪费，但是，合津是内行，他不禁暗暗吃惊，感到西装里的衬衣已经湿湿地贴住了脊梁。

"来不及了！"他想，倘若刚才他坚决地退让，不但不会丢了面子，而且还会给人们留下谦虚的印象。他刚刚被提升为西洋人事务部的联络长，最初的威信和形象是多么重要啊！

合津托琴在肩，调一调音准，也乘机想了想他的变奏，他先将这十几小节长度的两句旋律尽量有声有色地拉上一遍，然后就用他有把握的和声分解的办法将曲调连贯而合理地拉了出来。他完成了一个变奏便下意识地停了手，这一刹那，周围的掌声也是一哄而起。合津的心定了一定，旋即想起维森多夫是拉了两个变奏的。

井家的兴致更高了，他大声说道："在座的女士们、先生们！这样的曲子太温情了吧？现在是战时，我看，"他略顿一顿，"我看，就用我们的军歌吧？再来一次！怎么样？"

众人轰然鼓掌喝彩，有人竟然起头大声唱起日本海军军歌来了，所有的日本人齐声附和，先是零乱，然后渐渐整齐，都拍着手跺着脚地唱了起来！

维森多夫全然僵住了！

眼前的这个情景对于他来说，是再熟悉不过的了！此刻的歌声和跺脚声瞬间将他拉回到了两年前的德国慕尼黑那个刻骨铭心的夜晚。那天晚上，在慕尼黑音乐厅的后台，纳粹党卫军上校约瑟夫·梅辛格恶言相加，正式宣布将他驱逐出德国，要求他必须在两天之内离境，而且幸灾乐祸地告诉他应当回家看看。他衣着散乱，在人群中吃力地奔跑，当他不顾一切冲进家门，抱起女儿米拉尼遍体鳞伤已经变冷的身体的时候，街上党卫军的游行正进入高潮，探照灯移动扫射下明灭舞动的无数"卐"字旗，铁靴踏出的隆隆声与无数喉咙里唱出的军歌声，这一切，构成了既零乱却又完整的画面，是他终生不会忘记的！而此刻，这个画面又出现了！

突然，人群又安静了，如果说刚才是热身的话，这一次，是由井冢指定了旋律，两位小提琴家的对决算是真正开始了！

这一次轮到合津先拉，他的小提琴发出坚定而自信的铿锵之声，合津耍了一个滑头，他这哪里是变奏，只是将这首日本人熟悉的军歌从前到后完整地拉了一遍，不消说，全场的日本人都能跟得上他这耳熟能详的曲调，于是，掌声爆炸，跺脚拍手，齐唱的歌声再起！

"维森多夫先生！请您演奏！维森多夫先生！该您演奏了！"此刻，合津的眼睛里闪着兴奋的光，却小心翼翼地说道。

维森多夫吃力地将自己的情绪稳定住，将琴托在肩上，这一刻，他可以感到全场的人都在盯着他，露出迷惑的表情，便打算将这首日本军歌做出一个温和的变奏作为不失礼貌的回应。然而，就在他将琴弓触在弦上准备奏出第一个音符的时候，仿佛有一个声音在耳边低声而且严厉地说："爸爸，你怎么会同意拉这样的曲子呢？爸爸！"

他仿佛感到米拉尼在直愣愣地盯着他！

"米拉尼！我听到了！我听到了！"他抬头望向虚空，不由自主地脱口叫道，然后决然地将小提琴放下了！

"他在说什么？"人群中有人低低地相互询问。

"合津先生，还是请你来拉吧！"他礼貌地转头，"我觉得，我……就这样吧！谢谢大家。"

静场。

所有的人愕然，一片交头接耳的"嗡嗡"声。

随后，是日本人狂热的欢呼。很明显，世界小提琴大师莱隆德·维森多夫在变奏技巧的对决中不可思议地败给了日本的小提琴家合津康弘！

9

　　维森多夫回到家里的时候，天已经很晚了。在他用钥匙打开自己房门的时候，抬眼望去，楼梯的尽头很静很黑，陆家的姐弟两个恐怕早就睡了。电灯不亮，一定是又停电了。战时上海的供电时有时无，好在遇到得多了，桌子上总是备着蜡烛。他脱掉外套，在黑暗中坐了下来。

　　这是个无风的夜晚，白天喧闹的城市开始酣睡，只有远处日夜不停的运煤驳船发出断续的汽笛声。屋子里，月光从窗帘狭窄的缝隙穿进来，融化成模糊的一片。他可以听到窗外的树枝在黑暗中悄悄地生长而发出的"咯吱咯吱"的声音，如同一个年轻人在舒展着关节，扭动着肢体上日渐隆起的肌肉。他不禁想到，他已经不年轻了，再也不能像很多年前那样，不论有天大的事情都可以暂时放到脑后，用大睡一觉来冲淡痛苦或者烦恼。

　　他努力使自己想一些晚会上高兴的事。

　　对了！他又意外地见到了约内斯！这个在年轻的时候就常常在一起的好朋友。他们后来是同台演奏的合作者。约内斯是生性温和、处事谨慎的，他的大提琴也拉得十分优雅与柔和。他们曾经在一起同台演奏过勃拉姆斯和贝多芬，那真是天衣无缝的配合。在晚会上约内斯还告诉他，除去音乐会演出，他还在乐团演出和排练的兰心大戏院附近开了一家小乐器行，作为生计的补充和防止意外的经济保险。他们已经约好明天晚上见面，去他的乐器行里看看，然后好好地找地方喝上一杯，好好地聊上一聊。

还有，迈依斯特罗·皮亚契，这是一个多少让他感到有意外收获的人。这个人有着南部意大利人那种线条鲜明的爽朗性格，他并不像约内斯那样，在日本人面前谨慎地避讳某一些话题，而是心直口快，不避好恶。所以，在聊起德国音乐界的现状时，他不但对理查·施特劳斯①表示气愤，甚至对福特万格勒②也颇不以为意。他说话时的那种不容争辩的口气，使得维森多夫产生了很大的好奇心，想听一听他指挥的上海工部局交响乐团的演奏。

"明天早上就过来看看吧！我们正好有一场排练。这是远东最好的交响乐队！"迈依斯特罗·皮亚契毫不犹豫地说道。他甚至要维森多夫开始考虑一下在上海举行独奏音乐会的时间和曲目！

晚会上最后发生的情况是任何人都没有料到的。他在两年前深埋在心底的痛苦，竟然被一次小提琴的即兴演奏撕裂般地唤醒了！他立起身，点上蜡烛，打算给自己倒一杯水，却在无意中看到了镜子中的自己。

突然，他停在了镜子的面前，久久地，久久地向着镜子里烛光后面的黑暗望着。仿佛，镜子里幽暗的空间展示了另一个未知的可望而不可即的世界！

---

① 理查·施特劳斯：著名的德国作曲家与指挥家，1933年曾被德国纳粹任命为帝国音乐局局长，后与纳粹决裂，于1935年辞去该职。
② 福特万格勒：20世纪德国伟大的指挥家，备受纳粹的器重，但是他并不赞同纳粹迫害犹太艺术家的做法，保护了不少犹太音乐家。

"米拉尼！"他喃喃道，"米拉尼！我的女儿！"

"等一等！等一等！"他又匆匆说道。

他随即冲进洗手间，在黑暗中摸到肥皂、毛巾与刮胡刀，急不可耐地又认真地开始刮胡子。他将衬衣领口还没有解下来的黑领结重新扶正，然后郑重地拿起小提琴。走向镜子的正前方，左手执琴在肩，右手举起琴弓。他的姿态庄重，如同在音乐厅里的舞台上一般。

"米拉尼！"他再一次低低地叫道，随后，那即兴而出的小提琴的旋律带着如泣如诉的思念静静地流动起来……

爸爸，您好吗？我每时每刻都在思念您啊！我听得出来，您拉的小提琴就是我制作的那把琴啊！我曾经说，这把琴就叫作米拉尼小提琴！记得吗，当年我送给您这把琴的时候，我说，我画在琴托板上面的小瓢虫就是我，每当您拉琴的时候，我都永远和您在一起，但是请您放心，我一直是安静的，绝不打扰。爸爸，您还记得吗，您看着小瓢虫，好奇地问我："告诉我，为什么画的是个小瓢虫呢？"其实，这个答案很简单，因为小瓢虫这个词的含义是圣母马利亚的信使[①]，就是说，我和圣母一起，佑护着您！……

渐渐弱下去的长音。

维森多夫放下琴弓，把脸紧紧贴在共鸣箱的小瓢虫上，久久不动，直到燃尽的灯芯开始卷曲，蜡烛光暗了下来，他依然一动不动地默然站立着，感到镜子中的米拉尼又渐渐退入那烛光后面无尽的黑暗

[①] 在德国，七星瓢虫有一个宗教性的名字，与圣母马利亚有关。七星瓢虫的德语 Marienkäfer 中的 "Marien" 指圣母马利亚。七星瓢虫是圣母马利亚的信使。

中去了……

于是，他又回到了现实——这里是上海，是一个远离家乡的东方城市里一个租住的三十平方米的房间。

然而，就在他想关上窗子打算睡觉的时候，他那双无比敏锐的音乐家的耳朵捕捉到了一缕时轻时重的乐音。有人在远处的什么地方拉小提琴呢！那琴声在一个旋律上前后纠缠着，似乎发展了却又停顿下来，然后又从头开始重复。

这么晚了！居然还会有人有兴致拉小提琴！他想，这真是一个不可思议的夜晚！

维森多夫便披上外衣，关上窗子，掩了房门，走到巷子里。他先是站了一会儿，确定一下自己的判断和那音乐传来的方向，然后便循着依稀的乐声，信步向江边走去。

10

自从陆扬以耍宝的方式在街头拉琴以来,向他的琴匣里扔进来的钱确实比原来多了不少。围观的人除了掌声,还有笑声和口哨声,场面相当热闹。有一天下午,一个大包头的印度锡克警察走进场子里,阻止了他的表演,轰开了看热闹的,向他敲竹杠。理由是他在街上拉琴影响了人行道上的交通秩序。陆扬只得恨恨地向他塞了几张钞票,但是却在他转身离去的刹那又用闪电一样的动作把那几张钱从他的口袋里偷了回来。然后,若无其事地走开,走到另一条街去了。

一大早,陆扬就被晓念叫了起来,她提醒他,今天是爸爸四十五岁的冥诞,也恰好是去世三年的忌日。要他到爸爸的照片前鞠一个躬。

在晓念卧室门的那一边,枣木色的五斗柜后面高过头的墙上,挂着爸爸的照片镜框,镜框前,已经点燃了一支蜡烛,火苗映在镜框的玻璃里,一跳一跳的,照片上一动不动的爸爸似乎有了生气。

陆扬回头看到姐姐还站在门边上,就说道:"我看你还是去干自己的事吧!"然后转过头。三年前爸爸被日本特务暗杀后死去的模样仿佛依然清晰地留在他的眼前。陆扬愣愣地看了爸爸一会儿,然后目光转到了镜框下面的蜡烛上。这几年来的晚上,常常停电,电灯突然灭了的时候,姐姐就会在黑暗中熟练地拿出蜡烛点上。姐姐睡房的蜡烛放在床头柜的下层里。他的睡房的蜡烛也放在床头柜同样的地方。

客厅的是放在漆成樱桃木颜色的硬木墙围拐角的三角柜上。那些蜡烛都是白色的、细长的，点起来烟很大。

爸爸照片下面的蜡烛模样却很美，它像小茶杯那般粗细和高矮，蜡烛的表面仿佛镀了一层银色的漆皮儿，透出金属一般的质地。蜡烛放置在一个比它的高度略深的玻璃盏里，避免了被风吹熄。

姐姐说起话来的声音比平时低，也比平时正经。这让小扬很不以为意。他想，爱爸爸应该不是这么一个爱法。他想，他应该赶快长大，然后挣很多的钱，走在街上的时候，让那些日本的男男女女都像见了爷爷一般弯下腰去。他还要找到当年在小树林里面杀死他爸爸的家伙，亲手杀了他！

或许，最难熬的悲痛由于年幼无知少不更事，反而变得易于承受，但待到他一天天长大，渐渐懂得那早已过去的事情的时候，那种悲痛便不会再使人痛不欲生，而是化作一种淡淡的持久的哀思和一种不变的坚强，永远深深地铸在他的心底了。

他吁出一口长气，又再看了爸爸的照片一眼，转过脸来，看到姐姐正一脸肃穆地站在门边上，觉得女孩子就是多愁善感，就冷冷说道："我走了！"然后回房间取了小提琴，一摇一晃地下楼去了。

陆扬的父亲名叫陆念扬，他生前是上海音乐专科学校的小提琴教授。正如同所有的艺术家一样，在他的心里，一切是以音乐为中心构筑的，仿佛一切物质的东西都在这个圆圈的最外沿。他的妻子，一位追求新奇与高雅的富家女子，却终于无法忍受淡泊清寒的生活与他分了手，和一个富家子弟出国去了欧洲，从此再没有了音讯。

陆念扬带着两个未成年的孩子住在公共租界圆明园路的旧宅里，这户两层的连体小楼是陆家的私产，依然保存得十分完好。陆念扬执着地按照自己的教育模式塑造着这两个孩子，除去严格监督他们的日常功课之外，又特地加强他们的外语学习，同时，他把自己的艺术理想几乎全部寄托在了儿子陆扬的身上。因为这孩子自幼便对音乐显现出超乎常人的敏感和兴趣。

二十世纪三十年代，由西方各国纷纷占有租界的上海，却是一片不寻常的和平世界。事实上，上海早就是日本人觊觎的一块肥肉。因为控制了上海便等于控制了长江的出海口，不但日本进行战争的物资和兵源的运输补给有了坚实的基地，而且沿水逆流而上，便可以控制中国最富庶发达的经济区。正因为如此，日本在上海的军事力量也是以海军为主导的。

一九三七年秋天，中日军队在上海的大战终于全面爆发。这场惨烈的战斗将上海北面的无数街巷夷为平地，到处是士兵和平民的尸体。战斗就在苏州河的北岸展开。苏州河的另一面就是英美管辖的公共租界区，于是在这一边，不但英军的守卫部队进入全面戒备，而且成千上万的上海市民沿着河堤观战，为中国守军呐喊助威，热血沸腾。

陆念扬目睹无数同胞的惨死，目睹中国的战士们前仆后继的英勇牺牲，激动得夜不能寐，便创作了一首小提琴独奏曲《这一天》。后来，这首作品在上海抗战的宣传演出中被无数的人演奏着，渐渐引起了日本特务组织的注意。终于，特务们掌握了陆念扬晚上经常在外滩最北角的公共花园里散步的习惯，由三名便衣特务下了毒手……

陆扬还在租界的街上拉琴。天近傍晚，正是上生意的时间，看看围上来的人有了十四五个，他就清一清嗓子吆喝道："阿公阿叔阿婆阿姨们！人人都说'梵婀玲'是高级乐器！可是什么叫高级乐器？高级就高级在什么都能拉，高级就高级在可以变出许多花样！要是不信，您就听着我的！"随着话音，他就一屁股坐在了地上，然后盘着双腿，把两个膝盖支起来，将小提琴夹紧在两个膝盖之间，左手像弹奏古筝一样捻动琴弦，右手像拉锯一样运弓，那把小提琴立刻发出沉闷的音色，活像一头水牛在嗥叫。

这一下子看热闹的都高兴地笑起来，气氛一时变得非常活跃。陆扬又拉了片刻，突然停住不拉了，说："我还有新鲜的给你们看！"他立起身，把琴倒背着，横放在颈子后面的肩胛骨上，左手挽过去，用拇指与食指擒住小提琴的指板，另外三个手指头伸一伸触到琴弦，然后右手执着琴弓，仰起手也翻上去，够到琴，这个姿势就像是在搔背的动作，看的人又笑了。陆扬拉出几个乐音，说："怎么样！真不是吹牛皮！想不想让我给您拉一首曲子？"说罢，他放下琴，向着四周弯一弯腰。

看热闹的人们当然明白他的意思，随之哄出一片嬉笑声。

有人笑道："吓！这个小赤佬！蛮机灵的嘛！"

"小赤佬！拎得清啊！这是想要钱了！"

也有的人说："这个小男人！我在淮海路见过的！拉得蛮好！人也长得清清爽爽的！"

陆扬不理会周围七嘴八舌的议论，只管低着腰。片刻，他斜一斜眼睛，见到琴盒子里面乱蓬蓬铺上了一层钞票，心中道："次娘的！老子要的就是这个！现在给你们露一手吧！"

他重新抬起头来，扭起胳膊，把琴在背上放好，然后把头像是起拍子似的猛然一晃，随即拉起《玫瑰，玫瑰，我爱你》。这是时下上海尽人皆知的一首流行歌曲，作曲的是当时的上海歌坛王子，叫陈歌辛。这么一来，更不得了，又有一些行人止了脚步，围上来看。陆扬暗暗欢喜，知道等曲子拉完了，可以再收一轮钱，加上这种姿势实在挺难受，额头已经有点儿出汗，他便省略了一段儿，在曲子拉完的时候，加了几个"花儿"，然后戛然而止。随着周围的喝彩，陆扬弯一弯腰，叫道："朋友！帮帮忙啦！"开始要钱。他刚刚低下头去，便见到琴匣子边上出现了一双白袜子和系着襻儿的黑色女皮鞋。他心中一顿，知道一定是姐姐来了！

这果然是陆晓念。她并不说话，一低头把放在地上的小提琴匣子关上，提了便走。看热闹的见了，"咦"了几声，没有人再给钱，都纷纷散去。陆扬无奈，只得叹一口气，拎着没有匣子的小提琴，怏怏地跟在陆晓念的后面，回家去了。

这一个晚上，两个人都没有怎么说话，陆扬知道今天晚上的安排，如同前两年的今日，在快到午夜的时分到黄浦江边上点上蜡烛，为爸爸送别。只不过今年的安排上，又多出了一个内容，那就是在蜡烛点着的时候，由小扬为爸爸演奏《这一天》。晓念说，前年和去年，小扬的琴拉得还达不到爸爸的期望，爸爸听了一定会生气，今年进步了，爸爸听了一定会高兴的。按照陆晓念的说法，在爸爸的冥诞，爸爸的亡魂一定会从另一个世界回到家里来看望他们姐弟两个，在第二天快要到来的时候依依不舍地离去。

"你怎么知道爸爸会这样来看我们呢？这些都是你自己想象出来的！"两年前的今天，陆扬曾经这样对陆晓念说。

"胡说！"陆晓念顿时被激怒了。

"我胡说？哼！多愁善感！"陆扬道。

"住口！你这个不孝的！还敢再说下去？！"陆晓念喊着。

俗话说，一个姐姐半个妈。那一次，陆扬就没有再说话。

"《这一天》你没有忘记吧？"陆晓念问道，"等吃完了饭再熟悉一遍！"

小扬的心中真的有些打鼓，这两个月来，他几乎没有正经练过什么琴，更不要说《这一天》了。但陆晓念的问话有着咄咄逼人的口气和极强的责怪的意思，仿佛在说："爸爸的《这一天》你怎么会忘记了呢！"

陆扬硬着头皮道："没忘！"他还想再说点儿什么，但他抬起眼睛，看到姐姐正直直地看着他，就不再吭声，把头扭到旁边去了。

时间不早了，姐弟俩出了门向外滩走去。到了江边，顺着江堤四望，岸上空荡荡的早就没有了闲人。只有江水冲刷堤岸，发出空洞洞的回响。沿着江堤，是一排铸铁的雕花路灯，柱子顶上的玻璃灯箱，亮着黄色的暖光，空气中的水汽和粉尘受了热，围着灯团团舞动着，在晚上的薄雾中依次远去，如同一排发光的橘子。在南边远远的小渡轮码头那儿，靠船坞密密匝匝地停泊着数不清的木船，船上落了帆的桅杆错落，使得白日里喧闹的码头像是落满了候鸟的秋林。

晓念和小扬沿着江边径直向北走，不一会儿，铺石砖的路面和铁铸的路灯都到了尽头。下了几层台阶之后，路灯没有了，江岸也成了泥土地，树木渐渐密了起来，不久，就形成了一片不大不小的林子。林子的另一面，是整齐的绿草地，草地中央有一个印度式的圆顶小凉亭。这便是公共花园，当年父亲遇害的地方。站在这里举目望向江面，只见苏州河从西北面汇入黄浦江里，江水受到了冲挤，弯出一道弓形，水面顿时开阔了许多，天地由此连成了一片，看不清分界，令人想到大海的苍茫。

两个人在树林的水边站住，晓念道："小扬，我准备蜡烛还要有一会儿，我看，你抓紧时间再熟悉几遍吧！"

陆扬不吭声，瞥一瞥正背对着他蹲在草地上的姐姐，自己提着小提琴踱到一棵树后面热身去了。晓念从一个蓝布印花的书包里取出包在纸里面的蜡烛和玻璃钵，这根蜡烛在爸爸的照片前面一直点着，现在，只剩下一寸的高矮，中间的部分燃烧成一个小坑，灯捻儿陷在当中，而玻璃钵则早就固定在了一块平整的木板上了。半晌，晓念叫回弟弟，姐弟俩用身体挡住风，点亮蜡烛，晓念用手推开江水中的杂物和草秆儿，将盛了蜡烛的玻璃钵用一根树枝小心翼翼推着，送到江水的远处。那个宽宽大大的木板载了玻璃钵，就像一条小船，起初颠了几颠，终于遇到了向前的水流，慢慢向江湾的方向越漂越远。

下面轮到小扬演奏爸爸的《这一天》了。演奏完了，这个简单的追思仪式就算完毕。

陆扬在小提琴上插上弱音器，舒展手臂，轻轻演奏起《这一天》来。

平心而论，陆扬的小提琴演奏，的确到了相当的水准。他拉出的音色，如同人声的歌唱，绵延悱恻，如泣如诉，而且伸展的幅度宽广。虽说年纪不大，个子不高，但是他巧妙地放低琴头，在高把位的音色上，依然保持着饱满的张力。听着弟弟的琴声，晓念不由得百感交集，在黑暗中湿了眼睛。

然而，小扬毕竟还是个孩子，他真的不习惯陆晓念的这种诗意的追思方式，拉着拉着，脑子里渐渐走了神。他一下子想到，那个蜡烛会不会被江水打湿了，翻到江里去了呢？他又一下子想到，姐姐的这种做法为什么不早一些和他商量商量呢？不然，他就会早早用木头做一条小船来代替那个木板，他一定会把小木船做得非常漂亮的！他心里想着，手上并没有停，一会儿，拉到了《这一天》的中间部分。

《这一天》是一首带有极强的标题音乐特征的幻想曲。陆扬拉了一会儿，全部的旋律的进行，都是在左手的三度和五度和弦上。他一走神，手上就乱了。他瞥一瞥站在水边的姐姐，见到她早就没有了默哀的意思，而是扭着头，正恶狠狠地盯着他看。他咬一咬牙，奋力再拉下去，断断续续地挣扎了几下，终于停住手，不知如何是好。

陆晓念没有想到是这样的结果，又伤心又气恼，叫出一声"你……"就再也不知说什么好。陆扬懊恼不已，再听到陆晓念的责怪，火也冲了上来，索性把小提琴放下，抬头看着远处。

愣了半天，陆晓念冷笑道："好好！都是我的错！倒不是我把小提琴看得太崇高了，而是把你看得太高了！你每天在街上耍猴子一样，我怎么说你都当成耳边风。反正你把琴拉成这样给爸爸听，我看他是无法瞑目了！"

陆扬急了，脱口说道："又不是我要拉的！都是你非要弄出这么一个纪念方式，very stupid！ very funny！ "

陆晓念想不到弟弟竟然会这样强词夺理，脱口喝道："住嘴！"同时伸出手，一巴掌打在小扬脸上！她在叫了一声的同时也对自己打人吃了一惊，随即呜咽起来。

陆扬也吃了一惊。他呆了一下，转身就走。

"小扬！小扬！"晓念叫了两声，也急惶惶跟着跑去。

突然，两个人都止住了脚步。只见在他们的面前不远，月光勾勒出一个人影，那便是他们的房客，莱隆德·维森多夫老头。

11

陆晓念的咖啡具终于派上了用场，不过，它们只是摆在了维森多夫客厅里的小桌子上，给他们姐弟俩和维森多夫的谈话增添了一种温馨的气氛。没有人有心情喝咖啡，时间已经太晚，也不是喝咖啡的钟点了。再者，当谈话渐渐变得知心，话题就会在不知不觉中变得认真，而现在，可以说谈话已经变得十分沉重了。

"你们父亲的这首曲子有标题吗？"维森多夫问道。他虽然不懂上海话，但是凭着对于音乐的深刻了解，使他对于刚才在黄浦江边发生的事情已经多少猜出了七八分。

"有！"陆扬回答道。因为和维森多夫说话是说英语，所以陆扬想一想，说道："应该叫《那一天》。"

"不对！《这一天》。"陆晓念说。

他们说的，是这首小提琴曲子恰当的英文名字。

"喔！不论是《那一天》还是《这一天》，"维森多夫说，"我很感动，这是我第一次听到东方人创作的现代音乐作品，请原谅我的无知，这么多年来，只是在普契尼的歌剧里面听到过一首《茉莉花》的曲调。所以，如果有机会的话，小扬，有时间你能不能再给我拉一次？"

"当然！"陆扬脱口回答道。他随即看到晓念投来的责备的目光，想起刚才在江边的尴尬，便又向前探一探身子，问道："会不会有一天,您也演奏这首曲子呢?"

陆晓念也激动了:"啊!是啊!是啊!您也会吗?"

维森多夫看一看这两个孩子的脸,分明感觉到了这个问题在他们心中的分量,便非常认真地说道:"只要有这样的场合,我会的!"

说罢,他又看一看这两个孩子,他希望看到他们满意的表情。这一刻,他似乎觉得,他就是他们的父亲,而作为父亲则是要尽责任的。

但是,出乎维森多夫的预料,陆晓念却没有笑,反而露出一副百感交集的样子。陆扬随即撇一撇嘴,说道:"瞧你,又来了!"

维森多夫知道晓念一定是想起了爸爸,就转移话题,向着陆扬说道:"拉这首曲子的时候,音色是最重要的。"

陆扬点点头道:"以前爸爸也这样说,他说小提琴是最接近人声的乐器。但我也知道,维森多夫先生!这和琴本身的质量也有很大的关系吧?"

"当然有关系!但是主要的还是取决于你自己的技巧。譬如,前几年俄国出了一位非常好的小提琴演奏家叫奥伊斯特拉赫①,似乎他所用的小提琴就不是很好。"维森多夫答道。

他的这番话顿时引起了陆扬的好奇:"我还记得在您刚搬进来的那天,我看见您正在和小提琴说话呢。您用的是什么琴呢?"他望一望维森多夫,"一定是一把世界上最好的小提琴吧?"

"嗯!当然!当然啦!"维森多夫几乎是在陆扬的问话在空气中还没有落下之前就回答了。

他飞快地回答完这些话之后,却突然沉默了下去,然后,仿佛对

---

① 大卫·奥伊斯特拉赫:20世纪苏联伟大的小提琴演奏家。

自己的回答又进行了一番自问自答的辩解一般：

"是啊！什么是最好的小提琴？你说，什么是？最好的小提琴，就是让你有信心的琴！让你的心里充满爱的琴！你在拉琴的时候，分不清是谁在歌唱，是琴还是你，是你还是琴！我可以这样说，小提琴就是这样一种乐器，她就是你的世界，你给她多少爱，她就会给你多少回报。其实，你的爱是不需要回报的，而在那种时候，她就会变成你，变成你的灵魂。"

他的这番话过于严肃和抽象，以至于两个孩子僵直地坐着，不知如何是好。

片刻，维森多夫立起身来，走到里间，将自己那把用蓝色丝绒布包裹着的小提琴郑重地抱了出来，放在了三个人围坐的小矮桌上面。

"这就是我的小提琴！它有一个非常特殊的名字——米拉尼小提琴！"他肃然说道。

"米拉尼琴？这个名字真新鲜！在我小的时候，爸爸有一次专门讲过小提琴的知识，所以我还记得世界上一些有名的小提琴制造家的名字，比如斯特拉迪瓦里、瓜内里、阿玛蒂[①]什么的。可是，米拉尼小提琴，这还是第一次听说！"

"哦！"维森多夫想笑着回答陆扬的问话，可是他终于没有笑起来，反而露出更加郑重的表情，"孩子！你当然不会知道什么是米拉尼琴的啊！米拉尼，这是我女儿的名字。这把琴，是她的琴，这是她一生中制作出的第一把小提琴，但是，也是最后的一把琴，那是她在我生日的时候送给我的礼物。但是，就在那之后不久……"他突然停

[①] 斯特拉迪瓦里、瓜内里、阿玛蒂：均为17世纪至18世纪意大利著名的小提琴制作大师。

住了。

过了许久，他仿佛从梦中惊醒一般，用手在空中挥了一挥，抬起头来说道："是啊！就在那之后不久，她死了！被人杀死了！"

他在说这些话的时候语气相当平静，这种平静不啻表明，长久的悲痛已经将这种悲痛的本身化作了某种坚定的力量，使他可以坦然面对自己的命运。而在此刻，他便决计将这一次既知心却又异常沉重的谈话继续下去。

南部德国的首府慕尼黑，素来是与北部的莱比锡与柏林比肩的音乐之城，只是在近几年渐渐显出了颓势。维森多夫的存在其实是音乐质量的某种象征。纳粹迫害犹太人的运动其实早在希特勒掌握了权力不久的一九三四年便已经有步骤地展开了。音乐界中的犹太人自然无法幸免，只是这种迫害还没有发展到后来那种赤裸裸的地步。

无论在历史上还是在当下，德国音乐界里面犹太音乐家素来是群星璀璨，但是希特勒的宣传部长戈培尔公开推行"雅利安化"，导致了无数的犹太音乐家演奏会被取消，已经开始的演奏季被终止，而后，许多人都收到了纳粹当局的辞职劝退书。这股恶浪也波及了很早的音乐史上具有犹太血统的作曲家的作品，后来，甚至波及了非犹太作曲家的"犹太同路人"。

然而就维森多夫自己而言，他的心中一直有着这样的认知，那就是自己首先是德国人，其次才是犹太人。因此，逃离异国，如同将一棵大树连根拔起，对于他来说是无法想象的事情。加上作为一位艺术家在政治上通常惯有的那种天真与迟钝，他竟一直在德国反犹排犹日甚一日的时候深居简出地熬了下来。

令维森多夫苟且地留在德国的另一个原因，是他的爱女米拉尼，那是他生命中除去音乐的另一个维系。维森多夫结婚很晚，在四十二岁的时候有了这个宝贝女儿，而他的妻子则因为产后热离开了人间，使得他的爱通通倾注在了女儿身上。

小米拉尼聪明活泼，极具乐感，维森多夫本想将她培养成一位小提琴家的，但是那孩子在十四岁的时候与他进行了一场吐露心声的谈话，竟让他改变了初衷。她说："爸爸，我有一个秘密，现在可以告诉您了。我想学习制作小提琴，长大了成为一名出色的提琴制造家！"

维森多夫惊得半晌说不出话来，良久，他说道："你想过吗？那或许是并不适合女孩子从事的专业，或许非常枯燥，而且要求极为精确。"

"不！爸爸！"米拉尼热烈地说道，"我倒觉得那是一种非常有趣的专业。我知道，好的提琴制造家也往往是不错的演奏家，因为从根本上来说，历史上出色的小提琴在制造的时候几乎都不是完全严格按照固定的式样来的。制琴家的直觉其实是最关键的。所以，我有这样的信心，成为一个出色的制琴师！"

"直觉！直觉！你真的考虑好了还是凭直觉随便说说玩的呢？"

"每当我听您拉琴的时候，我都会情不自禁地想，或许我永远都不能把琴拉得像您那样好了，但是我可以成为一个与您同样好的提琴制造家啊！我做出来的琴就叫作'米拉尼小提琴'！"

就这样，米拉尼开始学习制作小提琴了！巴伐利亚有出产欧洲一流小提琴的声誉，是出现过好几位世界知名的制琴师的。

一九三八年，维森多夫六十岁，而米拉尼十八岁了。在他生日的那天清晨，一个用蓝色丝绒布细心包裹的匣子出现在了维森多夫的面前，米拉尼带着快乐的表情将那个古典式样的琴盒打开的时候，维森多夫惊喜得几乎要叫起来了——只见琴匣子里面端正地放着一把美丽的小提琴！

这便是米拉尼为他精心制作的生日礼——"米拉尼小提琴"。

这把小提琴的模样十分特别。在它的共鸣箱接近根部的地方，画着一只黑红两色的美丽的小七星瓢虫。米拉尼看到父亲惊讶的表情，顽皮地解释道："爸爸！您一定要喜欢这只小瓢虫啊！这只小瓢虫就是我，每当您拉琴的时候，她都会飞过去紧紧贴着您的脸，那就是我，可爱吗？但是她并不捣乱，她总是安静的！不然，您就不能专心拉琴啦！"

说完，她"咻咻"地笑起来。

沉浸在幸福中的维森多夫道："真的！真的！我现在就已经爱上这只小瓢虫了。"

他轻轻地吻她的额头。

"不过，孩子，告诉我，你画的为什么是小瓢虫呢？"

"您知道吗？小瓢虫的名字还有另一个非常特殊的含义。"

"你是说……"维森多夫其实已经知道了答案，但是依然故作一脸茫然地说道，"哦，当然啦，它是益虫，对吗？"

"小瓢虫，尤其是七星瓢虫，在德语里面的含义是圣母马利亚的信使，也有的说是圣母派来保护人间的，就是说，我和圣母在一起，一起保护着您啊！"

父女两个人快乐地拥抱在一起。

那一年的初冬，在法国的一个名叫格林斯潘的犹太青年人，枪杀了纳粹德国驻法国的外交官，于是早就在寻找机会迫害犹太人的纳粹德国终于找到了借口，瞬间将灭绝犹太人的丑恶国策煽动成为狂热的全民运动。一夜之间，在奥地利和德国，无数犹太商店、住宅、教堂被纳粹和党卫军焚烧，玻璃被砸烂，他们同时对犹太人进行了野蛮的暴力袭击。这便是被纳粹法西斯用诗意的话语描绘的所谓"帝国水晶之夜"①。犹太人的生命财产已经得不到任何保障，维森多夫一连数次被纳粹的文化宣传部召去，正式告知他已被免职，而且是不受欢迎的人，几个月后的一个傍晚，纳粹盖世太保上校约瑟夫·梅辛格亲自来到慕尼黑音乐厅的后台化妆间，正式宣布将他驱逐出境。就在他带着无比的愤懑回到家里的时候，一个更大的打击在等着他——米拉尼被法西斯暴徒打死了！

维森多夫永远忘不了那令人心碎的情景，当他踉跄冲进房间的时候，只见在一片狼藉中，米拉尼静静安卧在地上，那把小提琴在她的怀里拥着，蓝色的丝绒布依然完好，但是里面的琴却破碎了……

就这样，维森多夫最终踏上了逃亡之路，从德国到瑞士，再到意大利。在意大利，他做了较长时间的停留，他费尽气力，终于如愿以偿地请到了一位有名的制琴师，将"米拉尼小提琴"极为仔细地做了修补和调整，又过了不久，维森多夫便带着这把琴——它依然包裹在那块蓝色的丝绒布里——登上了从热那亚驶向上海的轮船……

屋顶上的电灯渐渐收起了它的亮光，窗子的玻璃也变得越来越透明。维森多夫向窗外端详了一刻，突然转过头来对着陆扬极为严肃地说："依我看，这一两年，不，就是这一年，是你在学习小提琴上最为

---

① "帝国水晶之夜"：1938年11月9日，纳粹宣传部部长戈培尔利用一个名叫格林斯潘的犹太年轻人的不当行为，在全国掀起砸毁犹太商店、捣毁犹太教堂、野蛮迫害犹太人的运动。

关键的时间。刚才在江边——其实以前你在楼上拉琴——你左手手腕的支撑不够稳定。我看很明显，这是由于你常常改变姿势，发力的重心不得不经常移动弄出来的。而且，最致命的是，你的运弓会一直处于不稳定的状态。你想过每一个手指在持弓时的位置和松紧吗？食指、小拇指？你想过你的弓法吗？这是成为一名优秀的小提琴演奏家在技巧上面的第一要素。你再这样把拉琴当作杂技的话，自己就要把自己毁了。"

陆扬抿一抿嘴，吁出一口长气，半天没有吱声。陆晓念却紧张起来，眼睛不住地在两个人身上移来移去。

维森多夫又说道："小扬，我要你非常认真地回答我一个问题，听清楚了！"

陆扬一愣，点一点头。

"你真的愿意按照你父亲生前希望的那样，做一个一流的小提琴演奏家吗？"

陆扬还没有反应，陆晓念已经感觉到了什么，蓦地站了起来，慌张地叫道："说呀！快说呀！我看他要收你当学生啦！"

陆扬震动了一下，直直盯着维森多夫，半天，将头用力向下一点。

维森多夫释然地笑了，他向沙发后面靠一靠，以毋庸置疑的口气说道："好！正式通知你，从明天起，暂定每个星期一课，具体时间我们再商量！"

灯光和天光相中和，变成了一种乳色的光。终于，墙上蓦然一晃，染上了一抹红色的晨曦。就如同一杯水里滴入了一滴颜料会随即染及周围一样，每一个人的脸上也挂上了一片暖红。

维森多夫欠身，活动一下坐得太久的两条腿，站起来关了电灯，然后转向依然亢奋的姐弟俩说道:"怎么样?你们还不困吗?我这个老头子可困了!我们都该去睡一会儿了!"

陆晓念站起身来,情不自禁用双手搂住了老头的肩膀。她的举止似乎是一个告白,从今以后,她会像米拉尼那样,会尽心尽力地关心他,会对他很好很好。当她的肩上,也同时感受到老人双手的回应,感到他的手在她肩膀上疼爱地抚摸的时候,她的眼睛湿润了,一滴泪水终于从她的脸上滚落,痒痒地但是非常舒服地向下巴滑去。

陆扬的反应则是充满了男子汉的气概。他说道:"我一定会用心学琴的!日本人那边,别怕他们!有我呢!我会尽力保护您!"

维森多夫笑了,说道:"那你首先要向我保证,不在大街上用小提琴耍杂技,要不然的话,我可绝对不会接受你的保护啊!"

12

维森多夫的生活渐渐变得忙碌和快乐了。

一九四一年的春天来得很早,他也终于有了心情领略中国江南春天独有的那种温软旖旎之美。这是他到达上海后的第一个春天。只见柳树扬着轻丝,花朵在枝头喧闹,风贴着水面吹来,是湿润的,阳光也是湿润的。街尾巷陌的深处,有人在零星小地种了油菜,油菜花繁密的黄色花簇上,有白色的蝴蝶撩动着,乱人的眼睛。

黄浦江自西向东而来,在临近城市的时候渐渐转向北面,在接纳了由西北流向东南的苏州河之后仿佛受到了推挤,又转而掉头向东奔去。她平静而浩荡地流淌着,即使是在刮风下雨的天气里,也从来没有喧嚣的波浪,显示出从容不迫的模样。

大江的西岸便是气象万千的外滩——上海"十里洋场"的起点。巍峨耸立的海关"大清钟"和黄浦滩路上高大气派的欧式建筑群令维森多夫想起多瑙河穿过布达佩斯时两岸的壮丽风光。

另外,就是苏州河。维森多夫第一次见到苏州河的时候,便惊讶了好一会儿。

这是一条肮脏的河。河堤的脚下拥挤着形形色色的垃圾和水草。这一切随着水波的起伏相互冲撞着,从间隙里涌出绿色的河水。这条河肮脏的部分原因是来自它的繁忙,它是一条勤劳和生机勃勃的河,许多人工挖掘的支流将它的血脉甚至延伸到了街巷之间。这样，它又是无处不在的，几乎等同于一片构造复杂的街巷，包含了商店、民宅等在内的一切功能。

清晨时分，河水就像一片巨大的黑色玻璃，天空的青蓝色和橘黄色在上面悄然滑动着。岸边鳞次栉比的帆船和岸上鳞次栉比的建筑都在水面上映出精确的轮廓。数不清的泊船在河的中间勉强让出一来一往两条狭窄的水道。水道上，往来着从远近郊区和苏南乡下运来的蔬菜、稻米和其他农副产品。

到了晚上，夜色如同一道隔墙，使船上的人们忘记了岸上人们的存在。船头灯火点点，饭菜飘香，一条叫卖日用杂货的小船在乌篷船的缝隙间游鱼般灵巧地出入，人声的应答和猫狗的嬉戏加上不知是哪一条船上传来的拉琴唱戏的婉转腔调，展现出水上人家辛劳而又恣意的生活图画，在岸上走着的人会禁不住驻足观望，好奇之中又有些迟疑，如同不经意窥见了邻居的内室。

上海工部局交响乐团和维森多夫合作的第一场独奏音乐会被安排在了四月初。本来，乐团的指挥迈依斯特罗·皮亚契的意思是越早越好，但是在维森多夫固执的坚持下，做了让步。维森多夫坚持要好好恢复一下自己荒疏得太久的技术，再者，他也深深为这个东方大都市交响乐队的水平而好奇，确实，如同约内斯所说，这里有些人由于经常在夜总会或者酒吧里谋生，为了取悦客人，会加些花里胡哨的滑音和自由拍节，在遇到乐队齐奏的时候，这些习惯便会在不知不觉中显露出来，使得乐队在整体控制上给皮亚契带来不小的麻烦。所以，他感到，如果要演奏严格的古典作品，则需要在乐团的技术层面上好好地抠一抠才行。不过，乐团里居然有十余位近几年加入的犹太难民音乐家，这让维森多夫有了一种"自己人"的认同感。

演奏曲目的首选是19世纪的德国作曲家门德尔松的《e小调小提琴协奏曲》。这是他主动提出来的。原因是门德尔松，这位优雅博学，热衷于音乐教育和社会活动，而且以其作品的甜美打动人心的音乐家，是有着犹太血统的。于是，在上海的第一场音乐会演出门德尔松的这部作品，对于他来讲，就是一个前后接引和继续自己艺术生命的必然。

维森多夫从来没有像现在这样意识到自己的犹太血统。在德国，艺术上的成功使他成了受人尊敬的名人，但是一夕之间天壤变化的结果，却是任何人在事先都无法想象的。这件事复杂得可以延绵不绝地追溯两千多年的历史，也可以简单地只用"犹太人"这样一个词来了断。于是，"犹太人""犹太人"，那声音就仿佛是穿云裂石的呼喊，在他的心头掠起阵阵的波涛！所以，只要是去虹口，他都要拉上约内斯到华德路上的摩西会堂去待上一待。摩西会堂是阿什肯纳兹犹太人的去处，在上海犹太人所拥有的几座犹太教堂里面，维森多夫却十分喜爱这座俄国建筑师设计的小巧优雅的三层再加一个顶层阁楼的小楼，他不是在会堂前面的花园散心，也不是在二楼和三楼的回廊上眺望四周的街景，而是在一楼祈祷堂的约柜[①]前坐上一个小时。

那是一个结实并且很重的长方形柜子，它的装饰是在保持着庄严模样的前提之下极尽可能地华丽，由此也可以看出生活在现世中的人

[①] 约柜：犹太教圣物，据《圣经》记载，里面存放着上帝与摩西立约的两块法版。后来在犹太民族颠沛流离的历史中约柜下落不明。如今犹太教堂中的约柜一般存放犹太教经典《托拉》，朝向耶路撒冷的方向。

们将世俗的审美情趣投射到信仰上的通常做法。约柜被深深地置于祈祷堂西墙下如同壁炉一样的神龛之中，反射着暗褐色的微光。事实上，约柜在犹太教堂里出现的意义，就是为了代替在耶路撒冷的圣殿里失去的上帝的约柜，而这便是上帝与他的选民同在的证据。维森多夫虽然已是六十多岁的老人了，但如今却有某种东西在心里萌生或者说回归了。这使他感到了一种宁静的快乐。

另外，就是晓念、小扬与他渐渐亲近，在他年过花甲失去了女儿这个唯一的亲人，又背井离乡流亡到遥远陌生的东方城市时，这种家庭式的温暖甚至是音乐也无法替代的。陆扬很快给维森多夫起了一个中国名字，叫"老维"。当维森多夫明白了这两个字的含义的时候，便高兴地接受了。维森多夫惊讶地发现，陆扬已经不再像以前那样松松垮垮，而是完全按照他的要求，始终严格地练习着自己的小提琴技巧。有好几次，维森多夫听到那孩子在楼上练琴，会不由自主地停下手中的事情专心地聆听，甚至会按捺不住，打开房门向楼上喊"不要做太多的表情"或者"注意弓梢上行时的力度"，等等。这样做的结果，往往是迎来一顿快乐的晚餐。这顿饭不一定是在外面的餐馆里，而常常是家庭式的。地点或在楼上或在楼下。他惊奇地看着陆晓念包馄饨，将馄饨煮好盛在放了紫菜、葱花和海米的碗里面，端到他和小扬的面前。他曾经吃过朋友介绍的饺子，并且被告知那是中国北方的食品，在上海只是用来作为点心的。他不明白为什么与饺子大同小异的馄饨却可以当作主食。他唯一的一次贡献，是演示了一遍小的时候母亲是如何给他做红菜汤的。他还记得母亲故意将洋葱粒煎得过头一点儿，放在一边，等到最后红菜汤快做成的时候，将这些发焦的洋葱粒放进汤里再用小火焖上几分钟，等到再打开锅盖的时候，红菜汤散发出浓郁的香味儿，十分开胃。

总而言之，经过几年的颠簸，如今他的生活终于成了一幅完整的拼图。只是有一点，那就是日本人对他的热情和关心，在他的心里常常引起莫名的困惑，特别是在他了解了日本在中国正在进行着侵略战争的现实后。然而，他也有暗自宽慰自己的方法，那就是音乐，他坚信音乐是可以令世界上所有的人沟通理解的力量，是上帝拯救人类的最后的工具。正因为如此，他对于合津康弘抱着相当的好感。

在那次晚会之后，他们又见过一次面。

"每次见到您，我都会问我自己，现在是哪一个合津康弘在和您交谈呢？莱隆德·维森多夫先生！我有两种身份，音乐家和西洋人事务部联络部的负责人。第一种身份，我已经荒疏得太久，第二种身份，我还不太习惯，况且，在很多事情上我是奉命行事，有时难免会引起您的不快。"

"就是说，您这次一定是因公事来找我吧？"维森多夫笑道。

"谢谢您的包涵！"合津收了笑，说道，"我看，您该搬家了！搬个好一点儿的房子。我可以给您得力的帮助！"

"这是联络部部长先生的命令吗？"

"您瞧！您瞧！怎么是命令？是建议啊！"合津摇头道，"您应该住一个和您身份相称的好住宅！您何不住到虹口去呢？"

这样的谈话维森多夫当然不会向晓念和小扬提起的。

13

陆晓念在难民收容所开办上海话补习班的事进行得很顺利。就在她面见柯哈纳的大约半个月之后，补习班就真的要开学了。

补习班的教室说好了就在晚饭后的大食堂，按照陆晓念的计划，每次一至一个半小时。因为毕竟不是什么学校，没有必要弄得一板一眼的。再说，难民们各个社会阶层的人都有，受教育的程度也参差不齐，关心的学习内容也会天差地别，更重要的是，上海本地有好几个犹太学校，都是由早期登陆上海成功的犹太大亨创办的，其中便有系统设立中文课的。所以，当下需要所谓"即学即用"的中文能力的难民大都人到中年，时间过长或者内容枯燥的课程对于这些辛苦了一天的人们在精力上是难以承担的。

开学的这一天，陆晓念有些跃跃欲试般的兴奋。事实上，她并没有花很多的时间备课，而是一如往常，一大早就到开在法国租界里的慈济卫生院上班了。因为有了教马尔库斯太太的经验，如今虽然不能说是驾轻就熟，起码是有了相当的把握。依照陆晓念的安排，她决定头三四个星期的课程都教名词，每星期加起来为十个到十五个。再加三四个动词。第二个星期则在第一个星期的基础上延伸内容，以后伸伸缩缩，主要是要实用并且让学的人始终保持兴趣。至于形容词，陆晓念打算能省略就省略，因为名词加动词再加名词，换句话说，便是主语、谓语和宾语，是造句说话的基本语法构架，至于形容词则需要在以后分类专门讲解。尤其像中国话这种古老而且发达到精微的语言，它的形容词系统极为高深，这对于急需立竿见影、学了就用的犹太难民来说，恐怕还不是最需要的。

到了下午的下班时间，陆晓念和领班的嬷嬷道了别，换了衣服来到街上。这时她却遇到了意想不到的麻烦。原来，由于临近下班的交通高峰时间，这天下午发生在法租界和公共租界大街上的反日示威大游行，使得街上堵成一片。只见一辆又一辆的电车都停在路中间的铁轨上不能移动，就是平日里很容易叫到的黄包车也是辆辆都坐上了人。偶然看到的一两辆空车，一听到她是要去虹口的华德路，车夫们都同样地摆摆手，掉转车去拉别的客人了。

陆晓念在大街上又喊又叫，且战且走，时间也就一分钟一分钟地过去。等到她又抬腕看看手表，离上课的时间竟只有三十分钟了！此刻即便拔腿就跑，也是笃定来不及的了。

"这是开学的第一天啊！第一天就不能按时上课，真丢人啊！"

她的心里像烧了一团火，眼泪也几乎要掉下来了。

好不容易又看到一辆没有载客的黄包车，陆晓念赶紧迎上去拦住，但是当她报出要去的地方是虹口的华德路的时候，车夫竟然摇摇手又走了！陆晓念的焦急变成了绝望，眼泪再也不听话，扑簌簌地滚落下来。

她正不知如何是好，一辆自行车"嘎"地停在了她的身边，随即传来一个男人愉快的用英语问话的声音："小姐！有什么事情我可以帮您吗？"

陆晓念应声扭头，只见身边停着一个骑自行车的外国小伙子，车停了，人还跨在车上。

陆晓念向路边闪了闪，把自己挪开一两米，小伙子随即抬腿下车，推着，快步跟上来说道："我知道您要去虹口华德路，我在您叫黄包车的时候听到的！我正巧也是去那儿，顺路。不在意的话，可以载您一程！"

陆晓念站住脚，她感到对方说话的声音似乎在什么地方听到过。这是发音有些生硬的英语，把英文单词中字母 L 和 R 在拼音中的发音读得几乎相同而且十分响亮。晓念抬头飞快瞥了一眼，她的心头不由得一阵乱跳。眼前站着的这个年轻人真可以用英俊潇洒来形容，只见他穿着一条粗薄呢的黑色马裤，脚上穿一双厚底半新翻毛皮鞋，蓝色宽松的外套上，斜挎一个中国南方蓝色印花土布大书包。他亚麻色的头发不经意地向两边分着，显得粗犷而又不失文雅。晓念猛然想起来了，这个声音不就是前些日子在犹太难民收容所和管理员保尔·柯哈纳谈话的时候，听到的收音机里节目主持人的声音吗？

"您怎么不知道呢？现在这边租界每次出现反日示威什么的，黄包车都不敢去虹口，厉害的时候甚至连十路电车都会停开啊。"青年人道。他看看陆晓念满脸的疑惑，又道："您记得吗？前一个月有一次示威，有人把反日标语贴在黄包车的后面了，那个车夫没看到，在拉着客人到了虹口之后就被日本宪兵当街用刺刀杀死了！"

陆晓念被说动了，但是她多少还是有些腼腆。特别是她瞥一瞥那辆自行车，那车光秃秃的没有后架。

青年人突然变得一脸认真，他口气严肃地催促道："快点儿吧！我可不是坏人啊！其实我早就看见你在大街上着急了。"

"怎么？您早就……"

"我的办公室就在那边的大楼上面，我没有出门的时候就从窗子里看见你啦！"他扭头向远处的一座楼房示意。

"那……请问您是……"

"我的工作地方是跑马厅路四百四十五号楼上的犹太华美广播电台，我是节目主持人，我叫盖瑞·施奈德。"

陆晓念终于准时赶到了华德路难民收容所，傍晚的收容所有几个窗户还在亮着灯，烟雾缭绕热闹非凡，那是几个技术培训班的教室，而其他房间，都一律换上了煤油灯和蜡烛。

陆晓念从施奈德的自行车上跳下来刚刚站稳，便看到柯哈纳匆匆忙忙地从远处走过来，赶紧拽平衣服的下摆。

柯哈纳如释重负地道："谢天谢地，陆小姐，您终于来了，我听说苏州河那边不通车了，过不了花园桥①了。您是怎么过来的呢？"

陆晓念张了张嘴，一时不知该怎么回答，她不好意思说出是坐在盖瑞·施奈德自行车的前梁上来的。而且经柯哈纳一问反而紧张起来，原来，施奈德也是到难民收容所来的，更巧的是，在一路的交谈中陆晓念得知，他偏偏就是来采访这个刚刚开始的中文补习班的！

不等晓念再说什么，柯哈纳自己先提脚走在了前面，陆晓念赶了几步跟上，这一下子她更加紧张了，因为从开着的窗子望进去，大食堂里面虽然灯火通明，但是空空荡荡的，围着前面的桌子——那里是陆晓念讲课的位置，竟然稀稀拉拉只坐着四个人！

"我们已经在马尔库斯那里做了宣传了，在今天中午吃午饭的时

---

① 花园桥：指外白渡桥。它的另一个名字"花园桥"（The Garden Bridge）当年在上海的外国人中间比较流行。

候，我还在这里当众宣布了好几遍呢！"柯哈纳的语气充满歉疚，也透出辩解的委屈，"不过，我看你还是试一试，我知道你们中国有一句俗话，叫作'万事开头难'，对吧？"

陆晓念站在教师的位置上，被身后的黑板衬托得很神气。这块黑板是柯哈纳叫人从"奥特"专业培训班的缝纫组那边抬来的。但是，这种郑重其事的课堂布置和只坐着四个学员的冷清场面很不相称。晓念定一定神，说道："中文，或者准确地说，我们要学的上海话，其实并不难学。特别是它的语法，与英文很相似。"

晓念说完了，桌子对面的四个人愣愣地坐着并没有反应，从衣着打扮和气质举止上可以看出，这些人并不是属于那种受过充分教育的阶层，和她以前教过的马尔库斯太太有着明显的区别。

晓念毕竟年轻，心中一下子没了底，表面上不显露出来，脑筋飞快地转着。

"我们中间一定有人会说一些上海话了，对吗？能说几句给我们听听吗？"

晓念用这样的交流尽量避免冷场。

"阿拉爱侬！"随即有人喊出一句上海话。

这句话似乎是一种宇宙语言，并没有相互询问的意思，大伙却瞬间一齐大笑起来。

陆晓念也笑了："我也爱你们！"

又是一片笑声。

终于又有人说话了："中文太难学了，所以我只是来听一听！当然啦，中国话，噢，不，上海话，在我听着就像是唱歌一样！可是我这个人五音不全哪！"

人群中轰然响起了一片笑声。这桌子边的几个人加上陆晓念终于全都放松了下来。

一个家庭妇女模样的人说道："陆小姐，先教我们从一数到十吧！因为去菜市场买菜，我每次都要带上纸和铅笔，在上面用写数字来讨价还价，但是在这里弄一张纸都很不容易。"

"对对对！"坐在桌子侧面的一位犹太女人道，"我可不想学什么语法，噢，我是说我每天都很疲劳，哪里有力气再学一门外语。我的先生刚刚找到一个工作，给面包店送面包，他特地准备了一个小本子，用来记住面包的数量和收款数，每送到十个客户，面包店老板就给他半条法国面包棍做报酬，那就是我们全家的生活来源。"

"是啊是啊！数字很重要！还有，时间，也是数字问题。"

"是啊是啊！"众人应和着。

"我的意思是说，陆小姐，希望您能教我们一些即学即用的东西。"那个自称五音不全的男人又说道。

陆晓念灵机一动，说道："我看咱们干脆把上课的方法改改，咱们就像是演话剧一样吧，比方说，我是卖菜的老板娘，你们呢，是来买菜的，就像是真的一样，咱们试着使用以下这些数字，哦，再加上加减乘除。怎么样？"

大家都高兴起来，都说好，有的人快步走出大食堂，边走边说："等一下，我去找张纸和笔吧！"等他带着纸笔回来，居然又带来了两三个听众。于是，正式开始上课了，但却是笑声不断的情景模拟课，陆晓念事先准备的内容基本上用不上了，但人人参与的方式无疑提起了所有人的兴趣。

柯哈纳一直在大食堂发餐的桌子后边坐着，此刻也同样如释重负，他悄悄退到院子里，又转到更远一点儿的花圃边上，点上一支烟，深吸一口，然后绕着墙，向食堂后门那边踱去。他远远看到后门边上的暗影里站着施奈德。"我说怎么一眨眼你就不见人影了，原来你也在这里听课呢。"

施奈德见是柯哈纳，便扭头低声说道："我们打算增加一个新的专题节目，听说你们'海姆'里办了上海话补习班，所以特地来看看。"

柯哈纳轻声道："你搞的那个《寻找亲人》，每次都让这里的人吃不好饭。"

施奈德策划的新专题叫作《相逢上海》，他知道这一定会是一个收听率高的节目，因为引人入胜的要素，莫过于讲述人们的真实生活。如果说《寻找亲人》的内容带有悲剧的因素，他想把《相逢上海》办得带有喜剧的特色。包括意外的发现、误解、闹出的笑话等。这两个节目便可以成为一对儿，成为姊妹篇。

柯哈纳听罢，笑道："今天才刚刚是第一次上课。你真是无孔不入！"他歪头向陆晓念那儿点一点，"等一会儿我给你介绍一下吧。"

施奈德答道："已经认识了。她叫陆晓念！"

柯哈纳愣了一下，说道："啊哈！无孔不入！我说的没有错吧？不过，这个上海姑娘真的是很漂亮啊！"

施奈德没有再答话，其实他早就被陆晓念好看的模样吸引了。这天陆晓念特地穿了一件西式斜垫肩的象牙色格子呢外套，由于天气冷和紧张，就没有脱去，而是敞开着，露出里面中式阴丹士林布的立领衫。由于家庭的教育，她还不懂得在脸上化妆，露出白皙的皮肤和南方人精致的五官。或许自幼受到的是现代教育,她在举止上并不属于那种东方式的小家碧玉,而是落落大方的现代女性。

施奈德渐渐有了一种坐卧不安的感觉,甚至在刚才陆晓念走到黑板前面开始上课的时候,自己也紧张起来,那种体验竟如同他在两年前第一次面对演播室的麦克风一样。等陆晓念放松了,他才放松了自己。

"女性是非常奇妙的!这原因就是她们在社会里面角色的多样性。"他记得这是他在维也纳上大学的时候,一位头发永远像是一堆乱草的老教授说过的话,"这一方面是由于社会对于女人的要求,另一方面,更是女人对于自身的要求。在这里,伦理和道德是无能为力的。"

"这么说,女人的美也一定是多重性的了!对吗?"那一次施奈德在下面情不自禁地大声说道。

他的话使全班发出了活跃的笑声。

"不要胡思乱想,年轻人!"老教授也笑了,紧接着,他突然变得一脸严肃,"但是,你的问题让我想起了《塔木德》[①]里面的一句话:'上帝赋予女人的智慧比赋予男人的多'。"

施奈德笑了。因为此刻,他对自己心里突然冒出来的浪漫念头和胡思乱想已经有了一本正经的解释。

就这样,在接下来的日子里,每星期一次,陆晓念的上海话补习班,变成了受欢迎的情景对话娱乐班。用身临其境的方法使得学习上

[①]《塔木德》:犹太教口传律法的总集,是仅次于《托拉》的经典。由于世代的研究与不断发展,《塔木德》实际上已经成为包括犹太宗教、哲学、历史、生活习俗等各方面内容的百科全书。

海话的过程变得幽默有趣，每一次课程尾声，晓念都会预先指定下一个星期的内容和"演员"，几周下来，大家学习的内容包括生煤球炉子、问路、乘公共电车买票、上公共厕所，等等。

晓念则依然小心翼翼地坚持着她起初的想法——以学习名词为主，而动词则更多地用手势和动作的情景表演来示意。所以，在情景对话的过程中不时会停一下，将刚刚说起的名词反复几遍，提醒大家记住。

来上课的人渐渐增多，有的人为了表现出更好的"演出"效果，甚至特地穿上了不同的和情景相配的衣服。晓念的心中自然也是有快乐也有伤感，因为她直接触摸到了这些背井离乡的犹太人在异国他乡的艰辛和努力、成功和挫折，收容所大食堂无疑成为一个虚拟想象的场景，而大家都不约而同地变成了"那一刻"想象中的犹太人和上海人。

晓念甚至把院子里烧水的刘妈也请了进来，刘妈的先生刘大伯是黄包车夫，在晓念的协助下，他那一课和犹太难民雇车的互动，居然带来了生意上的便利，有人建议刘大伯印制名片，在烧"老虎灶"的刘妈那里留下联系方式，除去提前一天的用车预约之外，如果当天的时间和距离远近赶得上的话，也可以预约叫车。

开课两个星期之后，施奈德带来了姓罗森菲尔德的一高一矮两兄弟，高个子的是哥哥雅各布，矮些的是弟弟莱奥。施奈德告诉晓念，这兄弟俩在公共租界开了一家妇产科和泌尿科的诊所，哥哥雅各布毕业于维也纳大学的医学系，而施奈德毕业于维也纳大学的哲学系，他们两个人是校友。雅各布来到上海后开了自己的诊所，红火得很。

自此，两个兄弟成了学习班的常客，然而兄弟二人总是在大食堂的后面或坐或站，温文尔雅，津津有味地听着、看着，但是并不参加互动，只是偶尔掏出小本子记下有用的词句，每当晓念的眼光和他们的相遇时，兄弟俩总会报以友好的微笑。

这一天上课结束之后，兄弟两个却找到了准备离去的陆晓念，三个人一起转到僻静处。雅各布将刚刚用来做学习笔记的小本子小心翼翼地翻到中间的一页，只见上面居然是端端正正写下的三个中文短句：

我们是战友。

打倒日本侵略者。

做一个反法西斯的战士。

晓念有些惊奇。

"没有什么，没有什么！"雅各布笑一笑，他的嗓音浑厚，和他高大的身材很相称。他低声说道："您能教我这三句话在中国的普通话里是怎样说的吗？我知道中国的普通话和上海话是不一样的，上海话是上海的地方话。"

于是，晓念将这三句话一字一顿地重复读出来，雅各布应声重复着，当他的发音得到了晓念的认可后，便随即用铅笔在每一个字的下面认真注上发音的音标。

"我这样说，你们中国人能听懂吗？"又重复了几遍之后，他额上出了汗，一边认真地将小本子放进上衣带纽扣的内兜里一边问。

"你的发音真的挺不错，但是最应当注意的是中国语言发声里特有的四声问题。中国的每一个字都有相应的声调，四声念错了，不但听不懂，而且意思也就完全不一样了。"

"我明白，我明白！这是我们欧洲人学中文最困难的地方。"雅各布附和道，然后又将这三句话一字一顿地说了两遍，"我会反复练习的，下次上课，我会读给你听！"

然而，自此之后，莱奥又来过中文补习班一两次，而雅各布却没有再出现过，时间一久，晓念也自然把这件事忘记了。

14

合津吩咐司机将汽车停在法租界迈尔西爱路上兰心大戏院临街的广告牌子前面。

"你可以回去了，不用等着我！"他向司机说道，然后便跨出车门，抬头细细地观赏起这块新添的广告板来。广告板立在地上，有两米多高，上面是手绘的维森多夫的巨大头像，模样比起现在的他年轻了许多。"岁月催人老啊！"合津不禁感慨道。他熟悉这幅大肖像的照片范本，两年前他在上海搞到的维森多夫一九三五年录制的门德尔松小提琴协奏曲唱片的封套上，印的就是这幅照片。照片被印成蓝色，摄影师的光线运用得很好，用侧逆光勾勒出维森多夫瘦削的轮廓和富有表现力的嘴角。他又读了一下广告牌上的文字，大字是"小提琴大师莱隆德·维森多夫旅居上海独奏音乐会首演"，然后是几排上下半场的演奏曲目和相关细节的小字。

合津向兰心大戏院走去。

对于与维森多夫的交往，合津依然没有十分的把握，但是心态却轻松了许多。一是这个犹太老头刚刚开始在上海站住脚跟，依然是个弱者；二是那场小提琴变奏的对决，他出乎意料地成了胜者。他知道自己的变奏只是音乐学校学生作业的水准，但是周围的听众只是听个热闹，所以无论如何，在场面上他是赢家，这给了他相当美妙的自我感觉，他理所当然地感到自己比以前更加出色，因为他毕竟和仰慕多年的音乐大师平起平坐了一回。

门前的小厮早就熟悉合津了，就跟上几步替他掀开通向观众席的丝绒门帘。排练刚刚结束，舞台的灯光只有两盏还高高地亮着，四五个穿着黑衣的杂役在错落的椅子与谱架之间无声地穿来穿去。合津在没有人的观众席上徘徊了片刻，就出了侧面的太平门，由侧厅的旋梯走向后台去。他熟门熟路地找到了演员的化妆间和休息间，在一个门上看清了挂着的牌子上写着"维森多夫"的字样，便轻轻敲了几下门。屋子里并没有人答应，他将门轻轻推开，只见大玻璃镜子上一排电灯依然开着，被镜子反射成为两排，十分晃眼。合津低头望望，室内无人，只有一把小提琴在打开的琴匣边上斜倚着，琴匣被一块蓝色的丝绒布半掩着，这一切如同小荷兰画派①的静物油画那样，呈现着精致而微妙的层次与质感。

对于合津来说，这种情景是一个阻挡不住的诱惑，他又回头向走廊两边望一望，迈步进到室内，好奇地将小提琴用双手托起，仔细观赏。

这是一位世界大师演奏用的琴啊。合津在心里感慨着，情不自禁将手在琴上摩挲着。他又随即好奇起来，大师之琴，必然是价值连城的名贵小提琴，而这是一把什么琴呢？

突然，他看到在小提琴共鸣箱的根部左面，用油彩画着一只红黑两色的小瓢虫，那只瓢虫有一个硬币大小，颜色是沉稳的红色，上面有黑色斑点图案。黑色对应着琴托的黑色，红色与琴身名贵的枫木相

---

① 小荷兰画派：18世纪产生于荷兰的绘画流派，取材大多源自日常生活，无论人物、风景还是静物画都以小型尺寸和精细描绘见长。

谐调，真是十分美丽，正如同一个童话故事中的精灵，静静地守护着自己的领地。

合津惊讶得说不出话来，他还从来没有见到如此奇异的小提琴！突然，早年熟悉的西洋音乐史上形形色色的古老的传说故事，都在心中悄然苏醒了，就仿佛有一个阉伶男童的假声，伴着古提琴和鲁特琴的曲调，在他的耳边幽幽吟唱着。

维森多夫其实就在隔壁，他被指挥皮亚契叫去商量返场的加演曲目了。因为海报一贴出来，上海各方的反应非常热烈，皮亚契估计不多准备几个返场短曲是无法满足观众的热情的。这时候，维森多夫走回化妆间来，他即刻从半掩的门隙望到了合津摆弄他的小提琴的样子，愣了一下，在门前站住了脚。但是他随即高兴起来，因为他有机会弄清楚心中的疑惑了。

维森多夫随着合津穿过几条街，来到霞飞路上一家菲律宾人经营的咖啡餐厅。正好是下午茶的时间，店里面生意兴隆。暗暗的角落里，在围着脚灯的钢琴旁边，有歌女唱着含情脉脉的歌曲——这些歌曲都是当下欧洲最新流行的。

两个人在一处僻静的小桌对坐，这个桌子是合津预订好了的。一位侍者随即走上来殷勤地听候吩咐："下午好！合津先生，今天您要些什么？"

看得出合津是这里的常客。

片刻，侍者推着送餐小车来了，上面是一瓶法国希雅丝红酒，两只酒杯与醒酒的玻璃盏，再加上两碟精致的瑞士干酪丁。侍者先在每个人的面前放好印有中英文店名和店标的托垫，然后将酒杯用食指与中指衔着在托垫上放好。他将酒用双手托着请合津验过，随后熟练地开瓶，将瓶颈套上白色的布巾，准备将酒倒一点儿在合津的杯中请他品过确认。合津挡一挡自己的杯口，向维森多夫那里示意，侍者便将少量的酒倒到维森多夫的杯子里，等维森多夫轻轻啜过、点头，并示意并不需要醒酒器之后，侍者随即将左手背在身后，微微放低上身，恭敬地向两个人的酒杯中各斟了小半盏，在抬起瓶口的刹那，手腕轻轻向内侧一旋一提，动作干净利索。

"请享用！"侍者推着小餐车走了，这些饮酒之前一本正经的程序又一次令维森多夫回想起欧洲，也体会到了合津的盛情。

合津兴致勃勃："上海真是个有趣的地方。听说，有人在上海竟然看到过三把斯特拉迪瓦里小提琴！"他的兴致还停留在小提琴上面，并且把"三"字说得很重。

"哦？"维森多夫不由得好奇起来。

"真的吗？"他脱口而出地问道。他知道，因为其艺术的、历史的和文物的价值，每一把斯特拉迪瓦里小提琴的经历都会被人们仔细地记录——它的年谱和它曾经服务过的演奏家。那么，倘若在上海有三把斯特拉迪瓦里小提琴的话，那便意味着有三部生动的小提琴故事连接着上海这座东方城市。想到这里，他有些走神。

"真的！是真的！"日本人啜了一口酒，对自己的话成功引起一位小提琴大师的兴趣而有些得意。

"看到和摸到了您的小提琴，真让我感慨！一把大师的用琴，一定是非同凡响的！而且我看到琴上画着一只小昆虫，太奇妙了！这把琴有名字吗？"日本人问了和前些时候陆家姐弟同样的问题。

"它叫'米拉尼小提琴'，是我的女儿米拉尼制作的，它没有什么神奇的地方，仅仅是我的个人用琴而已。"

合津大为好奇："'米拉尼小提琴'！哦？您的女儿？她为什么没有和您一起来上海呢？"

维森多夫却不再说下去，扭转话题道："您的小提琴拉得很好，可是为什么不当音乐家了，却要到中国来打仗？"

合津沉思了一会儿，说道："您的话让我想起了一首日本老军歌，'好男儿走上战场，像樱花一样凋落在大地'。"

"这么说，您本来可以继续做个小提琴家，但是……是不是说，这是您自愿选择的？"

这些话似乎触动了合津的心事。合津摇摇头，用无奈的口气说道："音乐，真是太没有力量了。不单是音乐，所有的高雅，所有高雅的东西，其实都是脆弱的啊……"

"那么，您还留恋音乐吗？"

片刻，合津看着维森多夫的眼睛，认真说道："这样讲吧！莱隆德！——我可以就这样直接称呼您莱隆德吗？我敢肯定，您最崇拜谁呢？巴赫、莫扎特、贝多芬，对吗？"

"当然啦！"

"这些伟大的音乐家，其实都是一辈子生活在痛苦中的人。他们为什么会那么痛苦？莱隆德！您说他们为什么会那么痛苦？是因为写不出好曲子来吗？不是！是因为没有尊严！他们穷了一辈子，穷得不得不向他们不喜欢的人低头。巴赫穷得养不起孩子，贝多芬穷成了疯子，莫扎特为了一点可怜的小钱，用自己的《安魂曲》把自己送到坟墓里去了。"

"不都是像您说的那样的情形，不都是。不过我懂了！我懂了您的意思！您说的是音乐家可能会面对的现实。"

"您说对了！现实！您也知道我们生活在一个什么样的时代里。您说，我们这个时代需要音乐吗？真的，需要音乐吗？战争！"

"您把音乐看成一种非常实用的东西了，音乐当然压不倒大炮和机枪。"

"不！不！但是还是太脆弱了！当我明白了这个，让我非常痛苦。"

"那么，您说的尊严是什么呢？"

"强大！首先是强大！而这强大首先是物质的，物质是看得见摸得着的力量。所以，恰巧赶上了这个时代的艺术家命中注定是尴尬的。"他突然意识到了这话的唐突，"哦！请您原谅！我的话可能冒犯您了。"

"大炮和机枪最终会生锈腐烂成为土灰，而音乐会一代接一代地流传下去。曾经有人说，音乐是上帝留给人类的共通语言，我很欣赏这句话。"

"但是，问题是当下不正是在战争时期吗？大炮和机枪并没有腐烂啊！"

"那又怎么样呢？既然音乐是音乐家的信仰，你爱的是什么，最终就会选择什么，一切不是变得简单了吗？"

"变得简单了吗？我想，您还是没能说服我，就是说，作为音乐家，在当今这个到处打仗的时代该怎么样保持自己的尊严，您说，您能证明这一点吗？"合津将酒杯轻轻摇动着。

"哦，我的意思是说，您能够举例说明这一点吗？"

聊天变成了交锋，双方都有些发窘。

侍者出现，周到地给桌子上加了两杯白水，又在两个人的杯子里添了酒。

"我想，"半晌，维森多夫顿一顿，看上去有些词穷，然而却一字一句说道，"如果，有这样的机会……"

他似乎完全回答了合津的问题，却又像只是说了半句话，而把后面的半句留给了未来的时间。须臾，他非常有礼貌地笑了一笑。

一个兜售假名牌香水的小贩凑了上来。他用插在西装口袋里面的两只手翻开衣襟，露出内衬上一排五颜六色的小瓶，如同一排机关枪的子弹。

没有人理睬，小贩悻悻去了。

合津舒出一口气。他移过桌子上的烟灰缸，划着火柴，点起一支香烟。

"真遗憾！没办法出席您的首场演出了！有公事要去一下南京。"他想缓和一下渐渐紧张的空气，便转移了话题。

"南京？"

"南京！可是让我们攻下来了。"

"既然您对于音乐有这样的看法，那又为什么要提议我们合开演奏会呢？"维森多夫单刀直入地问道。他的思绪仍然停留在刚才的话题上。

合津一时语塞，不知如何回答。

维森多夫并不放松。"我诚恳地请您回答我，哦！对对！像您以前说起的，请您以第二种身份，西洋人事务部联络部部长的身份。"

合津无奈地摇摇头，笑道："您真是太认真了！实话告诉您，这不是我提议的，是井冢先生的安排！我们欢迎犹太人投资开发虹口，而我们日本人可以给犹太难民更多的优惠条件和保护。而您，您是名人，我们希望您能够成为犹太人和日本人之间的亲善大使。不好吗？"

维森多夫不解："怎么？开发虹口？你们不是正在和中国人打仗吗？"

合津道："打仗？这有什么关系！虹口是我们的。"

"你们的？"

"对呀！我们的！"

维森多夫沉思起来。

合津注意到了维森多夫的眼神，以为他是在留意香烟的牌子，便说道："不是什么好烟！我们在这里的人员，烟、酒、糖和饼干都是按照军票供应的。"他吐出一口烟，"军票。当然还有工资，不过前线打仗的兵士都是只发军票，没有工资。"

维森多夫的心思依旧在刚才的疑惑上。"噢……我明白了。这是政治。这种音乐会的含义完全超出音乐了。可是，我，一个音乐家……除去能帮助你们发展音乐，比方说，开课教授拉琴，招人建立交响乐团，还能够干什么呢？"

合津道："您瞧您瞧！您刚才还说，您相信音乐的力量，现在，需要您的音乐的力量了……您的话自相矛盾！"

聊天似乎难以继续。

维森多夫不禁想缓和一下气氛，但找不出更委婉的方式来表明自己的态度，停了一停，最终还是直愣愣地说道："真抱歉，我想，我很难接受这种提议。"

合津有些激动："为什么不呢？这对于您个人也有利，我们日本人可以帮助您好好宣传一下，往后您在上海也会安全得多，一切事情都会好办得多。您是犹太人，这一点您比我清楚。"

维森多夫重复道："我想，我不能接受这种提议。"

合津叹了一口气，笑道："当然，这让我非常尴尬，您代表了犹太人，而我却恰巧被选中代表了日本人。您瞧！您瞧！我又以我的第一种身份，音乐家的身份和您交谈了。其实，我真的愿意永远以音乐家的身份和您交往下去啊！"

他有些腼腆。"您是世界上出名的小提琴家，能和您同台演出，对于我……也将是我一生难忘的经历啊！"

维森多夫道："我知道您是很好的小提琴家，我也很欣赏您的音乐，但是，这是另外一回事。很抱歉，请您转告一下井冢先生，我不能参加这样的音乐会。"

他决心已定。

合津口气强硬起来："莱隆德！别忘了，还是我刚才说的，现在是战争的非常时期，什么事都可能发生！"

那个卖香水的小贩又返了回来，殷勤地说道："放心吧！都是货真价实的！"他随即将手里的一个小瓶向桌子的上空"哧"的一喷。

合津下意识地闪了一下身子，烦躁地脱口喝道："滚开！"

他随即对说出这句粗话有些懊恼，因为他注意到维森多夫的眼睛正冷冷地看着他。这一刹那，他感到眼前的这个犹太老头就如同电影中的摇动画面一样，渐渐远去了。

15

在霞飞路上的菲律宾人咖啡餐厅与维森多夫喝酒和貌合神离的交谈之后不久,合津便听说了一个消息,那个中国孩子陆扬居然成了维森多夫在上海的第一个学生。这顺理成章地令他展开了想象,使得他既好奇又不舒服。于是,合津便命小川事先弄清楚了陆扬通常在街上拉琴的地点,今天特地过来看看,特别是想领教一下这个孩子的琴技。

合津坐在汽车的后排座位上,汽车沿着西藏路慢慢向南行驶,路边出现了跑马厅油漆成绿色的看台和一行行招展的彩旗,再过去,就进入法国租界区了。法租界是中国人的叫法,在上海的外国人通常称法租界为"French Town"(法国城),这是上海的高档社区。路边的大叶梧桐树在初夏的蓝天下闪着银光,树影投进车窗,映得车里面的一切都在跳动。

不久,他又看到了那块兰心大戏院的大海报。

在维森多夫音乐会举行的那天晚上,合津正在南京一家旅馆的包间里面独坐。他打开包间里面的收音机,将旋钮来来回回转了几次,甚至将收音机挪动了方位,终于收听到了上海那边的广播。他知道维森多夫的演奏会肯定是有现场转播的,转播员的解说就像流水那样滔滔不绝,十分内行却充满了煽情的描述,比如:兰心大戏院的听众席和包厢里面座无虚席,上海各界的头面人物大都到了场。鲜亮的衣着,闪光的珠宝，令人恍然置身于欧洲文化重镇的艺术与社交氛围中……中国女人华丽典雅的旗袍，日本女人锦簇雍容的和服，点缀在男人黑白错落的燕尾服中间，更向人们强调着上海，这个"东方巴黎"的独特气质……当天顶上堂皇的灯盏渐渐暗下，如雷般的掌声响起，维森多夫手执小提琴神采奕奕地出现在舞台上的时候，乐队起立，向这位世界小提琴大师致敬……而乐队，也在维森多夫高超技巧的感召下第一次发出正宗欧洲乐队的音色……

又过了一会儿，他"啪嗒"一声关了收音机，躺在床上，在南京闷热的天气里辗转想着心事。收音机里潮水般的掌声还在他的耳边响着，他不禁想到，若不是维森多夫拒绝了举行双人音乐会的提议，他难道不也同样会得到这样的掌声和赞美吗？

"好像就在前面了！"坐在司机左侧的小川一男指了指马路右边说道。

"哦！知道了。"合津的思绪被拉回到了现实。

小川回过头来说："我们调查了这个老头的情况，他是欧洲著名的小提琴演奏家，生于1878年5月4日。"他将身子扭回去，打开放在膝盖上的文件夹子，"这位维森多夫，哦，莱隆德·维森多夫，他的音乐生涯一帆风顺，一直是艺术圈里的宠儿。后来，他的妻子死于产后热，此后，他在一段时间里变得相当消沉，连续两三年，他的演出场次还不及这之前的一半。"小川继续着，"他没有再结婚，而是和他们唯一的一个女儿生活在一起，他的女儿叫……"他认真看了一下卷宗，"米拉尼！"

合津挥一挥手，企图打断小川逐字逐句的朗诵，他的脑海里不禁浮现出那把共鸣箱上画着瓢虫图案的小提琴。

"是啊！米拉尼。"他不禁说出了声音，"米拉尼小提琴！"

小川停住了朗诵腔的汇报，一脸疑惑，他看到若有所思的合津，犹豫了一下，又继续读下去："据说他在七岁的时候第一次登台演出，就引起了轰动，特别是那次演出最后他表演的即兴变奏，当地的报纸说，这令人想起了年轻时候的贝多芬初次见到莫扎特的情形。"

小川合上卷宗夹子，将身子扭过大半，"可是，部长，那次的变奏决斗，他被您击败了，您才是了不起的音乐家啊！"

车子驶入繁华路段了。

"他为什么要到这里的街上来拉琴呢？这里好像离他住的地方有相当的一段路啊！"

"这里是法租界。有钱的人多，西洋人也多，所以喜欢小提琴音乐的人也多。"合津顿一顿，"肯定挣的钱也会多。"

很快听到了小提琴的声音，是门德尔松《e小调小提琴协奏曲》中的第一乐章，那轻重缓急的处理手法和饱满的音色，竟和前些日子维森多夫独奏音乐会上的演奏如出一辙。

"停车吧！"合津将车窗摇下一半，不再说话。

陆扬拉的速度稍快，这可能与他在街头一个人独奏，没有乐队的呼应有关。再者，他毕竟年轻，年轻或许使他幼稚，却也是他的风格。

"确实拉得好啊！是啊！"合津不情愿地在心里自语道。他发现，他当年万般辛苦才得以解决的所有难点，在这个街头小乐手的琴上竟轻松自如地呈现着。

小川说："就是这个小崽子！"

小川继续着他朗诵腔的情况汇报："这个孩子的父亲也是小提琴

家，是个反日分子，几年前被我们处理掉了。他死前还留下了一首小提琴曲子，叫作《这一天》。这个人和这首曲子在中国人里面都很有些影响。"

小川说完，伸过胳膊，将一本大开本的《这一天》的乐谱递过来。"好不容易搞到的！"

他回过头看看合津，只见合津正仰靠在座位上闭着双目，双手抱在胸前，一动不动。

大街上，门德尔松的这首小提琴协奏曲的第一乐章的演奏到了后半部。

"下去看看吧！"合津说。

"我和他动过手的。"小川想一想，说道。

合津笑了："那又怎么样？你难道还怕他吗？"

不明就里的小川向窗外看看，再从车里的反光镜偷偷看看闷闷不乐的合津，实在弄不明白发生了什么。

"他叫陆扬。"小川似乎执意要把调查的情况抓紧时间说完，又把头扭过来说道，"他还有一个姐姐，叫陆晓念，是一家慈济卫生院的护士，经人介绍，她还在华德路上的第一难民中心教犹太人说上海话。陆扬本来在虹口的仁爱寄宿中学，但是那所学校在两年前被皇军建营房用了，他就再也不想上学，一直在街上拉琴。"

小川还想继续说些什么，合津的一只手却及时抬了起来，制止了他。

"好的，好的，知道了，这些我早就知道了！"合津心烦意乱地说道。

门德尔松的这首小提琴协奏曲的第二乐章，合津曾经下大力气练习过，所以不用看谱便能倒背如流，而且清楚地记得每一处渐弱和渐强的表情记号，谙熟演奏上的弓法与指法，所以，他的眼睛看人，耳朵却不知不觉被音乐抓住，当这个甘美如醇的双主题慢板即将开始的刹那，两个乐章之间紧密相连的管弦乐的间奏竟在他心中应和着悄然响了起来。

两个人顺着看热闹的一圈人走过去，找到一个不易被陆扬察觉却又疏落的空当看过去，只见陆扬的脸微微侧着，眉头微皱，两眼半闭，正全神贯注于琴弦上流出的乐音。

合津知道，要拉好这首小提琴协奏曲的第二乐章，最主要的便是对弓法和力度的控制，因为这里并没有西洋浪漫派作曲家的作品中通常会出现的那种华丽的炫技或者是如火热情的外现，而是在严谨的曲式结构下自由舒展的如歌的吟唱。

果然，如同他所认知的，陆扬的演奏如梦如幻，优美的旋律如同令人神伤的悠悠絮语，在街头车水马龙的喧闹中不绝如缕。

合津将注意力移到陆扬控制琴弦的左手，只见陆扬在频繁地转换把位的时候，手形十分固定与稳定，在难度高的换位上大都用前一个把位的最后一个手指作为支撑和过渡，从而保持着精确的音准和旋律的流畅。

"这哪里是拉野琴卖艺糊口的街头艺人，这分明是一个音乐厅水准、技巧严格的演奏家啊！"合津的心中发着感叹。

于是，充满好奇的合津不由自主地又走得更近一些，从侧后面伸出头去，想再仔细看清楚陆扬右手的技法，看看他琴弓掠过琴弦的分配。

他果然发现了什么，因为很快，第一主题的旋律在另一个声部的位置上再次模拟着出现了，然而力度和速度都有着升腾般的加强，合津吃惊地发现，陆扬在演奏到第二个乐句的三个短音和接下去的长音与后面音符的衔接的时候，却把这个长音在弓弦的触弦发音从通常的A弦放到了E弦上。于是，不但音色更加明亮饱满，而且由于富余出了弓子运行的长度，从而无论在力度或者弓速的转换上都从容不迫、天衣无缝。

合津暗暗吃惊，这个只有十四岁的孩子，怎么会有如此高超的表现技巧！他突然明白，这样巧妙的弓法与指法，定是出自维森多夫之手！他仿佛目睹了一位世界上最优秀的小提琴大师，将他的一生心血与艺术心得，全部倾注于这个十四岁的中国少年，而眼前这个中国少年的演奏便无疑是那位已过花甲之年的音乐大师的翻版或者青春版！他的眼前，仿佛出现了维森多夫手把手教授陆扬演奏的情景，仿佛逼真地看到了他挥着手势，哼唱着音符，停顿，讲解，再不厌其烦地重新开始，然后亲自操琴示范、讲解……

足足有两三分钟的时间，合津的脑子里一片空白！

接下去，这个乐章的第二主题出现了，表现出欲言又止的不安与忧思，只见这个十四岁的少年随着旋律下意识轻轻晃动着身体，左手稳定而且从容地在指板上连续做出充满双音和颤音的触弦和揉弦的复杂技巧，而这幽愁暗恨般的旋律，恰巧暗合了合津此时此刻五味杂陈的心态！

"这不公平！"他喃喃着，"这不公平！"

而后，嫉妒便像是黑压压的潮水一般漫上心头！

"嗨！嗨！你！"

合津惊醒了。这才发现不知什么时候小提琴的声音已经停了，而陆扬已经站在他的面前，一只手提着琴，一只手里托着一顶翻过来的帽子。原来他的演奏到了一个段落，就要收钱了。看热闹的几乎散尽，只有他还在那里发愣。

合津终于有了机会仔细打量一下陆扬，只见他年少英俊，皮肤黝黑，眉宇间散出野性，身上的亚麻色短衫与腿上的深灰色长裤显然是翻改而成的，但还算合体。若不是他的手中提着一把小提琴的话，无疑更像是个跑江湖翻跟头的马戏班学徒。

合津定一定神，旋即恢复了常态，努力使僵硬的嘴角做出一个微笑。

"你拉得很好！"他尽力用慷慨的口气说。

"那还用你说吗？"

合津本想如同一个宽厚的长者那样再说些鼓励的话，但被陆扬这句话活生生噎了回来，一下子闷在了肚子里。他想发作，但终于还是保持住了和颜悦色的笑脸，他不以为意地摇摇头，转身向停在街边的汽车走去，然而，当汽车缓缓开动了之后，他却瞬间收了笑容，一言不发地发愣。

"一个孩子！"他在心里恨恨地想，显然，就是这样的一个小男人，却和一个世界小提琴大师有着亲密的友谊，这难道仅仅是因为租住了他家的房子不成？而自己，一个日本驻上海当局的西洋人事务部堂堂的联络部部长，一个能掌握犹太人生死的人，尽管低三下四百般示好，却一直被那个犹太老头客客气气地疏远着！

嫉妒在合津的五脏六腑里猛烈地击打着，仿佛就是眼前的这个中国少年夺走了他在维森多夫心中的位置一样。他又忽然想到，或许在他和维森多夫两个人交往的伊始，这个礼貌周到的犹太老头便没有在心中给他留下过什么位置！于是，对这个中国少年的嫉妒瞬间变成了对这个犹太老头的憎恨！

"不识抬举！"他脱口而出地骂道。

汽车很快驶出了这个街口，而此时的他已经打定了主意，早晚要给这个犹太老家伙一点颜色看看！

而不久，合津报复的机会便果然来了。

到了月底，施奈德制作的《相逢上海》已经就绪。也是每个星期两次，时间安排在下午茶的好时段，从三点半到四点半。《寻找亲人》稿源渐渐枯竭，因此施奈德对新的专题格外用心。他已经准备了两个星期的四组节目，而打头阵的便是世界小提琴大师维森多夫和难民收容所夜校的上海话教员陆晓念。此外，他还请了几位听众作为来宾参与对谈，使节目更加热闹。

三点半之前是一个音乐节目，接下来便是施奈德主持的新专题节目《相逢上海》。除去陆晓念和维森多夫，施奈德还邀请了另外的四个人一同上节目：赫尔茨先生，他是原德国汉堡一家唱片公司的推销员，现在法租界里的托伦唱片店做事，而且凑巧的是，赫尔茨先生也是搭乘意大利劳埃德·特里斯蒂诺轮船公司在这条航线上的最后一班邮轮"绿伯爵号"来到上海的。雅法小姐，一个来自捷克的黑头发姑娘，平日在牛奶场打工，她是难民收容所中文夜校的好学员。海根博格先生和太太，他们是医生，现在虹口开设了自己的诊所。

此外，还有一件让晓念有些兴奋的事情，施奈德告诉她，正巧当天晚上犹太画家大卫·布洛赫在虹口犹太青年学校的礼堂举行个人作品展览会，他邀请陆晓念和他一起出席开幕式。施奈德还告诉她，开幕式也邀请了音乐大师维森多夫，本来大家在《相逢上海》的节目结束后可以一起去的，但是维森多夫表示，自己已经老了，行动迟缓，跟不上他们年轻人的速度，反而还要他们处处照顾，所以他还是稍晚自己一个人去的好，另外，他说他还是要先把小提琴放到家里之后再来，心里比较踏实。

"画家大卫·布洛赫？"

"对！画家大卫·布洛赫。德国来的，人非常有意思，他还给自己起了一个中国名字，叫白绿黑。"

"白绿黑？太有意思了！哦，我懂了，在上海话里面这是三种颜色，但放在一起正好是布洛赫的谐音，这种名字只有画家才想得出来吧！"

犹太华美广播电台距离慈济卫生院并不远，施奈德已经提早通知了院里管事的嬷嬷，告诉她要请陆晓念上节目，时间是下一个星期二下午三点半的黄金时段，施奈德还特地告诉晓念，希望她能早一些时间到电台，除去做预先的准备，他还有一件非常重要的事情要请教她。好心的嬷嬷特地允许陆晓念提早两个小时下班。于是陆晓念便步行着早早来到犹太华美广播电台的接待室了。陆晓念有些好奇，因为在她的想象中，电台是一个高深莫测，无所不知无所不晓，甚至是先知先觉的地方，它的触角伸向整个上海和外面的世界。然而，当她推开镶着小小标牌的木门时，多少有些意外。这个电台的陈设十分简陋，前面是一间过厅，里面是两间工作间和一间播音室。过厅是接待室，靠墙是两张长条凳，尽头的墙角摆着一张小案几，上面是几沓油印的广告传单，大都是犹太难民新开的生意，时间尚早，晓念便好奇地翻看了一下这些广告，只见一张传单上用花体字写着：

提供木炭！提供冰块！
精制木炭，火柴直接点燃，方便快捷！
净水冰块，冰箱制冷制作，安全卫生！

俗话说，水火不相容，木炭和冰块怎么会是同一家店铺经营的呢？晓念不由得好奇地想。

下面的一张广告是裁缝店的，上面写着：

欧洲时尚，女人青睐，给你的爱人定制一件！
不要错过，潇洒帅气，最新款式的男子西装。

晓念一下子想到了施奈德，眼前好像出现了施奈德穿着最新款式的漂亮西装出席白绿黑的绘画展览的潇洒模样。

"晓念！"晓念的思绪被叫声打断，施奈德已经站在她的跟前，她情不自禁打量了一下施奈德的衣着，发现尽管与平时没有什么区别，但是衣领、裤线都熨烫得平整服帖，便不由得红了脸颊。

施奈德并没有感受到晓念的心思，而是有些兴奋地突然放低了声音道："晓念，等一会儿做完节目，我想给你看个重要的东西，特别是有个事情想请教你。"

又过了片刻，人都来齐了，透过导播室的大玻璃大家可以清晰地看到那些显得郑重其事的机器和形状如同碟子一样的麦克风。只见音乐节目的女播音员将最后一张唱片放到留声机上，又在话筒前面说了几句什么，便蹑手蹑脚地走出了演播室。施奈德回过头来示意门外的人在播放的音乐声音里静悄悄入座。

一个小时的节目进行得十分顺利，其中每二十分钟便插播一次广告，所以真正的节目也就是四十五分钟左右的长短。有一个花絮，就是在施奈德向听众一一介绍来宾的时候，海根博格先生由于过于紧张，竟然起立，向着麦克风行了好几次脱帽礼，后来被又好气又好笑的海根博格太太用力制止了。节目的高潮则是在最后，颇有音乐造诣的赫尔茨先生向维森多夫提出了请他给大家来一个即席演奏的愿望。他热烈地说道："据我了解，希特勒的戈培尔开列了一个推荐音乐家的单子，比如巴哈、贝多芬、勃拉姆斯和舒曼等，特别是瓦格纳。所以我们想知道，您来到上海以后，除了常常演奏欧洲的古典音乐之外，有没有接触过中国的现代音乐作品，特别是小提琴作品。"维森多夫灵感忽至地答道："我在不久前听到过一首非常优美的小提琴曲，我已经记得不太清楚了，不过我可以试着拉一拉给大家听听。"随后他便取出带来的米拉尼小提琴，稍想一想，拉起了《这一天》。

虽然这与原先的《这一天》有些出入，但陆晓念第一次听到父亲的作品由一位小提琴大师亲手演绎，激动不已，在鼓掌的时候比任何人都来得响亮。

节目结束了，待来宾纷纷离去，施奈德走到自己办公桌边上，从抽屉里取出一个铝制的饭盒，看上去像是一本厚厚的字典。

"这就是你刚刚说起的东西吗？是什么重要的东西给我看呢？"

"哦，不是的，饿了吧？"他说，"先吃点儿东西吧！不过，等一会儿展览会上准会有好吃的！"

饭盒里面是两块煎成金黄色的甜饼，两个人一人一块地吃着。

"真好吃！"陆晓念说道。

"这叫苏夫加扬特，是鸡蛋、肉桂、糖和上面粉做的。"施奈德说道，"以前每逢过节的时候，妈妈都要做出很多这样的饼，所以我从小就喜欢吃。"

"所以现在你一个人了，也做着吃？"

"是啊！是啊！要是我妈妈他们在上海那该多好啊！那我一定请他们上节目，上《相逢上海》这个节目。"

他把最后一块苏夫加扬特丢进嘴里嚼着。

"不过，你以后还是不要用这种铝制的饭盒吧！还是搪瓷的比较卫生一些。不信你用纸在饭盒里面擦一下，纸一定会是黑的。"她说，"或者，要不要我帮你买一个？"她随即对自己说出的话吃了一惊。

"我当然接受啦！"他快乐而迅速地做了一个鬼脸。

片刻，施奈德打开办公桌右下面的保险柜，小心翼翼地取出一个边角磨损，看上去风尘仆仆的牛皮纸信封。

"我们到外面接待室去说。"他放低了声音说道。

两个人在摆满广告传单的小茶几前坐下，施奈德从信封中抽出一张正反面都写满铅笔字的草纸，指着末了的签名处，问道："来，教我一下，这三个中国字应当怎么读？"

陆晓念低头细看，这是一封用铅笔写就的长信，密密麻麻的字迹占满了草纸的正反两面，落款的签名居然是三个写得十分笨拙的中国字。

陆晓念一字一顿读道："罗、生、特。"

"罗生特，这是谁？中国人，还是你的什么朋友起了中国名字？"

"记得雅各布吗？雅各布·罗森菲尔德。"

"雅各布？就是以前你介绍来华德路难民收容所上课的那个高高的？当然记得啊，不过他已经很久没有来听课了。对了，还有他的弟弟莱奥，他们在租界开诊所，是医生，对吧？可是我听不懂你的意思。"

施奈德小心地透过玻璃窗向里面张望了一下，回过头来放低了声音："这是雅各布的信，由他弟弟莱奥转交给我的。你一定想不到，一个月前，他离开了上海，参加了中国抗日的军队了！他说那个军队的名字叫新四军！所以他起了一个中国名字……怎么读来着？"

"Luo—Sheng—Te！罗——生——特！"

"Luo—Sheng—Te！Luo—Sheng—Te！罗生特！我记住了。"

晓念看着泛黄的粗草纸正反两面的铅笔字。

"写的是德文吧，我看不懂，你能告诉我一些内容吗？"充满兴奋也同样好奇的晓念不禁也将声音压得很低。

施奈德小心翼翼翻动着粗草纸，慢慢开始翻译起来。

"你瞧，就是这里，这是他来信的大致内容。"

亲爱的施奈德，很久没有见到你了，你一定想不到，一个月前我离开了上海，来到了离上海有两天路程的中国的农村，人们告诉我，这个地方叫作盐城，是在江苏省的北部地区，是中国抗日的军队新四军的根据地。这是一次危险但是非常有传奇色彩的旅行，我化装成了一位天主教的牧师。顺利地通过了日本人的封锁线和检查。那些日本兵对西方的洋人没有什么区分上的概念，甚至于我随身携带的一箱子医疗器械也没有引起日本人的怀疑。但是话说回来，就是面对着这些用刺刀指着我的日本兵的时候，我也没有感到紧张，因为我知道，就在不远处的一群中国农民，其实是护送我的新四军战士化装的，他们在暗中保护着我。

亲爱的施奈德，在我看来，这里的条件比我预想的困难得多，我刚来不久，日本军队称为"扫荡"的进攻便开始了，经过特殊的批准，我也来到前线，随时为伤员做抢救手术。这里没有医院，伤病员们都躺在铺在地面的稻草上……什么都缺，缺药品和器械，缺人手和专业人员。我已经告诉了莱奥，请他帮我再设法储存一批药品，特别是消炎消毒和杀菌的外用药。

"嗯嗯，这一段也非常有趣。"施奈德继续着。

说些有趣的事情，我周围的新四军的战友们非常可爱，一切好的东西，比如，行军时遇到下雨，那仅有的一把雨伞一定是给我的，从上到下，从军长到警卫员到战士，都披着斗笠或者茅草蓑衣。有一段时间，日本人的飞机连续轰炸，每当警报响起，我们都会迅速跑到村子外面的一片坟地去躲避，因为那里是一片树林，树长得很茂密。每当这个时候，我们就靠在坟堆上，大家请我讲莎士比亚戏剧的故事，他们好学的精神真的很感动我，因为他们希望我尽量用英文讲和朗诵。我现在有了一个中文名字——罗生特。这是我们的卫生部部长沈其振先生给我起的，哦，对了，除去中国名字之外，我还非常荣幸地得到了一个可爱的外号——大鼻子！这是这里的老乡给我起的。我刚来到村子里的时候，几乎全村的人都跑出来看我，就像是在动物园里看动物那样，非常好奇，他们还没有见到过我这样规模的大鼻子，我想，这也是沾了我们犹太人种的光了吧！

施奈德翻译到这里，两个人都"哧哧"地笑了起来。

经常想起你来，想起我在上海的所有朋友们！每次工作疲劳的时候，我当年在集中营里被打断的那几根肋骨就会隐隐作痛。我的好朋友，想一想我在纳粹集中营的那些经历，我就深深感到我现在的选择是对的！

施奈德停住了翻译，抬起了头来。
"完了？"
"完了。大致就是这些，我没有逐字逐句翻译，但是大致的意思和内容就是这些。"
"太不可思议了，像是小说里的故事！"
"雅各布的经历非常曲折，这是我以前没有和你说起的。"
"你说起过你们应当算是维也纳大学的同学。你是哲学系的，他是医学系的。"
"因为是犹太人，他后来被纳粹抓进达豪集中营了，关了一年多，在集中营里，他被打断了好几根肋骨！他到上海之后，虽然安全了，但是开始的时候也很艰难。他和莱奥的诊所最初还是靠了他们在英国的妹妹寄来的钱才办起来的。"
"雅各布，罗生特！"晓念重复着。"对了，我这才明白，那次他来到难民收容所大食堂听课后，特地问我'打倒日本侵略者，做一个反法西斯的战士'在中国的普通话里怎么说。怪不得！"

"罗生特，雅各布·罗森菲尔德！"施奈德也重复着。

"这封信太珍贵了！"晓念道。

"是啊！这是由莱奥亲手转交给我的。"

片刻，施奈德站起来进到里面，将这封草纸信件重新在保险柜里放好，锁好柜门。施奈德还是用那辆自行车载着陆晓念，向坐落在虹口东有恒路上的犹太青年学校骑去，参加画家大卫·布洛赫的上海新作画展。

大卫·布洛赫的画展安置在犹太青年学校的礼堂里。在展览会的入口当正设了一道四折屏风，使前来参观的人必须由屏风的两侧走进去，就此增加了郑重的气氛。屏风上的图案是沥粉贴金的《八仙过海》，繁密华丽的图案被白色的图画纸遮挡了上半部分。在每一扇屏风的图画纸上，都画了一个很大的调色板，放置油彩的位置上分别是中文、英文、日文与德文的标题："大卫·布洛赫旅居上海作品展览会。"在中文的那一扇上，布洛赫的名字便是白绿黑。

"就是这儿吧？"晓念问道，她坐在施奈德自行车的前梁上，等自行车停稳，直起脚尖触到地面上。

"这么美好的旅程，可惜太短暂了！"施奈德也迈下自行车，然后对晓念做着意犹未尽的表情。每次两个人骑车出行，他都会闻到坐在车前梁上的晓念头发特有的淡香，风撩动着她的秀发，发丝搔着他的鼻子，令他想入非非。

晓念听得懂他的暗示，低头笑了。

"难道男人都是这样子吗？他一定是个情场老手吧！"她想。第一次有了一种被男人珍惜的感觉，那种感觉不是用虚荣或者满足这样的词可以准确描述的。

时间还早,展厅里只有七八位来宾。施奈德和晓念一走进去,白绿黑就迎了上来,这是一位瘦小的年轻人,头发很长,顶着一顶看上去和整个人势不两立的红色大软帽,鼻梁上深度的近视眼镜起了凸透镜的作用,强调出他乐天、多动和敏感的气质。

"啊哈!盖瑞!"他向施奈德伸出一双过于巨大的手,脸却始终对着陆晓念。

"大卫,我来介绍一下……"

"噢,等一等!我来猜一猜!"他说,"我们大家都知道'中文,这里指上海话,其实并——不——难——学!'陆晓念小姐!对吗?"

三个人都笑了起来。

充当服务生的犹太文艺俱乐部的志愿者递上酒水,大家便在画幅的前面踱着。画展的规模不大,有四十几幅作品,都是水彩与素描的小幅画,间距适当地用漆线挂到墙顶的横木上。展厅里又一左一右地加了两块带支脚的展览板,中间的桌子正好用来摆放饮料和点心。

"嗨!嗨!老兄!"施奈德说道,"你的帽子太难看了!现在你活像是格林童话里面的人物啦!"

"不对!不对!不在于好看难看,在于与众不同!世界上永远只有两种判断标准——世俗的和艺术的。"

白绿黑又用手挥了一个圈儿,"都是到上海之后画的。"

"你画了不少上海姑娘。怎么样?有兴趣了?"

白绿黑向前面二三米远的陆晓念努努嘴,低声说道:"你怎么样?"

施奈德也放低了声音:"正在努力啊!"

白绿黑郑重起来:"上海姑娘!上海姑娘有一种特殊的美,有头脑,而且越是漂亮的就似乎越有头脑。"

"漂亮?你指什么?"

"喔!当然是指生理上啊!直说吧!在生理上,你发现了什么,她们什么地方最美?"

"什么地方?"

白绿黑站住脚,转过身来,俨然是一副艺术大师的架势。"唔!是啊!是啊!当然啦!从通俗的造型角度观察,女人身体最具美感的部位当然是胸、臀部和大腿,但是……"

"哈哈!到底是流亡的日子,忍受不了性饥渴了吧!"

白绿黑挥一挥手,不理会施奈德的揶揄,雄辩地说道:"脖子!老兄!脖子的侧影!喔!这一定要留心观察,我指的是从侧面看过去,肩、背、连上脖子的弧线!"

此刻的陆晓念正在一动不动地用心看画,正好留给施奈德和白绿黑完整的侧面视角。

白绿黑把头向晓念的方向指一指,转头对施奈德低声说道:"瞧!多美的侧面!你想到了世界上的什么名画了吗?"

不等施奈德回答,白绿黑叫道:"德波拉伊奥罗!意大利文艺复兴时期的大画家[①]。他有一幅非常有名的女子侧面肖像画,脖子便是这样的弧线!一模一样的!"

施奈德也收了笑,两个男人竟都停止了说话,把目光认真向陆晓

[①] 安东尼奥·德波拉伊奥罗:15世纪后期意大利托斯卡纳画派的著名画家,他创造了一种描绘女性侧面肖像的优雅式样,常被后人模仿。

念那儿投去了。

"你们在说什么呢，鬼鬼祟祟的？我听人家说，当男人在一起低声说话和高声大笑的时候，准是没谈什么好事。"晓念察觉到了两个人的目光，转过身来。

"我们正在探讨美学上的问题！"白绿黑的眼睛在眼镜片的后面笑得像是两团雾。

"美学？得出什么结论了吗？"晓念问道。

"结论是……这顶帽子太难看了！"施奈德也笑出了声来。

"我坚决抗议！而且我在几分钟之前声明过了！问题不在于好看或者难看，问题在于与众不同！"

"为了不同而不同是不是也有点儿'媚俗'的味道啦？"

"不对不对！像你这么说的话，开展览会本身不也成了一种'媚俗'啦？"

来宾渐渐多了。

白绿黑给施奈德和晓念取来两杯茶水，说："你们再转一转，不过别走。刚刚有人预订了我的一张木刻，所以，等会儿我们一起去'菲亚克斯'吃饭去！"

他转身招呼别的客人去了。

施奈德抬腕看一看手表，喃喃说道："怎么维森多夫先生还没有来呢？他说这是白绿黑在上海的第一个画展，他一定要来捧场的！"

画展里的气氛更加热闹了。

突然，白绿黑神色凝重地走了回来。

"盖瑞、晓念，不好了，出事了！维森多夫！维森多夫先生在过了花园桥的路边被日本人抓走了！"

16

这天一早，舟山路和唐山路的十字路口就人来人往十分热闹。在它的东北角，一座漂亮的两层分租式的犹太百货商场在不久前落成。楼上楼下总共十七家店铺都相约在今天一齐举行开张典礼。这些店主都是不久前逃亡到上海的欧洲犹太难民，店铺是通过"卓因特"从上海的曼哈顿银行贷款建起来的。而在虹口的日本当局，则在征收税款方面给了这些小店相当的优惠。

在历史上，"虹口"名称的由来是因为一条叫作虹港的小河从西北面注入黄浦江，虹口便是指虹港河的河口。在日本武装占领虹口之后，便强行将该地区变成了日本租界，极力与在上海的西方列强比肩。但是与西方列强不同的是，日本从国内向虹口大量移民，力图将虹口变成真正的海外领土。因此，当局对于犹太难民在虹口日益旺盛的商业活动，一直抱着一种坐享其成的态度。事实上，大多数犹太难民都把虹口作为安家或者开展生意的地方，主要是因为房租和物价便宜。犹太难民积极的经济活动，使得平民社会的虹口迅速变得热闹起来，这片繁荣的犹太商业区距离"小东京"日本街并不太远，便顺理成章地被人们冠上了"小维也纳"的美称。

卡恩·斯皮尔伯格陪着劳拉·玛格丽斯到达开业庆祝会的时间很早，他一家店挨一家店地去看望了开业的小店主们，问他们还有什么困难需要难民救济会帮助解决的。其实，这些人真是有什么困难的话，他真正能够做的也极为有限，但是他依然耐心地听他们的要求和抱怨，一来是为了让他们安心，二来是希望玛格丽斯听到后了解更多的情况，就此会向JDC的纽约总部方面反映，从而争取更多的财务支援。

另外，斯皮尔伯格还有一件更重要的事，就是请所有的店主在一封早已经拟好了并且打印得十分漂亮的感谢信上面加上亲笔签名。这封信是写给日本驻上海西洋人事务部的部长井冢明光大佐的。井冢已经答应今天会来出席开业庆祝会的，斯皮尔伯格准备向他当面呈上这封感谢信，作为庆祝会程序之一。今天开业的总共十七家店，目前尚缺五个店主的名字。

"竹竿"柯哈纳还没有回来，他为了维森多夫在三天前的晚上被日本便衣抓走的事到虹口日本宪兵队的巡捕房和上海工部局的警察署交涉去了。

帕帕尔先生和他的太太与两个儿子迎了出来，他太太的手里托着一个大托盘，上面摆了十几个中国式的瓷制小酒杯。每个酒杯里面都斟好了香浓榛子味咖啡。她招呼大家品尝。

斯皮尔伯格啜了一口咖啡，一本正经地说道："帕帕尔！你的咖啡店的名字起得太妙了——'小维也纳'！已经有人把我们这条街叫作'小维也纳'了。所以，你不用打广告，这条街就等于给你做广告了。但是，你也要小心啊，看你怎么为这个店名申请专利！"

大家都大笑了起来。伴随着笑声，人群里闪过几道亮光，这是上海当地的报社记者在抢拍照片的时候镁光灯发出来的。

第二层楼上的商店看过后，斯皮尔伯格便陪同玛格丽斯由大楼正中的楼梯走下来到临街的第一层。这时候，本地中国人同业工会前来祝贺的当街舞狮子表演刚刚告一段落。舞者们从厚厚的绣着金银装饰的锦缎狮子里钻了出来，每个人的衣服都湿透了，而且头上都大汗淋漓。接着出场的，是犹太文艺俱乐部的歌唱队，先是站出来了一位女歌手，用西班牙语拖着长音唱起一首塞法迪犹太人[①]的古老歌谣，曲调伤感而优美：

月亮高高挂着，当黎明破晓的时分。
我的双眼肿了起来，只因为凝望大海太久，
来来往往的船儿一艘又一艘，却没有一艘带给我远方的信。

斯皮尔伯格和玛格丽斯听着歌曲，脚步就放慢了，无疑联想到如今犹太人的境遇。这时候，虹口的日本人报纸的记者，见到有了采访的机会，就挤过来问道："请谈一谈你们对于小提琴家维森多夫被捕的看法吧！"

斯皮尔伯格还没有把头转回来，玛格丽斯已经开口了："日方这样做是完全不妥当的。维森多夫先生住在公共租界里，他并没有做什么违反规定和法律的事情，但是……"

"这是误解！"斯皮尔伯格不等玛格丽斯说完，把话插了进来，"我们绝对相信，这是一场误解！您看，大家选择了在虹口定居，在虹口投资做生意，这充分说明了他们信赖日方的支持与合作，对于自己在虹口的前途充满乐观。我有两个希望，一是希望井冢先生来参加今天的庆祝会，大家都希望见见他，二是希望维森多夫先生能够被尽早

[①] 塞法迪犹太人：指在西班牙和葡萄牙形成的犹太人社团和文化综合体。

释放，要是今天他在这儿的话，我们一定会请他演奏个曲子呢！"

"竹竿"柯哈纳的身影在大街的另一边出现了。他比所有的人都高出一个头。斯皮尔伯格瞥见了，向四周说了一声"对不起"，然后向"竹竿"走去。

"天哪！这个美国女人，说话太不给日本人留面子了！"斯皮尔伯格道。

"美国女人？你在说谁啊？"

这时候，犹太文艺俱乐部的歌唱队换了歌曲。他们唱道：

亚达月的第十一个夜晚，
不同寻常的夜晚。
那一夜闪着战斗的火焰。
有一个人在高声呐喊：
"为了加利利！我的土地，
就是死去，那便是我的心愿！"

这是一首阿什肯纳兹犹太人[①]的歌曲，歌颂以色列的民族英雄特鲁姆佩多。特鲁姆佩多曾经在中国的东北生活过，那时他曾经是日俄战争的俘虏，坐过旅顺日本人的监狱，出狱后在哈尔滨生活过一段时间。听着这样的歌，斯皮尔伯格不由得又回头看了玛格丽斯一眼，却一下子对她在日本人面前的强硬产生了好感。

"喔，她是对的！"斯皮尔伯格脱口说道。

[①] 阿什肯纳兹犹太人：通常指中世纪之后，居住在莱茵河流域，后来居住在整个日耳曼地区的犹太人，亦包括法国北部、德国和斯拉夫国家的犹太社区。

"你在说谁？"柯哈纳依然莫名其妙地问道。

"没什么！没什么！"斯皮尔伯格答道，"怎么样？你办的事情怎么样了？"

"看来问题不大，三四天就会放人了。井冢说他并不赞同这样做，这件事一定是合津康弘搞的。"

"老滑头！"斯皮尔伯格笑道，"不过，这也是给我们提了一个醒，以后不要忽视那个新来的小矮个儿。"

"他们都来了，在街那边的汽车里呢。井冢让你过去，说希望和你先谈谈。"

"就我一个人？劳拉呢？"

"井冢说他非常讨厌这个美国女人。"

"劳拉是从纽约来的，所以不像我们要时时刻刻看日本人的脸色。"

斯皮尔伯格情不自禁地用手摸了摸上衣里面的口袋，那封给井冢的联名感谢信上有十七家店主的亲笔签名。有了它，就像是一个马戏团的驯兽师在与一头狗熊一块儿登台的时候，口袋里有一把狗熊喜爱吃的糖果。

"你回去吧！在那些记者面前嘴巴上小心一点儿！"

说罢，斯皮尔伯格抻一抻领带，抖着肥胖的身子，在街的角上一拐，向唐山路另一面走去。

斯皮尔伯格远远看到井冢和合津已经下了汽车，停在街头一片小绿地的路边，便紧走几步，殷勤地向前伸出双手来说道："啊！井冢大佐！合津先生！你们终于来了，我们都在等你们呢！"

井冢露出了笑容，但是站着没有动作，任凭斯皮尔伯格的两只手在空中悬着。

井冢说道："我答应过您的！我一定会来出席你们今天的开业活动。"

斯皮尔伯格说道："都知道您是非常忙的。"

合津道："我们日本人做事，言必信，行必果。"

井冢这才把手举了起来，回应了斯皮尔伯格的两只手。

人们开始向表演节目的地方踱过去。

井冢道："合津先生给我来了电话，说'竹竿'不但找了虹口的宪兵队，又去找了工部局的警察署，是为了小提琴家维森多夫先生的事情。我看，斯皮尔伯格先生，我们的西洋人事务部改名叫犹太人事务部算了。"

斯皮尔伯格赶紧说道："可我们犹太人已经为日本在市工部局董事会的选举捐了款了，大家都希望你们也能像英国人和美国人一样，有四名董事！"

井冢并不理会斯皮尔伯格说的，又说道："听'竹竿'说，你们华德路的难民收容所每天提供的内外救济午餐是三千份。而且听说救济款的多数是由美国的犹太富人提供的。这样一天一天地算下来，是多少钱啊！人们都说美国的钱都捏在犹太人的手里，看来真是一点也不假。"

斯皮尔伯格猜测着井冢的意图，尽量附和着说道："您说得很正确！但是这些救济餐并不是免费的。现在上海物价飞涨，我们精打细算，每一餐的价格是差不多五美分一份，好让难民吃得起。而这个价格，是在上海所有的难民收容所里最低的。所以我们已经再也没有什么钱了。"

井冢笑道："好啊！既然是这样，今后还是别让我们操心了！还有，请转告你们所有的店主，在虹口的治安上，我们不会对你们犹太人有任何的通融，让他们回想一下在下船之前宣读的那些注意事项，那并不是说说而已的。保安队讲，每天晚上都会遇到夜班回家违反宵禁的犹太人，还有，他们在缴税上故意装糊涂，以后，他们不会再受照顾，会坐牢，严重的会枪毙！"

斯皮尔伯格只能唯唯诺诺地点头，却一时间找不出合适的词句对应。

"所以，该向这些店主提醒些什么，你的心里应当非常清楚。"

斯皮尔伯格看到井冢的态度转硬了，就用手摸了摸上衣口袋，取出那封感谢信来："今天开业的十七家商店的店主，为了感激您对他们的关怀，特地联名写了感谢信，他们郑重地委托我把信交到您本人的手里。另外，我们也准备把这封信的抄本，交给记者，让他们在报纸上刊登出来。"

井冢接过信，掂一掂硬硬的信封，并没有拆开来看，而是随手交给了身后的合津。

又走了两步，井冢突然停住了脚步，说道："你们也要合起来，联名给美国的政府和国会写信！私人的，公开的，都行！"

斯皮尔伯格忙问道："但是，写什么呢？"

井冢道："写什么？就写在上海，在虹口，我们日本人，是怎么善待你们犹太人的！"

他停一停，似乎在心里更加肯定了自己的想法："要让他们了解，我们大日本帝国建立'大东亚共荣圈'，并不会损害美国在亚洲和太平洋地区的利益，用你们犹太人自己的体会去说。美国人真的没有必要把海军基地从洛杉矶搬到夏威夷去。我想，日本从来就没有要和美国进行正面冲突的想法！"

斯皮尔伯格道："可是，我们这些人！我们这些人不过是一些不知名的生意人，美国政府怎么会听我们的呢？"

井冢厉声道："胡说！美国的经济、金融不是都控制在你们犹太人的手里吗？又有什么人能像你们犹太人那样对美国政府的政策有这么大的影响力呢？美国政府在本质上就是犹太政府！"

斯皮尔伯格抿一抿嘴道："井冢先生！这不是我一个人可以决定的事情，我需要和这里有影响的社团领袖们好好谈一谈。所以，请给我一些时间。"

井冢冷笑道："你难道不是这里有影响的社团领袖吗？我看，你就是关键！你自己决定了，就可以说服其他人了！对了，别忘了加上你们的那几位重要的拉比！"

斯皮尔伯格一时又想不出应对的话来了。

井冢又瞥一瞥斯皮尔伯格不知所措的样子，说道："真不可思议，俄国的布尔什维克革命，是犹太人搞的。美国的资本主义，也是犹太人搞的。现在，上海也让犹太人弄得无法安宁！所以，我常常想，你们犹太人，与其说是一个民族，不如说是一个奇怪的人群更合适一些！"

说完，井冢站住了脚，转过身来，直视着斯皮尔伯格笑道："卡恩！你来告诉我，犹太是一个什么样的'特殊人群'呢？"

没有等斯皮尔伯格再说什么，井冢把头向他靠近了一些，用一种非常缓慢和知心的口吻，轻轻说道："魔——鬼！"

随后，他一边笑着一边加快了脚步。

商业大楼前脸的马路上，演出已经达到了高潮。这依然是犹太文艺俱乐部的节目，这次在音乐的伴奏下出场的是一名马戏班的小丑。只见他的手上托着一块大牌子，牌子的一面是蓝色的，另一面是白色的。两面都交错着色彩写有庆祝开业的字样。小丑耍弄着牌子，把它依次在身体的不同位置上直立着。不论他怎样舞动，倒立或者翻跟头，那牌子总是不倒。他巧妙的动作配合着滑稽的表情引得四周发出阵阵的笑声。

突然，小丑用尽全力把牌子向空中抛上去，同时利用这个时间的空隙在原地打了个空翻。但是这一次他似乎没有能做好动作，而是失掉了平衡，跌坐在了地上。但是，他却在狼狈中伸出了脚来，刚好接住了落下来的牌子。就在这一刹那，牌子上的文字蓦地变了内容，两面都用印刷体的英文工整写着：

站起来！你是骄傲的犹太人！

四面八方的人群大声喝起彩来，台阶上面伴奏的小乐队也轰然敲起有节奏的锣鼓点儿。随即有人跳进了场子里，一边拍手一边唱起犹太人中间非常流行的一首歌曲《让我们欢乐》。

让我们欢乐，

让我们欢乐，

让我们充满喜悦地欢乐！

让我们歌唱，

让我们歌唱，

让我们充满欣喜地歌唱！

这简单重复的曲调瞬间点燃了全场的热烈气氛，又有许多人跳进了场子里，击节放歌，更跺着脚配上了有节奏的舞步，扭动着身子，拍着手跳着，齐声唱着。

这首歌是可以加上叠句反复唱下去的：

我们欢乐，

我们欢乐！

到了后来，连人行道上、店铺的门口直到二楼的窗口，都有人摇动着身体，跺着脚步唱着。

斯皮尔伯格陪着井冢与合津刚好在此刻来到了大楼的门口，他看着面前这些历尽艰难的同胞，终于能够在异国他乡站稳脚跟，终于能够初步地饱暖衣食，而联想到在这背后日本人的种种凶险，心中不禁五味杂陈，感动和心酸同时涌上心头。

"魔——鬼！"井冢的调侃依然在他的耳边响着。

17

在舟山路的犹太商厦开张仪式之后的第三天，维森多夫被释放出狱了。这样前后加起来一算，他被关押了五天整。抓进来的时候被强迫交出的口袋中的私人物品，如今一概不予归还，钱包里所有的纸币都不见了。

他走出监狱的大门，饥肠辘辘两腿发软，在明亮的天光下不由得眯起眼睛。他站了片刻，努力克服着晕眩，随后径直走向街道斜对面的一家咖啡店，同时本能地摸一摸已经空空如也的上衣口袋，进退两难。此刻不要说喝一杯咖啡，连回家的车钱都成了问题。

突然，咖啡店的门却从里面开了，出来的竟然是脚步不大利索的胖胖的约内斯和喜出望外的陆扬。

"你们怎么会在这里？"他露出惊喜，灰暗的心情为之一振。

"汤厨和收容所的柯哈纳临时通知了我，我就马上赶到这里了，而这孩子，"他拍拍陆扬的头，"自从你被抓进去之后，就把在街上拉琴的地方改到这个小咖啡店门口了，天天看守着。"

一切变得简单，维森多夫狼吞虎咽地喝了整整一份红菜汤，又狼吞虎咽地吃了沙拉和通心粉，热气蒸得他身上软绵绵的。五天没有换过的内衣透出了监狱里的霉味和臭味。似乎有什么东西在动，他知道那是虱子。

"赶快回家，好好洗个澡，然后睡一觉，别忘了把所有的衣服都用开水煮一遍。"约内斯道。

"砰！啪啪！"天色渐暗，街上有一群孩子在放鞭炮，这里那里，有人点起了彩色灯笼。

三个人不禁向窗外张望。

"小扬，今天是什么节日吗？"维森多夫好奇地问道。

"七夕节，就是中国的情人节。好多地方在办庙会。"

"哦？那么说，晓念好吗？我想她一定和华美电台的小伙子盖瑞·施奈德在一起呢吧。"

的确，在维森多夫、约内斯和陆扬在提篮桥的小咖啡馆里面说着"七夕节"的时候，陆晓念正和施奈德一起在老城厢逛灯会呢！这天是八月二十九日，正是中国的阴历七月初七，俗称"七夕"，城隍庙照例举办传统的灯会，陆晓念并没有漏出口风，而是事先和施奈德约好，到广播电台去找他，然后一起去逛城隍庙的庙会。至于晚饭，当然是在庙会上用琳琅满目、五花八门的各色小吃来解决。

半年多来，陆晓念与施奈德的见面频繁了起来。在慈济卫生院里的人都知道她有一个需要照顾的弟弟，而且又在难民收容所里面教夜校，所以轻易不安排她在晚上加班。而事实上小扬十分自立，晓念偶尔帮助他洗洗和补补，并没有什么需要特别操心的事。这样，下班之后，她便常常有机会和施奈德待在一起。施奈德最喜欢去的地方便是外滩，他说那是因为江水会给人以无限的遐想。

他们的交往渐渐深了，晓念也渐渐了解了施奈德的痛苦。在维也纳上大学的时候，他是一个热衷于社会活动的哲学系学生，当他决定前来上海的时候,遭到了全家的反对。他的父亲、母亲和一个妹妹还留在当地。后来,局势突变,全家便搬到维也纳附近一个叫作黎林菲尔德的安静小镇上,但是后来便音讯全无了。施奈德说,对家人的思念便成为他创办《寻找亲人》专题节目的最初灵感。

施奈德说,他唯一的安慰,便是母亲在临别时亲手从自己的胸前取下,然后挂在他的脖子上的一条项链。他将项链从胸前的领口拉出来给晓念细看。这明显是一条女性项链,粗细适中的银质项链的前端,连接着由一大一小两个希伯来字母组成的华美图案。

"这是两个希伯来字母,在犹太文字二十二个字母中排在第八个与第十个,读作 Chet 和 Yud,它们组成的单词读作 Chai,它的含义是生命。"施奈德道,"我们犹太人认为每个字母都是有活力的,都有不同的含义。"

"明白了!这条项链是你妈妈给你的护身符!"晓念道。

"是啊!所以我一直戴在脖子上。"

陆晓念的心情很好。和施奈德在一起,她总有一种说不出的充实。一般来讲,没有得到过充分父爱的女孩子常会偏爱年长自己很多的男人。眼前的施奈德比陆晓念只大两岁,但是专注果敢,有着超出年龄许多的成熟。这使陆晓念感到安全,甚至对于他有时表现出的武断也觉得是自信的折射。比如,施奈德说他不喜欢走路的时候总是走在他左边的姑娘。照他的说法,喜欢走在男人左边的女人大都缺乏女人味道,所谓女人味道,包括善解人意、温柔体贴等。还有就是,施奈德也不喜欢总是穿着咖啡色服装的姑娘。有一次在他欣赏晓念的衣服的时候,十分认真地说:"所以,如果不信的话你可以观察一下,凡是自命不凡的女强人,几乎无一例外地是偏爱咖啡色的!"这些都让晓念感到又吃惊又新奇。

陆晓念在施奈德的右边走,总是一边走一边把手按在江堤的矮墙上。一块块的水泥砖由于日久风化的缘故,剥落出一片片小坑,在冷雾的侵蚀下摸上去麻麻的,有一种真实感很强的舒服。江堤一面的远处,在黄浦滩路的另一侧,高耸着鳞次栉比的大厦的黑影,居高临下地观望着他们。

他们的聊天是天南海北的。他常常讲给她许多犹太方面的知识,而且几乎每次都是引经据典,让陆晓念在听得津津有味之余也感慨他的渊博。比如,有一次施奈德讲了一个犹太典籍《塔木德》里面的故事。让陆晓念笑了半天。故事是这样的:国王有一座美丽的果园,他派了两个人去守护那些鲜美的水果。这两个人一个是瘸子,另一个是瞎子。他们都很馋。瘸子对瞎子说:"让我踩到你的背上吧!这样我们可以摘到水果吃!"他们就这样做了。后来,管事的发现了,就问他们是怎么回事。瘸子说:"我没有腿怎么会摘到它们呢?"瞎子说:"我没有眼睛怎么会看到它们呢?"国王怎么做的呢?施奈德说,这个国王命令瘸子站到瞎子的背上,把他们当成一个人来审判。

陆晓念记得最清楚的,是一次在江边施奈德给她讲起犹太民族伟大的英雄摩西,立了上帝的约,带领受苦受难的以色列人逃出埃及返回迦南的故事。其实这是一个任何读过《圣经》的人都会倒背如流的老故事。陆晓念对它的熟悉就如同对于中国的女娲补天和大禹治水一般。尽管这样,她还是听得津津有味。因为吸引她的不是故事本身,而是在讲故事的时候施奈德的那种异乎寻常的激情。

"不是'逃出埃及',而是'走出埃及'!"他说,他的眼睛里闪着火一样的光,"'走出埃及'就是反抗压迫,用生命换取自由!"

"这时候，突然，"他说，他深深地吸一口气，"突然，一望无际的大海向两边分开了！分开的海水间形成了一条路。以色列人就在高高的水墙之中走过了红海，走向了自由！"

"海水怎么能分开呢？这只是神话故事吗？"陆晓念说，"而且，而且你说起这些就像是诗人，像在朗诵诗歌一样！"

"喔！真的吗？"施奈德从激情之中回到了现实，他笑一笑说道，"是啊！是啊！宗教上面的许多问题，确实是很难用物理的方法去论证的！"

渐渐地，他的眼神里面的英雄之火变成了温柔和体贴的光。

再往前走，到了这一排雕花路灯的尽头，就快到公共花园的那片小树林了。陆晓念住了脚，回头看看，她看见施奈德正在向右面的远处望着。晓念说道："那边就是十六铺码头，只要你有钱，就可以买船票，到世界上你想要去的任何地方，伦敦、纽约、开普敦或者悉尼、马尼拉、里约热内卢、哈瓦那……"

施奈德看看晓念，便又转回去望着那一片灯火辉煌的空间。

"对！就是那儿！"陆晓念说道，"那儿就是码头。只要你有钱。"

"只要你有钱就够了吗？"走在后面的施奈德突然停住了，像是玩笑又像是自嘲地苦笑了一下，"也许在许多人看来，还应该加上一条——只要你不是犹太人！"

施奈德突然变得十分严肃了："你看！这就是历史，这也是现实，这就是我们来到上海的原因，这就是我们喜欢上海的原因。所以，记住这一点非常重要。"

陆晓念知道他触景生情，便叫了一声："盖瑞！"

施奈德笑了："是的！记住这一点非常重要，而且对于我来说，有着双重的意义呢，你能猜出这个原因吗？"

陆晓念当然明白他说的"双重意义"指的是什么，本想开一个玩笑说："不明白！"但是施奈德认真的表情说明，他是在谈论着一件对他来说非常重大的事情。晓念点一点头，把手挽住施奈德的胳膊认真说道："盖瑞！我明白！我真的是明白的！"

陆晓念直接将施奈德带到了城隍庙，要的就是给他一个惊喜。其实，越是穷的地方过节，才似乎越能够表现出过节的本质。高尚富裕的地段，节日的装点都是经过高趣味的审美眼光的理性布局，显得华丽考究但是整齐有序。老城厢的城隍庙一带是上海的平民区，又是纯粹的华人社会，被洋人称为"China Town"，过节就成了百姓难得的宣泄心中祝福和痛苦的机会。

城隍庙的入口处是人最多的地方，小贩们希望占得风气之先，竞相拥挤着叫卖五花八门的土产小吃，将摊位延伸出很远，烘托得节日气氛几乎爆炸，连进场都十分困难。露天的书场里，云鬟高耸的女伶正在婉转顿挫地唱着弹词开篇。设置在二层楼的高高的戏台上，京剧《八大锤大闹朱仙镇》里面的岳家军众将与金兀术的人马斗得正酣。灯会的中心场是在城隍庙里面，所以，湖心亭和九曲桥一带早就人山人海，等着看天黑的时候才上演的烟花表演。只见这片小小的水面被精心点缀着盏盏荷花灯和喜鹊灯，绕着水边的各色店铺也被彩灯装饰得通体透亮，分不清是灯在水上浮动还是水下有什么水晶宫殿，辉映着天上如火的晚霞，天地间仿佛由流彩飞光织出一片梦幻世界。

陆晓念心中得意，更不想说什么，专心等着施奈德的惊叹。哪知施奈德第一次见到这样的东方灯会，竟张着嘴只顾看，半晌没有声音。

陆晓念忍不住了,推一推发呆的施奈德道:"喂!怎么不说话呀?知道今天是什么日子吗?"

施奈德醒了,说道:"你们中国人的灯节吧!太不可思议了!我们犹太人也有个节日可以叫灯节,叫'哈努卡'①。"

陆晓念用大声盖过嘈杂道:"什么灯节啊!灯节还早着呢!要到冬天,春节之后,现在夏天刚过,今天是中国阴历的七月初七!"

因为是说英语,晓念便随口将"七月初七"说成"Seven Seven"。不料施奈德更高兴起来,说道:"太奇妙了!犹太的节日里面也有一个节和这个'Seven Seven'差不多的,英语叫'Weeks'②。你看,每周七天,这不就是'Seven Seven'吗?"

陆晓念向施奈德讲了牛郎织女的故事,牛郎如何爱上了织女,王母娘娘又是如何到人间来抓走了她,牛郎在老牛的帮助下飞到天上去追赶爱妻,而王母娘娘又是如何用头上的金簪变成天河阻挡了他。从此,有情人天人永隔,只有在每年的七月初七才能在天河上由喜鹊搭成的桥上见上一面。

施奈德道:"这么说来,今天是你们中国人的'情人节'!"他无比快乐地想着今天的灯会对于他的意义,脸上便挂上了笑容,那笑容里似乎有着说不完的心里话。

两个人挤过九曲桥,看到湖心亭那边有什么节目正在上演着,掌

---

① 哈努卡: Hanukkah 或 Chanukkah, 犹太民族的光明节, 也叫灯节, 犹太民族最盛大的节日。是为了纪念公元前168年犹太民族反抗希腊塞琉古王朝安条克四世的玛喀比起义中, 在收复圣殿之后, 圣殿中缺少灯油的烛台居然奇迹般地燃烧了八天。所以, 这是一个充满了感恩和喜悦的节日。

② Weeks: 犹太人的七七节。希伯来文为 Shavuot, 意为周的复数(weeks)。麦子成熟的时节, 叫作前初熟节, 而过后七七四十九天, 也就到了麦子成熟的时间, 被称为后初熟节, 或者叫作收割节。

声和笑声不断。两个人凑上去，只见空地上安置着七个五彩圆盘，每个都有一页报纸的大小，上面画着热热闹闹的喜鹊图案。在每一个盘子边上的砖地上，都有粉笔涂写的一、二、三、四的号码。玩这种游戏的人要先交钱才能下到场子里面，然后随着锣鼓敲出的点数，从一个盘子跳上另一个盘子，而且号码必须和锣鼓点数一致才行。可是盘子间隔不一，给出的锣鼓点又不规律，跳盘子的人一不小心便会由于惯性站立不稳，踩到地上去，这便算输了。赢了的话，就可以到台前去摸彩，领取各种奖品。

有几个人下了场子，却都被掌锣鼓的人忽快忽慢、忽东忽西的乱敲忙坏了手脚，很快踏到了地上，引起周围一片哄笑。

施奈德看明白了，掏出一块钱，随即将陆晓念拽着下了场。周围的人见到是一个洋人带着一个上海姑娘，起哄声响了一倍。陆晓念嗔怪道："你一个人出洋相就行了，还要把我也拉下水！"

施奈德道："你还没有看明白吗？这些盘子就是'鹊桥'啊！你不愿意和我在鹊桥上相会吗？"一句话把陆晓念逗乐了，便用手挽着裙子和施奈德分别在不同的盘子上立定。

这时候，鼓声和锣声交替着敲响了！施奈德随着鼓点，晓念随着锣点，两个人用心地跳起盘子来。每一跳，全场都会呼应着高喊，那声势竟与足球比赛无异。几次下来，两个人都没有失误，晓念已经跳到了七号盘，而施奈德却被狡猾的鼓手领到很远的一号盘去了。看热闹的都明白这鼓手不会轻易让施奈德得手，存心作弄他一下。一时间不约而同高声叫着："跳七！跳七！跳七！"叫喊声震耳欲聋，这时刻，就算有十面鼓和十面锣同时敲响，也没有人能听得到了。敲鼓的见状，举着两支鼓槌，将周围的声音弹压下去，然后果然连敲了七次。

等到第七声敲过,人群却骤然无声了!

施奈德算了算距离,这两个盘子相隔三四米远,若在平时,他真不敢肯定自己能否跳得过去,但在数不清的眼睛的注视下,再加上身边有心爱的恋人,他的心情和全身的肌肉都处于无比亢奋的状态,不要说三四米远,就是再远一些也难不住他!

晓念何等机智,她见施奈德正在目测距离,随即侧过身子,踮起脚尖停在那个盘子的边缘上,几乎将整个盘子的空间都让了出来,她叫道:"放心吧!我能扶住你!"

施奈德叫了一声"好",便弯下膝盖,将身体如弹簧一样缩成弓形,同时摆起双臂,在空中悠动着,这样过了五六秒,他大喝一声:"我来了!"随着话音双臂一摆,整个人便腾起在空中展成一线,箭一般飞到了晓念脚边盘上那片只有两个巴掌大的空间上了!

18

自从那次城隍庙庙会以后,陆晓念几乎每个星期都要去施奈德的住处,帮他洗洗衣服,整理整理房间。他们还会说起"鹊桥相会"的游戏。陆晓念告诉施奈德,后来她才听人讲起,这个游戏还是汉朝的,有两千年的历史了。施奈德又得意起来,用手在空中画出一道弧线。不过,有一次他还是说漏了嘴,就是那最后的一跳,他由于用力太猛,腹肌疼了整整一个星期,在播音的时候说话声音大一点都不敢。

陆晓念"哧哧"地笑了。自从父亲去世之后,她还从来没有这样快乐过。虽然上海之外战火连天,日本与美国、英国在南洋即将开战的传闻也弄得租界里面的洋人风声鹤唳,但是对她来说,那次施奈德矫健的一跳,的确赢得了她的心。因为那不啻是一个象征,表明他是一个强有力的男人,也是一个当她遇到危险和困难的时候,可以将头靠在他的肩膀上感到安全的那个人。

时间过得很快,转眼已是冬天。这天晚上,陆晓念一个人待在施奈德家里,她可真有一点儿急了。她不知道他眼下在什么地方,公共租界、法租界还是虹口?倘若是虹口犹太的难民收容所、摩西会堂、舟山路的"小维也纳",或者白绿黑他们的美术协会之类的地方,那离日本人规定的宵禁时间便只有不到一个小时了。她不敢走,因为施奈德唯一的一把房门钥匙在她的手上,要是离开了,他就进不来了。无事可做的陆晓念又回身坐下，看着书桌上薄薄的几页纸和另一个大文件夹里的几封信。那是她帮助他准备的最后一期《寻找亲人》的全部内容。明天中午播出之后，这个专题就要正式停播了，因为一个小时的节目已经渐渐没有吸引力了，施奈德绞尽脑汁，增加插播广告或者音乐，增强与听众的现场互动，报道通过来信找到亲人的一些人的后续情况。起先，凡是来信的人，施奈德都和他们建立了联系。而现在，上海这一边的人大都尚好，而欧洲那一边的人却几乎音信全无了。

施奈德的住处是一间只有十六平方米的斗室，勉强可以放下一张单人床，一张书桌和一把椅子，至于箱子和衣什杂物，则是放置在墙上悬空的一块隔板上面，前面拉了一块防灰尘的布帘子。她刚来的时候房间里面很邋遢，现在井井有条。一个单身男人是什么都可以凑合的，所以，当晓念翻出一堆就像是上个世纪留下来的脏衣服的时候，施奈德倒并没有太多的难为情，反而津津有味地向她讲述了几件衣服的来历。比如，一件花格子图案的粗布衬衣，是三年前临来上海的时候，姐姐买给他的。所以尽管两个袖子的肘部已经破了，他却依然保留着。再比如，一条黑色的呢子面马裤，是在上海的黑市上买到的名牌，价钱却只有欧洲市场上的十分之一。陆晓念在帮助他整理房间的时候，他也同样向她讲述了许多东西的来历或者购买它们的原因。比如，一支巨大的手电筒和一堆干电池。施奈德说这是上厕所和上下楼梯时专用的。厕所在走廊的尽头，全层的住户共用，加上楼道里堆放着各家的杂物，十分拥挤。去厕所或者上下楼梯如果没有照明的话，几乎会有翻山越岭似的辛苦。

施奈德说，他在刚刚搬进这幢全部是上海本地人的住宅楼时，就闹出了一个笑话。

上海人素以精明著称，为了清算电费的方便，厨房和厕所里的电灯，都是各家分开安装的，走廊和楼梯里的也如是，有多少户居民，那里就有多少盏电灯。开关却是在各自的房间里面的，有些时候宁可使成群的电灯一齐亮着，表示谁也不占谁的便宜。

起初，施奈德总不能习惯，有一次去厕所，刚进去灯突然灭了。他一愣，随即明白占了别人的便宜，赶忙提着裤子回到自己的房间去开灯。等到回来，厕所又有人使用了。他只好又回到屋子里面，关了灯等着，直到几乎喷薄欲出，好不容易挨到厕所门响，就赶紧奔进去。灯却又灭了。他才想起，又不期占了另一家的便宜。这样，他三心二意地方便完了，心头十分不是滋味。那一整天竟然终日都有想上厕所的感觉。所以从那以后，他干脆买了这只大手电筒，常常随身带着，把事情简单化了。

想到这些，陆晓念轻声笑了。抬手将一旁椅子上搭着的施奈德的黑毛衣拿过来，拢在怀里。毛衣由生毛线织成，很厚，很重，微微发出一股男人的汗味儿和淡香水的气味。这是她非常熟悉的。

又过了一会儿，楼下终于有了响动。陆晓念赶快站起身来开了门，将那支手电筒按亮，向楼下照去。只见施奈德肩上扛着自行车，正一步一步走上楼来。施奈德见到高高在上的晓念，便在手电筒的光柱里做了一个万分痛苦状的鬼脸。

"上帝命令：'要有光'，光就出现了。上帝看光是好的，就把光和暗分开。晚间过去，清晨来临。这是第一天。"他仰着头，一边喘着粗气，一边用朗诵腔故意和晓念耍着贫嘴。

"是啊！是啊！清晨来临。不过这是第二天！你已经工作到第二天啦！吃饭了吗？"

"胡乱吃了一点，就算吃过啦！今天下午发生了一件大事儿，"他将自行车头高脚低地斜倚在楼梯边上，将一只脚蹬子在楼梯扶手的铁栏上挂住，用链子把车锁好，然后进到房间里面，"日本人说在公共租界里发现了中国人的抗日游击队，大队摩托车和坦克车开上了花园桥，公共租界这边的英国保安队全部戒备了。日本人到现在还没有撤回虹口呢！所以台里要我们盯着，万一有什么事情好抢播新闻。谢天谢地，后来的消息是终于没事了，所以我们现在才回家。"

"那英国人呢？这么长时间了怎么没见新闻报道呢？"

"英国人敢说什么！还不就是大事化了，就像上次扣押意大利轮船公司的邮轮'绿伯爵号'一样。"

"我得赶快走了！桌子上是《寻找亲人》的材料，你早一点儿睡吧。"

她从门背后摘下自己的格子呢外套，转身在墙角的镜子前面穿好，又低下头，将头发从外套的领子里面掀出来。施奈德看着她轻盈的动作，不禁回想起白绿黑有关上海姑娘的评论，一时间竟走了神。

"哦，对了！钥匙。钥匙在老地方！"陆晓念对着镜子里面的施奈德说道。她说的老地方，是指门背后的挂衣钩，从左手数起的第一个。

"我知道，我知道。"施奈德心不在焉地回答着。他站起来，移过去，双手从后面将晓念拢住。

"我知道。"他机械地重复着，"不过，不过外面天很黑啊，虹口那边……戒严了。"

"我又不去虹口啊。"晓念抿嘴一笑。

"哦！对对，不去虹口……"

他磨磨蹭蹭的，口气一下子变得小心翼翼，动作也小心翼翼的了。他将她转过来，和他贴得很近，让她的脸直直对着他的脸，然而却再也找不出其他的话。两个人不约而同地陷入了沉默。这种沉默是如此异乎寻常，仿佛有什么东西正在慢慢地逼近，令人迷醉，也令人心慌。

"铃……"电话铃声恰巧在这个时候猛地响了起来，把他们吓了一跳。这个电话来得真不是时候，那个逼近的东西蓦然消失了。两个人松懈下来，随即长呼一口气，相视笑了起来。施奈德还想说些什么，但是电话铃声依旧不停地响着，那一端的人仿佛下定了决心，不达目的决不罢休似的。

"去接电话呀！"晓念柔声催促道。

施奈德有些扫兴，依然牵着晓念的手，挪步到房门一侧，用另一只手取下电话的听筒，那电话连同固定的木托板，安装在离房门不远的墙上齐胸高的位置。

"嗨！哦！晚上好！"

"是柯哈纳。"施奈德对着晓念耸一耸肩，一手捂住话筒然后小声说道。

"什么？你说什么？"施奈德声音大变，眼睛也睁大了。陆晓念听不清他们对话的内容，想去给施奈德挪过一把椅子，但是施奈德头也不回地摆一摆手。就这样，一个在聚精会神地听着电话，另一个在神情紧张地等待着电话的结果，这几分钟的时间好像凝固了一般。

电话终于挂断了。

"晓念，非常严重的情况，柯哈纳说日本人今天晚上在虹口那边有大的军事行动，估计要进攻苏州河南面，柯哈纳说他们犹太难民收容所外的大街上突然间都是日本军队，收容所周围的几条街都封了，街上也全是日本军队和坦克。柯哈纳说收容所也被封了门，起初在门口看热闹的人都被赶进了院子里，后来大家都跑到二楼上向外看，有的人甚至爬到了房顶上，结果日本兵向楼上射击警告，好几扇玻璃窗被打碎了，还好没有伤到人。"

施奈德的话音未落，突然，"砰！砰！"从外滩的江面上传来震耳欲聋的爆炸声，紧接着是重武器的连续射击声。窗子的玻璃如同筛糠一般抖动着，天空突然雪亮，在一刹那映出树木和街道黑黝黝的剪影。与此同时，由远及近，街上的枪声、跑步声、号令声、狗叫声和摩托车的咆哮声混成一片。

施奈德与陆晓念面色凝重地僵立着。

"铃铃铃……"电话铃声又响了起来，施奈德赶忙将听筒抓在手里。这一次打电话来的，是雅各布的弟弟莱奥。他匆匆地告诉施奈德，他诊所外面的街上，所有洋人的办公楼和店面都被日本人控制了，估计施奈德他们的犹太广播电台也一样是日本人控制的目标。不待施奈德回答，电话突然断了线，施奈德再回拨过去，电话里是一片"嘟嘟嘟"的忙音。

"我得去一下电台！"愣了片刻的施奈德突然立起身，"无论如何我必须去一下，我突然想起，雅各布的那封信！如果日本人查抄犹太电台的话，不但电台有危险，莱奥有危险，雅各布在信中说起的新四军的一些情况也会泄露出来。"

他用拳头狠狠敲着自己的脑袋，"我太缺乏警惕性了！我总觉得这是在租界，日本人不敢太过分，其实上次维森多夫的采访出了意外就是给我的提醒，对日本人绝不能抱幻想！"他抓起了晓念给他叠好的黑毛衣。

陆晓念也立起身道:"我也去!和你一起去。"

施奈德坚决地摇一摇头道:"不!绝对不行!"然后换了口气,温和地说道,"你瞧!这一带的街道我已经走过上千次了。再说,只有十分钟的路!"

"太危险了!如果撞上日本人怎么办,他们会向你开枪的!"

"我知道大楼有个后门,平时都锁着,其实那个锁头早就坏了,用力一拉就可以打开,而且,后门边上的窗子也是开着的,有时候我们上夜班,饿了出去弄吃的,前门上了锁的话我们都会从后门走。"

"这样的话,我也回家去,不知道老维和小扬他们怎么样,让我放心不下。"

施奈德把已经钻进毛衣里面的脑袋又退了出来,看着陆晓念的眼睛。

晓念道:"你也放心吧,我对这一带的路也很熟,知道怎么走安全。我毕竟是上海本地人!"

两个人关了灯,锁好门,一起摸下楼来。

"其实,越是巨大的危险,事情会变得越简单,就像伦布朗肖像画那样,人物—背景。所以,在这样的背景下,我看到了你!"

"你说什么?"陆晓念说,"你说这些话的时候,有点像个诗人,可现在是什么情况了,你怎么还有心思说这些呢?"她心慌意乱地看着他将衬衣的领子从毛衣的领口翻出来。

他的眼光变得热烈。

"喔!喔!对!对!"她空洞地回答着,突然拽住施奈德的胳膊说道,"盖瑞!我真的非常害怕!心里七上八下的!你瞧,你也承认这是危险的时刻啊！"

两个人来到戒严后空旷的街上。

"千万当心。尽量在黑影里走，但是不要和墙根靠得太近。因为那些角落里常常是乞丐和醉鬼的窝。"施奈德小声叮嘱道。

两个人一起走了近一百米，然后要各自走向不同的方向了。

"盖瑞！"陆晓念突然叫道。

施奈德深情地点点头，刚要离去，因为看到陆晓念忧心忡忡的样子又站住了。

"晓念！"施奈德轻声叫道，"向我笑一笑吧！"

他突然将她搂住，将他的嘴唇用力压在她的嘴唇上。这一切来得突然，第一次被男人拥吻的陆晓念竟如同被雷电击中似的呆住了！等她清醒过来，四周悄然，施奈德已经走得很远，他的身影在远处明灭的火光中时隐时现，终于完全融进黑夜里面，看不见了。

陆晓念飞快地向圆明园路的老房子跑去，"咚咚"的脚步声在深夜里显得十分刺耳，仿佛在几个街区之外也能够听到似的。她觉得自己是奔跑在一个全然陌生的世界里，所经过的一切房屋店铺，在黑黝黝的门窗后面，仿佛都有无数的面孔在暗中晃动和注视，她似乎可以听到那些紧张的喘气声和窃窃私语声，而当她走近，这一切却又瞬间化作夜色下的混沌。陆晓念感到害怕，仿佛这片街道都改变了模样，砖瓦柱梁招牌门窗都现出精灵鬼魅般的古怪形状，而时远时近的枪炮声传来，反倒使她感到真实。

再转过一个路口就要到家了，陆晓念实在跑不动了，改成大步的疾走。她想，若是在平日，施奈德的叮嘱是对的，一个相貌姣好的姑娘晚上走夜路，尽量不要离墙根太近，因为可能会遭到乞丐和流浪汉的暗算，那些隐蔽的墙根和屋檐恰恰是他们的栖身巢穴，这些"夜间生物"和巡捕的关系，常常是带有互给面子的默契，每天早上天不亮，特别是冬季，总会有一辆白色的汽车在上海的街头盘桓，收走那些在夜间冻死、饿死和不知什么原因倒毙街头的尸首，而今天，那些乞丐和流浪汉全无影无踪了，如同一场巨大的天灾临近，飞禽走兽都感受到了大自然释放的信号。她的心又回到了施奈德那里，她想象着他矫健的身姿，如何巧妙躲过路上的日本兵，如何从后门闪身进入大楼，平安到达电台后又平安归来，回到那间十六平方米的蜗居。

不远处"噼噼啪啪"的一阵枪声打断了她的思绪，她赶紧蹲在了一片矮树丛的后面，正打算伸头看看究竟，临近的一排路灯忽然全部熄灭了，陆晓念慌了，又不顾一切拔腿跑了起来，抬头望去，只见维森多夫和小扬正站在门口张望。

"谢天谢地！你终于回来了！"小扬低声叫道。

"老维！小扬！你们怎么在这里？多危险！非常严重的情况，日本兵进攻租界了！"陆晓念气喘吁吁地说。

"晓念，告诉你一个更严重的情况，日本人轰炸了美国在珍珠港的海军基地，战争！不光是在欧洲，不光是在中国，这应当是世界大战真正开始了！"

陆晓念简直无法相信自己的耳朵："世界大战开始了？珍珠港？你是说夏威夷的珍珠港，美国？"

"是真的！偷袭！轰炸！刚刚发生不久。"陆扬道，"我和老维一直在听收音机，现在除了上海这边的电台全是忙音以外，差不多全世界的新闻广播都在滚动报道这件事呢！我是说，短波。"

维森多夫歪头向门那边点一点，说道："我们一直在担心你！现在好了，我们赶快进去吧！"

"我和盖瑞在一起，不过，盖瑞他……"她突然哽咽，将后半句话留住了。

三个人匆匆进到房间内，在黑暗中坐下来，陆扬则趴在收音机边上，努力在忽弱忽强的短波信号和阵阵忙音中寻找更清晰的播音。

陆晓念感到心跳得很快，小时候和父亲逃难的记忆如同电影画面一样在眼前来来回回地闪动着。一架架日本零式战斗机，机身上的"膏药丸"闪烁着刺眼的血色，咆哮着直撞过来，飞机上机枪的扫射划过田野，地面上跳起一条条扬着白烟的虚线……

片刻，维森多夫又像是对着姐弟两个，又像是对着自己说道："日本人公开和德国纳粹一个鼻孔出气了，在上海……我想，他们最终也是不会放过我们犹太人的，一定不会的！"

一句话触动了晓念心中最担心的事情，她再也无法自制，"盖瑞！"她脱口而出，然后扑在维森多夫的肩上失声痛哭。

太阳出来了，在黄浦江的水面上投射下万紫千红的光芒。一九四一年十二月八日，上海的那个早上！

就在夏威夷时间前一天的凌晨，日本海军的特混舰队偷袭轰炸了珍珠港的美国舰队，几乎与此同时，日军悍然采取军事行动，动用四十多万兵力，两千三百多架飞机，两百多艘军舰对菲律宾、马来西亚、泰国等国家和中国香港、关岛地区实施攻击与占领，特别是力图全力摧毁美国和英国驻扎在这些国家和地区的军事力量，而如今在上海的军事行动，无疑也是这一战略的一部分。事实上，驻扎上海的日本军事当局蓄谋已久，早在几个月前便对上海的英租界、美租界和法租界的西方势力和金融财产收集情报，下足了功夫。相形之下，对于苏州河对岸租界里那些只是象征意义上存在的英美保安部队则根本没有放在眼里。

然而，出乎日本人意料的是，最激烈的交火竟发生在黄浦江上，英国皇家海军的巡逻炮艇"佩特里尔号"和美国海军的"维克号"做了坚决的抵抗。或许是因为一年前扣押意大利邮轮"绿伯爵号"的时候表现窝囊而备受舆论的嘲讽，以及无法忍受日本人得寸进尺的蛮横，这两艘玩具一样的老爷军舰在这场胜负早已注定的战斗中表现得十分勇敢。日本人原以为他们只是做一些"例行公事"的象征性反抗，便会弃船投降。不料，这两艘炮艇上的小口径机关炮不但猛烈还击，而且吃力地移动遍体鳞伤的舰身，尽力不让侧面舰舷整体暴露在日军的火力之下，就这样同日本的军舰和岸上的配合火力大战了数个回合，直到从吴淞口驶近的日本"派出海军"的旗舰——重型巡洋舰"出云号"开始炮击，才最终败下阵来。两艘舰艇燃着大火沉入了黄浦江中，而英国"佩特里尔号"上的几个受伤的水兵加上舰长詹姆斯·安德森，则被躲在浦东岸边观战的上海居民救走了。

日本的海军陆战队和地面部队并不理会那些突然加进来搅局的中国百姓，因为此刻最重要的，便是尽早控制公共租界和法租界总数六千多的西方人和他们的资产，而这些则早在几年前便调查得清清楚楚，开列出了清单，眼下便是要按图索骥，一一拿到手，例如，犹太富商维克多·沙逊所引以为豪的绿顶华懋饭店，他们连这座大楼前厅地面的名贵橡木地板的保护措施都已经提前做了预案。此刻，"出云号"重型巡洋舰继续向着黄浦江外滩那些西方列强的洋行和商厦的上部及顶部开炮，很快，大块、大块的水泥砖瓦和玻璃门窗便如同雨点一般飞落到了大街上，这种惊心动魄的场面无疑震慑了所有人。于是，除去刚刚提到的外白渡桥和黄浦江水面上的交火，日军几乎不费吹灰之力，在三个小时之内便完全控制了西方人称为"The Grand Shanghai"的大上海全境。

远远望去，外滩方向有好几处地点依然冒着滚滚黑烟，江边的水泥护堤也被炸开了好几处缺口，江面上漂浮着血污的尸体、大片的黑色油污和军舰以及木船的残片，在外白渡桥靠近公共租界的一端，依然可以看到两辆被打烂了的英军老式装甲车翻倒在桥西侧的人行道上，眼看就要滚落到苏州河里去了。英国的守桥部队和巡警在经过短暂的交火之后被日本士兵全数击毙，现在轮到日本士兵的机枪手在沙包后面若无其事地警戒着。除外白渡桥外，苏州河上邻近的几座桥——乍浦路桥、四川路桥和自来水桥上，日本人也都布了岗哨。日军显然不急于清理昨晚的战场，而是任凭那些敌方的尸首和军械狼藉地到处丢弃着，目的是阻吓可能出现的反抗。

全上海的居民怀着惴惴不安的心情度过了不眠的一夜，天亮了却不敢出门。大街上的行人稀少，小贩们提心吊胆地支上摊子又随即收了，甚至连以街头为家的乞丐帮也不见了踪影，只有靠近南市区的渡轮码头那边，人头如织，乱成一团。那一夜，难民收容所里的犹太人都不约而同地感到了，纳粹德国盖世太保的长胳膊正随着日本人的枪炮声渐渐向他们伸来。很多人在供奉着关帝和城隍的汤厨大食堂里忧心忡忡地坐着，一遍又一遍地收听广播，直到天明。

七点整，外滩的海关大钟刚刚开始敲响一天的报时，从闸北方向传来由远及近的"隆隆"声。日军的坦克部队正穿过田垄和铁路向上海市区驶来。这些坦克保持相同的间隔，用平稳的速度行驶着。每辆坦克的舱盖都打开着，露出高度及胸的坦克手。细看上去，这些坦克都显得风尘仆仆，不但脏得看不清装甲上的绿漆，炮塔上还都故意涂抹着烂泥，披挂着蒿草和灌木枝条。这些草和树枝是用铁丝和麻绳捆绑在坦克上的，甚至还用到了刚从地上拔下来的长草。看得出这些坦克都是刚刚从苏北和苏南战场上临时抽调下来的。

九点钟多一点，日本人全部部署完毕，公共租界和法国租界的每一个主要路口都停着坦克，全副武装的日本兵在坦克旁一边来来回回走动，一边四下里张望。

偶然间会听到一两声枪响。

正午十二点，在南京路上临时架起的高音喇叭猛烈地播放起了《军舰进行曲》。与此同时，随着一声号令，日军的武装游行正式开始。首先，是六个头戴钢盔脚蹬马靴的仪仗兵，护卫着平展开来的军旗作为前导，用昂然的正步行进。在他们的后面，则是数个骑马的军官引领的步兵方阵。只见这整整一条大街上行人匿迹，店铺关门，只有少数上海的日本侨民挥动着白底红日的"膏药旗"和彩旗在两旁的人行道上起劲地欢呼着。

当仪仗兵走到西藏路口的"新世界"娱乐场的时候，天空中传来一阵撕裂空气的尖啸，这是日本海军陆战队的零式战斗机编队来为武装游行助威了。这些飞机从很低的空中掠过，越过黄浦江，在浦东的荒野上拉高，再兜转回来，重复着同样的飞行。

游行的高潮竟是出现在最后几乎结束的时候，突然，街上爆发出疯狂的呐喊，有的人甚至大声唱起歌来。原来，在游行队伍殿后的，居然是上海当地的日本浪人和侨民组织的四千多人的武装民团。

陆晓念通宵没有合眼，天快亮的时候，她嘱咐维森多夫无论如何要上床休息，然后安排好小扬上楼去睡觉，而她则匆匆吃了一点东西，趁维森多夫和小扬还在睡着的时候悄悄溜出了家门，冒着危险在到处是日本军车的大街上一路狂奔，先是跑到施奈德的住处，大门依然静悄悄地锁着，她随即奔向跑马厅路上的华美犹太广播电台所在的大楼。但是，大楼的入口已经被日本军队封锁了，两侧的地上堆着沙包，架着机枪，她进不去了。

"走开！"机枪后面的日本兵警告着，他身边的狼狗也叫了起来。

陆晓念只得反身离去。阳光已经是明晃晃的了。她用心看了看机枪后面黑黝黝的大楼入口，那些高大的玻璃门窗全部紧闭着，但是有不少被炸坏了的窗户露着黑洞。陆晓念猛然想起昨天晚上施奈德说过的，这栋大楼的后门有时是开着的，就是锁了也很容易拧开，便低头拐过街角绕到大楼后面的窄巷子里，她果然看到了后门，而且紧贴着后门的矮窗有一扇玻璃是破碎的，她随即踮起脚爬了进去。

楼里一片寂静，老爷电梯深栗色的滑道木门敞开着，所有的照明灯都没有打开。晓念脱下皮鞋在手里拎着，沿着水泥楼梯蹑手蹑脚地走向六楼，在每一层通向楼层的拐角处，她都靠在墙角，小心翼翼地听一听动静。终于到了六层，她同样靠在墙角探出头左右观察了片刻，然后快步走向电台的门口。门敞开着，前厅的报架子和广告传单散落在地上，进入办公间，四下一片狼藉，只见施奈德办公桌前的两把椅子翻倒在地，这是打斗的痕迹吗？她似乎听到了自己"怦怦"的心跳声。谢天谢地，还好没有血迹。晓念提着的心稍稍放下了一点儿。她的目光落在施奈德办公桌下面的保险柜上，保险柜门打开着，里面空荡荡的，她清楚地记得，那天下午临去白绿黑画展之前，施奈德是将雅各布的信小心翼翼地锁在了这个保险柜里的。"但愿他赶在日本人进来之前及时销毁了雅各布的来信啊！"晓念在心里默念着，突然，她看到了在不远处的地上有个东西幽幽地亮光一闪，那里躺着施奈德母亲留给他的项链！

晓念觉得整个人都僵住了，她明白，昨天晚上她最担心的事情到底还是发生了！

陆晓念从原路返回，小心翼翼地来到街上，此刻，施奈德母亲的项链已经被她郑重地藏在了自己贴胸的口袋里。她重新转到前门，想象着玻璃门会突然打开一扇，施奈德会一下子跳出来，脸上挂着他独有的顽皮而自信的微笑，径直向她走来。

"盖瑞！你一定还活着！一定还在这个世界上的！我在等你！今生今世我都会等着你啊！"

她走过街角，不禁又回头一瞥。

下 篇

"最终解决"

我们曾在巴比伦的河边坐下,

　　一追想锡安就哭了。

我们把琴挂在那里的柳树上,

因为在那里,掳掠我们的要我们唱歌;

抢夺我们的要我们作乐,说:

"给我们唱一首锡安歌吧!"

——《圣经·诗篇》第137

19

一九四二年雨水频繁的夏季，七月中旬的一个上午，雨后多云的晴天。

在外滩的马路上，两辆黑色的轿车在四辆武装摩托车的前后护送下向虹口方向缓缓行驶着。车里坐着的是刚刚从日本佐世保军港乘日本海军的潜水艇来到上海的党卫军上校约瑟夫·梅辛格——纳粹德国驻日本的首席代表。

梅辛格是个老牌的纳粹分子，他的冷血和残忍即便在党卫军的圈子里也是臭名昭著。他的形象凶狠，由于头上皮脂腺的发达，令他在四十岁冒头的年纪便几乎成了秃顶。约瑟夫·梅辛格觉得，倘若将他在日本东京的生活用"乏味"二字来形容的话，几年前他在波兰的生活则是过得充实而且满足的。在一九三九年和一九四〇年短短的两年里，经他的手结束性命的犹太人竟有一万六千人之多，甚至连波兰许多非犹太裔的社会精英也在劫难逃，于是梅辛格也成了绰号为"华沙屠夫"的名人。

战时不可避免的汽油短缺，使得昔日车水马龙热闹非凡的外滩安静了许多，小小的车队鸣着喇叭，压过有轨电车的单槽铁轨，超越无处不在的行人与黄包车，驶过了外白渡桥。虹口积水的土路和破碎的水泥地面在车的前面交替出现，汽车不得不放慢了速度。

"在这样的天气里请你们陪我一起出来，真是非常抱歉！"梅辛格向坐在自己边上的井冢明光大佐说道。

"立刻就要到了！"井冢道，用手指了指前面。

"这就是您所说的犹太人居住区？"梅辛格向距离一箭之遥的一群人扬一扬下巴。

梅辛格跨出车门，为了尽量不让湿漉漉的地面弄脏他保养得很好的皮靴，在落地的刹那小心翼翼地踮起脚尖。他抬眼望去，只见不远处沿着墙脚排列着人群，长长的队伍后部折入交叉的横街，依然望不到头。太阳光刚好从云彩缝里射下来，眼前的这一队犹太人便好像是在舞台灯光的调度上安排好了一般，似乎有意识地招揽着他的目光。梅辛格抬头看了一眼太阳，随即被强光刺激得打了一个声音很响的喷嚏，于是那些犹太人都齐刷刷地转过脸来朝着他看。

梅辛格从口袋里掏出一块洁白的手帕，擦了擦鼻子，然后慢慢踱向这个队伍，他的党卫军服的左臂上别着"卐"字袖标。

"喂！你！小犹太，过来！"他抬起右手，手指头向队伍里面的一个七八岁的孩子勾一勾，"你认识我吗？"

孩子惊恐地摇一摇头。

"见过这个吗？"他用手指一指红黑白三色的袖标。

那孩子又摇一摇头。

"怎么？没见过？！再回答一遍！见过吗？"梅辛格提高了嗓门。

队伍里冲出一个瘦骨嶙峋的妇女，一把将孩子拉到身边，迅速退回到队伍里，然后用手将孩子紧紧护在身后。

梅辛格缓缓移上两步，径直走到女人和孩子的面前，令那女人不得不仰着头看他，而他则一言不发，用冰冷的眼光俯视着这对母女。

周围的人群死一般寂静，偶尔有铁皮饭盆和汤匙发出的轻微碰撞声。

突然，有人离开队伍，尽量把脸扭向别人看不见的方向或者拉低帽檐，快步溜了。等着领救济汤餐的队伍随即出现了三三两两的缺口，然而后面的人却没有跟上来填补空当。

梅辛格又踱到救济食堂的门口，问道："这就是犹太人的'汤厨'吧，波兰那边也是，遍地都是这种令人作呕的'汤厨'！"他又扭头看看这群衣衫不整的排队领取救济餐的犹太人，想起在波兰华沙和格但斯克的火车站，那一队又一队的犹太人等待被赶上运送牲畜的火车皮时的情景，他露出鄙夷的微笑。

井冢见状说道："上校先生，我们再在周围看看？"

两个人走向站在他身后二三十米开外的合津。司机已经把车小心翼翼地停在了稍远一些的干燥路边上了。

梅辛格突然停住了，他的眼睛停在了不远处电线杆上的一张旧招贴广告上。广告上写着"世界著名小提琴大师莱隆德·维森多夫独奏音乐会——上海首演"。只见在雨水斑斑的招贴上，照片中的维森多夫手执小提琴正目光炯炯地直视着他！

一九三九年初的一个傍晚，慕尼黑音乐厅后台的演员独立化妆休息间。

纳粹党卫军上校约瑟夫·梅辛格正用缓慢但是斩钉截铁的声音训诫着："高贵的日耳曼音乐传统，不能再被你们这些犹太人玷污了！"

接着，他的一名助手，将牛皮纸夹子里的《辞职劝告书》"啪"的一声放到了桌子上。"这已经是我们第四次给您送来《辞职劝告书》了。您还是很傲慢啊,维森多夫先生!"

"我说过了,我不接受。"

"你傲慢无礼的态度后果会非常严重。"

没有回答。

站在两个党卫军军官和两个卫兵面前的人,便是小提琴家莱隆德·维森多夫。

梅辛格打量着站在眼前的这个犹太小提琴家,不由自主地想起了那些被他一手送进达豪集中营的犹太诗人、画家、歌唱家,那些被打得鼻青脸肿的首饰匠和服装设计师。那些胆战心惊的家伙也会用肢体语言和丰富的表情来表达争辩与反抗,然而他们越是激烈挣扎,越使梅辛格感到征服的快感,如同屠宰厂里宰杀牲畜时一定会听到的那种牲畜垂死的尖叫声。然而,面前这个瘦削的犹太老头,他的倔强与勇气隐藏在彬彬有礼的静默后面,让人感到他是不会被压倒的!他依然如同往常,每星期三次来到音乐厅的后台这间一直专属于他的化妆间和休息室,哪怕上台演奏已经是很久很久以前的事情了。

梅辛格怒火中烧,终于迸出脏话:"犹太猪!"他看到对方的眼神里闪过一道火的微光,却又瞬间平复了下来。

"我们对你的耐心是有限度的,我们已经提醒过你了,这是第四次给你送来《辞职劝告书》,第四次通知你!"

"我说过了,我不接受,我是犹太人,但是我也是德国人!"

"既然如此,听好了!我正式通知你,你被驱逐了!从现在起,你必须在三天之内离开德国,逾期的话,我会随时把你扔到达豪①去！"

梅辛格身边的另一位纳粹军官插话了："我看您还是赶快回家收拾一下吧，顺便说一句，我们刚才去您家拜访，不巧您不在，所以我们顺便帮您把家里收拾了一下，这样，你离开德国的时候，事情便会简单得多了。"

"噢，对了，您家里好像还有一个姑娘。"军官又笑着补充了一句。

"你说什么？"维森多夫终于不再平静，他脱口叫道，"米拉尼！我的女儿！"

梅辛格满意地笑了，因为他终于听到了屠宰场里的牲畜在就要被宰杀的时候发出的那种垂死的叫声！他愉快地点上一支烟。"听明白了，先去和你的女儿道个别，然后滚吧！滚出德国去，滚出欧洲去，最好滚出地球去！不要再让我见到你！不然我一定会要了你的命！听明白了吗？！"

德国纳粹党卫军上校约瑟夫·梅辛格又点上一支烟，将青烟徐徐喷向音乐会招贴上的维森多夫。他眯起眼睛，看着维森多夫在烟雾中变得模糊的脸，一字一句地说道："我说过的，不要让我再见到你！不要让我再见到你！记得吗？"

他看到不远处的井冢和合津都在疑惑但是礼貌地等着他，特别是合津那种欲言又止的模样，便转身向他们走去。

---

① 达豪：纳粹德国早期建立的关押进步人士与犹太人的集中营。位于德国巴伐利亚州的达豪县（Dachau）附近。先后关押约25万人，其中有近7万人在监禁中被折磨致死。

梅辛格如今情绪高涨，因为在上海的这两三天，虽然只是四下里走马观花，他却发现这里居然有两万多从欧洲逃窜过来的犹太难民，这令他兴奋不已，如同一个猎手，突然发现了一群猎物被困在近在咫尺的捕兽坑里，他要把他们统统收拾干净！

然而，横在他和猎物之间的，还有他们轴心国的东方盟友——日本。于是，梅辛格急不可耐地向井冢提出讨论如何贯彻落实纳粹德国对犹太人的处理决定——"最终解决方案"。当然，他知道用"贯彻和落实"这样的字眼会带来日本人的不快，便只是谨慎地说，是邀请日本人来德国总领事馆"一起商量如何妥善和安全地移除犹太人的措施"。这样的会议，参加的人员并不多，除主人外，只有井冢和合津；这样的会议，也不做记录。按照礼仪，应当是梅辛格到井冢的办公室去会见井冢，但是当他听说了如今井冢办公室所在的地方正是当年犹太人的房子时，便改变了主意。

井冢的办公室已经搬到了沙逊华懋大厦的顶层，高高在上地俯瞰着大上海。行伍出身的井冢，他的心思其实是随着令人时喜时忧的战况驰骋在太平洋的战场上的。

井冢认为，犹太人无疑是大日本帝国可以利用的最理想对象，俄国的布尔什维克的上层核心里多数是犹太人，却将犹太人当作革命和剥夺财产的对象，而被红色俄国人暴力革命推翻的白俄，却也同样将犹太人看成仇敌。而几方列强都不待见的这些犹太人，恰恰是日本资金缺乏的时候不间断的财政来源！为什么要将犹太人统统杀死呢？这又有什么战略根据呢？再说，就他少得可怜的一点儿历史知识告诉他，白人仇恨犹太人是因为犹太人出卖了上帝之子——耶稣基督，而这些遥远的西方宗教的古代知识和日本人的信仰又有什么关系呢？

大日本帝国又不是德意志第三帝国的附庸,为什么要对这个叫作约瑟夫·梅辛格的纳粹德国军官马首是瞻呢?

小小的会议室已经准备妥当,墙上,是一幅堂皇的印刷精美的大幅世界地图,靠门的右侧墙边是摆放着咖啡和饮用水的桌子。做事精准的德国人已经在井冢和合津将要落座的桌子上预先横平竖直地摆放了档案夹、纸张和削好的铅笔。

"十分抱歉!约瑟夫·梅辛格上校刚刚临时有事情要稍稍晚来一会儿,他非常抱歉地请你们稍等几分钟。他嘱咐我请你们不妨先看看文件。"一位秘书一面说,一面安排日本客人落座。

井冢有些奇怪,因为德国人办事从来如同钟表般地精确和讲究效率,他猜想梅辛格或许有意如此安排,是想自然而然地令客人认真花些时间来阅读他预先放在桌子上的档案夹,就此把行将讨论的话题弄得郑重,他的好奇心油然而生。

井冢打开档案夹子的硬牛皮纸面,里面竟还套着一个绿皮卷宗,井冢还是第一次看到这样灰绿色封皮的卷宗,他认真地端详了几秒钟,不禁有一种非同寻常的感受,他小心地将它打开,出现在他面前的文件是德文的,文件的副本——英文翻译文本也用同样的字体和同样的版面格式排列呈现,它的首页标题如下:

万湖会议关于"最终解决"的会议记录

(1942年1月20日)

帝国机密事务

共三十份

本件为第□份

文件第某某份的序号被黑色墨水涂抹覆盖了，这显然表明，拥有眼下这份拷贝文件的人刻意隐去了文件的具体上溯的人事来源。井冢有些惊讶，因为他知道约瑟夫·梅辛格上校的直接上司是德国党卫军盖世太保的重要首领海德里希，所以，这样的涂抹显然表露出这份文件的内容绝非一般。

"最终解决？"他抬一抬头，喃喃自语道。

井冢继续读下去，然后把每一张读过的单页递给合津去读。

会议记录[①]

会议开始时，治安警察与保安局局长、党卫队上级集团领袖海德里希解释道，帝国元帅已经任命他负责准备最终解决欧洲犹太问题的方案，并指出，召集此次会议的目的是对一些基本问题做出澄清。帝国元帅希望收到一份关于欧洲犹太问题最终解决方案的组织、技术和物资计划，因此，为了使与此问题直接相关的中央权力机构的行动协调一致，需要有一个起始的共同规范。

准备犹太问题最终解决方案的领导层以党卫队全国和德国警察总长（治安警察与保安局总监）为中心，与地理边界无关。治安警察和保安局总监随后就针对敌人的斗争给出了一份简短的概述，要点如下：

a）将犹太人从日耳曼人民生活的每一个领域驱逐出去；

b）将犹太人驱逐出日耳曼人民的领土。

为了达成这一目的，已开始加强、加速犹太人向帝国外移居的进

[①] 参考《来华犹太难民资料档案精编》（第一卷），上海交通大学出版社2017年版。

程，这是唯一的初步解决方案。

根据帝国元帅的命令，于1939年1月建立了帝国犹太移民中央办公室，并委托治安警察与保安局局长领导。其最重要的任务如下：

a）采取一切必要措施，为扩大犹太人移民做准备；

b）引导向外移民的流向；

c）加快所有向外移民的流程。

目标是，以合法的方式，将犹太人驱逐出日耳曼人民的领土。

所有部门都意识到了这种强制移民的弊端，但是，鉴于缺少其他可行的解决方案，只能暂且容忍。

移民计划不仅是德国的问题，也是目的地国家不得不应对的问题。财政困难——比如登陆时各国需要提供更多货币，船运空间减少，移民限制增加，都显著加剧了移民的难度。尽管如此，自从纳粹党掌权到1941年10月31日，还是有53.7万名犹太人经劝导移居外国……

……

此外，国务秘书布勒博士表示，欢迎该问题的最终解决在波兰总督府率先实施，因为当地的运输不是特别困难，而且这一行动的进展也不会由于劳动力方面的考虑而受到阻碍。犹太人必须被尽快地从总督府的辖区移除，因为尤其是在那里，犹太人是流行病的携带者，并正继续通过黑市操作扰乱国家的经济系统，从而构成了严重的危险。此外，在那将受影响的250万名犹太人中，大部分人不适合工作……

综上所述，已经考虑了解决问题的各种方式。大区区长迈耶博士和国务秘书布勒博士的立场都是，在待处理的地区，应当尽快做好相关准备工作，以避免扰乱民心。

……

梅辛格到场后随即为迟到而道歉，双方寒暄，落座。

"没关系，看下去，请你们继续看下去。"梅辛格笑着说道，他挥手示意门边的侍从给大家端上咖啡，然后退下。

不大的会议室很安静，梅辛格悠闲地喝着咖啡，等待着，继续大方地给客人留下从容的阅读时间。

终于，井冢抬起头来。

梅辛格笑着说道："尊敬的井冢大佐，你和合津先生想必已经明白我此次特地邀请你们大驾光临的目的了，我希望我们一起考虑一下，如何妥善解决眼前在上海的这些犹太人的问题，刚刚你们看过的关于'最终解决'的会议记录，我认为这其实也可以理解为我个人在这个问题上的立场和建议。"

井冢笑一笑，说道："上校阁下，您所说的建议非常重要，我们驻上海的大日本皇军总部会认真地讨论，但是，就当前来讲，在上海的近两万犹太人……"

"不止这个数目，还应当包括早年在上海做生意的那些，应当是三万人。"井冢话音未落，梅辛格便把握十足地提醒。

片刻的沉默。

"对于我们日本人来说，更危险的依然是那些可以四下活动的敌对国侨民，或者叫作'敌性外国人'，您想必了解上海在世界上享有的'冒险家的乐园'的名声，其实，上海这座城市的情况和德黑兰、卡萨布兰卡是一样的，而且比起那些地方来更为复杂。"

"敌对国侨民？准确是指？"梅辛格发问。

"英国人、美国人，还有荷兰、比利时、加拿大、澳大利亚、新西兰的人。"井冢说道，他用目光示意合津把话头接过去。

合津从褐色牛皮公文包里取出一个文件夹，摊开在桌子上，然后抽出里面的一份书面材料，接着井冢说了一半的话语。"当然不只这些国家，还有其他几个小国家的侨民。我们已经详细制定了在上海建立管控敌对国侨民的措施。"

"合津君，请你把我们在上海建立管控敌对国侨民的实施计划书给上校阁下看看吧！"井冢向合津说道。

合津随即呈上印着暗红色上下竖写条纹格式的日方文件夹。

梅辛格读着计划书，嘴唇嚅动着。

"怎么，贵方计划在上海建立七个集中营？"他一边继续阅读一边询问。

"是的！不过，叫作'敌国人集体生活所'，而不是'集中营'。"井冢迅速回答了梅辛格的提问，"初步定为七个。不能犹豫，不能手软，美国是个非常卑鄙的国家，已经把他们那里的十二万日本侨民都集中控制了，成了和我们讨价还价的筹码。"

"这些集中营，哦，我是说'敌国人集体生活所'，都准备建在什么地方呢？上海？"梅辛格继续问道。

"主要设在浦东、龙华、闸北和浦西，我们已经在今年年初对这些人进行了严格的人口登记，凡满十三岁以上的，都要求他们佩戴红色臂章，以和正常人员有所区分。"井冢说道。

"很有趣，非常有趣！我们那里对犹太人还是通常的做法，规定他们必须在衣服上缝上黄色的六芒星。"

"我们也在考虑把犹太人区别开来的方法。"

"这样说来，犹太人的问题，贵方一定也计划连同敌对国侨民的问题一起考虑了，只是你们……"

井冢的口气温和但是依然坚定:"因为关于犹太人的事务,和那些敌对国侨民是很不同的。犹太人的事务,在大日本皇军和美国人交战之后已经由大东亚省总体负责了。这么大的事情,我们必须向大日本帝国的本部进行书面汇报才行。"

"大东亚省?"

"是的,大东亚省。大日本帝国建立'大东亚共荣圈'的战略方向不会改变,而且在现实中势不可当,帝国新增设的大东亚省就是为了专门处理这些战时产生的新问题的。"

梅辛格碰了软钉子却依然不甘心:"合津先生刚才出示的那个贵方计划建立七个集体生活所的方案,不知是否方便也给我一份?"

一方面,他怀疑这些狡诈的日本人为了敷衍他而特地编造一些模棱两可的东西示好,而另一方面,他也确实好奇,想深入了解一下这些所谓的集体生活所的细节,倘若确有其事,则看看其中是不是有些设施可以用来对付犹太人。

"完全没有问题!"井冢答道,"合津君!"他向着合津扬一扬头作为示意。

梅辛格随即认真地将合津递上的近十页的文字放进公文夹里面。

"上校阁下,那么对于在上海的这些犹太人,您明确的建议是……"

"最终解决!"梅辛格用手指一指那个绿皮卷宗,"一劳永逸地解决!"

他立起身到房间的一侧,重新给自己倒上一杯咖啡,边走边说:"这里有几项内容希望能够引起贵方的重视。"他坐下,将万湖会议的记录翻到后面的一页,他用铅笔在一些段落文字下面画了线。

梅辛格读道：

在实际执行最终解决方案的过程中，将会从西部到东部清理欧洲。由于住房和其他社会政治原因要首先处理德国，包括波西米亚和摩拉维亚保护国。转移的犹太人将会被一组一组地送入"中转隔都"①，然后从那里进一步送往东部。

井冢十分用心地听着，他随即用铅笔在纸上记下了在叙述逻辑上的两个重要词句："中转隔都"和"送往东部"。

梅辛格继续读着：

犹太人必须被尽快地从总督府的辖区移除，因为尤其是在那里，犹太人是流行病的携带者，并正继续通过黑市操作扰乱国家的经济系统，从而构成了严重的危险。此外，在那将受影响的250万名犹太人中，大部分人不适合工作……

井冢又敏锐地抓住了这一段文字中的另一个词："移除。"他很快地将这个词也写了下来。

"这绝不是一个假设性质的计划，事实上，它正在成为现实，就是说我们已经开始尝试这样做了，一年多了，而且效果很好。"梅辛格放下了手中同样的绿皮文件夹。

---

① 所谓"隔都"在英文中叫作"Ghetto"，按照它的发音直译便可以叫作"隔都"。事实上建立"隔都"即划出一片专门的街区，命犹太人居住其中，这并不是什么新鲜事，在历史上这一做法最早出现于16世纪的意大利，而后欧洲的许多国家相继效仿。

"如果我没有理解错误的话，你们的意思是说，先将这些犹太人分期分批地用'隔都'的形式集中起来，然后移除，送往东部。"井冢礼貌地提出询问，极力想探明这个非同寻常的文件的真正含义。

"非常正确！这就是具体实施的步骤。"

"移除？"

"是的！移除。坦白地说，就是指物理意义上的清除。"

"那么，'送往东部'？"

"'送往东部'也是这个含义，和'移除'的意思是一样的，哦，对了，中国人管这叫什么？好像叫作'送上西天'！"他大笑了起来。

梅辛格兴致勃勃地继续着："我有几个浪漫的想法，比如，我们可以把这些犹太人请上一艘大船，用驳船牵引到海上，然后驳船离开，让他们留在那儿欣赏海上的风景，他们可以饱览日出日落的景色，让他们看个够！"

"您是说……直到大船沉没……"合津问道。

"为什么不呢？很省力很简单，很经济实惠，或者说，这样的处理方式也很'犹太'！"梅辛格对自己的诙谐忍不住又一次"哧哧"地笑了起来，"大自然的力量是可以考虑利用的。"

"另外，据我的了解，地图上也看得很清楚，上海临近出海口的周围，有不少岛屿，也可以把犹太人统统迁移过去，既可以把他们当作战时的生产劳动力使用，也不需要在喂养上花费多少成本和力气。"

"您是说……"合津脱口而出，像是发问又像是自语。

"我是说，不妨让他们自然死亡。"梅辛格说道，"这十分符合道德标准——人道。"

一阵尴尬的静默。

还是井冢打破了沉寂的空气，他似乎想把话题变轻松一点儿。他的目光又转到《万湖会议记录》的绿皮卷宗上。

"上校先生，万湖？这是在……"

"柏林的郊外。"

"Schöner Wannsee！"①梅辛格用德语发出一句感叹，"在这样风景优美充满诗意的地方讨论净化人类问题，本身就是非常有象征意义的。哦，但是诸位还不知道，万湖周围有不少漂亮的别墅都是犹太人的，你很难想象，每到夏天或者圣诞节的时候，你的周围就会出现这样一群拱来拱去的'犹太猪'，这是多么倒人胃口的事情！"

"犹太人也过圣诞节吗？"

"过！过！他们装模作样地过！还装点上圣诞树呢！他们说这叫尊重日耳曼人的宗教和风俗，不少人还说他们已经放弃犹太教皈依天主教了！其实是假的，不过是献媚讨好，想得到我们的笑脸，然后赚钱。不能相信犹太人的任何甜言蜜语！"

"所以，这些在万湖周围别墅里的犹太人一定要清除掉，从物理上清除掉！"

他认真地直视着井冢，似乎在说："怎么样？关于在上海的犹太人，你们难道有异议吗？"

不长不短的会议结束了。

"他建议我们做的，偏离了我们大日本帝国在上海的利益，偏离了我们在上海经营的重心。"井冢头也不回地说，"但是，我们还是应

---

① 德文，美丽的万湖。

当及时向帝国的本部汇报这个情况，因为毕竟……"他打住话头，走到离德国总领事馆的大厅入口更远一点的距离，看到小川从停着的汽车那里立起身来。"因为毕竟，在我们对美国宣战之后，德国也立即向美国宣战了，而且并没有要求我们日本必须立即向俄国宣战作为交换的对等条件，这对于我们大日本帝国来说，是一个军事同盟相互信任的表示，是值得我们竖大拇指的动作，所以，我们也必须有所回应，哪怕只是表面的应付。"

"他的意思是说，把这些犹太人从物理上消灭掉，方法是在海上淹死，或者在孤岛上饿死！"

井冢不由得惊奇地回头看了一眼合津，大笑起来，"合津君，你真是维森多夫的好朋友，你对犹太人的命运担心起来了！看来，如果我们建立隔离控制犹太人的指定街区的话，就让你来负责吧！说不定犹太人会感到你是一个非常可以接受的可爱人选。但是我要郑重地提醒你，任何音乐家的温情和多愁善感都是非常幼稚而且有害的，尤其是在战时。"

井冢继续说着给合津的告诫。

"严厉！让他们明白，让他们感恩！让这些犹太人明白，没有我们的怜悯和救济，他们就会死！"他看到不远处站着的小川，停住了脚步。"其实，最好是让他们先死一些，然后，他们对你的每一个微笑都会感恩戴德。这才是管理他们的好办法！我看，有必要适当地将一些'最终解决'的消息透露给他们，记住，合津君！一定要让他们清楚是谁在救他们的命！"

井冢严厉地看着合津。

毕恭毕敬的合津挺直了身体。

20

一九四三年二月，在上海的许多报纸上，都刊登出在虹口区建立欧洲无国籍难民指定安置区的布告，很快，印刷成对开报纸尺寸的英文告示，在上海的主要地段的街口，特别是在虹口犹太难民居住密集的街道上出现了。内容是要求自一九三三年之后来到上海的欧洲犹太人必须在规定的期限之内迁入指定安置区居住。细看便可以发现，布告是印刷的，但日期是手工填写的毛笔字迹，这无疑显露出日本当局谋划已久的用心。虽然日本人大方地给了犹太人三个月的时间做准备，但是，"隔都"到底是在上海出现了，地点便是虹口的提篮桥地区。在日本军队占领了全上海之后，美英在上海的侨民便都遭了殃，他们被视为"敌对国居民"而分别被关进了集中营，同时必须佩戴红色臂章作为识别。而现在终于轮到犹太人了。

这篇布告的全文如下：

关于无国籍难民居住及营业之布告[1]

1. 根据军事需要，凡居住于上海地区的无国籍难民，自本日起，其居住及营业区域应以下列地区为限：公共租界内兆丰路、茂海路及

---

[1] 参考《来华犹太难民资料档案精编》（第一卷），上海交通大学出版社2017年版。

邓脱路一线以东，杨树浦河以西，东熙华德路、茂海路及汇山路一线以北，公共租界边界线以南。

2. 目前在上述指定区域以外居住或营业的无国籍难民，自本布告公布之日起至一九四三年五月十八日止，应将其居住及营业场所迁往上述指定区域之内。目前在上述所有地区之外的无国籍难民，其居住或营业上所需房屋、商铺及其他设备的买卖、转让或租借事宜，均需事先获得当局的批准。

3. 除无国籍难民外，其他人等若无许可，概不准迁移至第1项所列出的区域之内。

4. 凡有违反本布告或有妨碍本布告之实施者，严惩不贷。

上海地区大日本陆军最高指挥官
上海地区大日本海军最高指挥官
一九四三年二月十八日

高举在犹太难民头上的屠刀终于渐渐放到了地上，胆战心惊的犹太人也终于舒了一口气，然而他们又很快地发现，那随之而来的，却是另一种令人欲哭无泪的灾难。

在离布告规定的大限还剩下大约十天的时候，日本人就断然采取行动了。在"隔都"之外的繁华街面上，开来了大批日本兵和保安队。他们来到事先调查清楚的犹太人的店铺门口，不由分说，就把招牌卸下来，扔到卡车上拉走。不好卸的，当即捣碎，也有少数店铺招牌得到了保留，但是上面的文字被油漆涂抹了，那是因为有做生意的日本侨民，早就相中了这个铺面，或利用军方的熟人，或利用金钱买通关系，预先占下了。与此同时，在上海的日本侨民纷纷由虹口漫过苏州河，迁入公共租界和法租界，占据了那些昔日欧洲人居住的高档地段。这种趋势在日本人全部占领了上海的时候便已经开始，而现在，随着来到上海的欧洲犹太难民被驱赶到虹口，便又一次活跃起来。

这是规定期限前的最后一个周末。

可怜的犹太人最后的幻想已经破灭，顾不得守"安息日"，而是忙着搬家到虹口提篮桥的"指定居住区"去。

一大早，在通向这一片街区的道路上，就像是赶集似的，车水马龙，人头攒动。到了中午，隔离区里里外外的青州路路口、华德路路口、广平路路口、麦克利克路路口、周家嘴路路口都发生了交通堵塞。太阳在云彩里穿行，天色忽明忽暗。这更给匆忙的人群带来急迫的感觉。

刚刚过了午饭的时间，外白渡桥通往虹口的方向，驶来一支小小的自行车队。开路的是两个斜背着大枪的黑衣服警察。殿后的是几名日本兵。骑在中间的，是合津康弘和他的助手小川一男。现在的上海，汽油和柴油已经被列入了军用物资项目清单，不但非军用的汽车受到了严格的分配和管制，到了后来，甚至军用的小汽车也无法幸免。上海的大街上还曾经出现过马拉汽车招摇过市的滑稽场面。

照理来说，合津今天是可以乘汽车的，但是此刻，他心情极好。月初，他得到了井家明光大佐的新任命，要他在西洋人事务部联络部部长的头衔之外，也兼做这个所谓"欧洲无国籍难民指定安置区"的负责人。由于太平洋战争开打后的局势变化，上海这里的日本和西洋人的各类事务已经简单得多，因为英、美等西方国家的侨民除去及逃离上海的之外，几乎如数被关进了"敌对国侨民"集中营。此刻，合津便骑着自行车一路兜风，去自己的新办公室看看，也可以说是新官上任的意思。

街上渐渐拥挤了，众人纷纷下车，一个黑衣警察立刻将他的自行车接过去，扶着。只见好几辆卡车，后厢里捆绑着高耸的行李，在人力车的旋涡里挪动。犹太人的出行方式也是五花八门，有乘黄包车的，有拎了包裹徒步行走的，人群中不时看见抱着孩子和搂着经筒的老年人。突然，传来一串吆喝声，一辆独轮车，每边坐着两个妇女，由瘦骨嶙峋的苦力撑着，在人群里一路扭动着推过来。这情景把合津逗笑了，他又上车，在前后簇拥下悠然骑去了。

合津办公室的正式名称，由日文中的汉字写出来有些蹩脚，叫作"上海无国籍避难民处理事务所"，位于僻静的茂海路七十号，坐落在这条路南段的东北角上。由于不是商业地段，街上的行人不多。这里原先是当地的一处派出所，在高出地面不少的地基上，由几间红砖和灰砖砌成的套间式平房组成，前后左右和周边的房屋都不相连。办公处临街的墙基本上是封闭的，高窗上也早用铁条加了保险。门前有很多台阶，整栋房子显得高高在上。

布告中的规定施行之后，犹太人的活动就受到了严格的限制。依照规定，每个犹太难民都要重新登记，填写一张"犹太难民调查表"。核实后，再发正式的难民身份证。而来自德国的犹太难民的身份证上则印有特殊的黄色条纹。难民申请外出的特别通行证，均以身份证为凭据。外出通行证的内容分为两部分。正面是包括照片在内的详细登记栏目，背面是简单的地图。地图上标出了申请前去的地点以及允许前往的街区范围。

除此之外，被批准人还要在胸前或者翻开的衣领上佩戴特殊标志，一个圆形徽章，上面印有一个大大的中文"通"字。这样的徽章又分为红色与绿色两种。红色的，是一天至一个月的短期通行标志；绿色的，则是长期的，时间为一至三个月。一般情况下，通行证在三个星期内有效。日本人划定的"隔都"，范围在方圆三平方公里多的区域里，通常被人们叫作"提篮桥地区"，这里原本就拥挤不堪地住着十万多穷苦的中国人了，如今，又强行迁入一万五千多犹太难民。这一小块街区人口的密度真是可以用"立锥之地"这样的词来形容了。很显然，对于难民们来说，要活下去的最好办法，就是尽量向"隔都"外面寻找生路，而能不能拿到通行证，则全凭合津的一句话。

至于"隔都"的治安管理，日本人则在犹太难民中间建立了所谓"犹太自警团"，又叫作"保甲"，以此作为日本警方的协助。"犹太自警团"成员由二十岁到四十五岁身体健康的犹太男子组成，按照中国古代社会的"十户为一甲，十甲为一保"的保甲组织结构，充当"隔都"的"看门人"，并且鼓励在犹太难民中间相互监视、揭发检举。

这会儿，合津坐在新办公桌后面，等待着画家白绿黑。

戴着大红软帽的白绿黑如期而至。他夹着一幅包裹着的油画出现在门口。

"快打开看看！"合津兴冲冲地叫道。

白绿黑略有些紧张。他取下布单，露出一张人像来。这原来是法国19世纪新古典主义画家安格尔的油画拿破仑肖像的临摹品，画中的拿破仑手执权杖，坐在皇帝宝座上。

白绿黑把油画在桌脚边上立住，然后摘下帽子在一旁垂手站着。

合津反复看了片刻,露出满意的神情。

白绿黑松了一口气,正打算乘机提一提酬金的事,合津却突然抬起头来问道:"知道我为什么欣赏这幅画吗?"

白绿黑不能肯定,便摇一摇头。

合津说道:"拿破仑是一个了不起的小个子!"

白绿黑不禁飞快打量了合津一眼。

"我也是一个小个子,对吗?"白绿黑的反应立即被合津察觉到了。

"对!对!"白绿黑赶紧说道,"但是……"

"但是什么?"合津毫不放松地追问。

"您……我觉得,您也很了不起啊!"白绿黑有些慌乱。

不料合津笑道:"我就知道你会顺着我说话,你们犹太人终于学会拍马屁了!"

合津兴致勃勃:"你们犹太人应该明白,应该和我们日本人好好合作啊! 20世纪初,大日本帝国能够在黄海上打败俄国的铁甲舰队,还多亏了你们犹太人的钱啊!"

他直视着白绿黑,享受着用才学置对方于困窘的快感。

白绿黑显然没有这方面的历史知识,下意识地将大红软帽在手中摆弄着,软帽被捏出了几个硬褶。

白绿黑拙于应付地低声说:"但是,拿破仑……"

"但是,你们不要以为有了钱就可以得到你们想要的一切。比如说,你们的钱在我这里就是不起作用的!"合津继续着自己的话。

"那么您看,这幅画的报酬……"

合津却不理会他的要求,向桌子后面踱去。

"我现在是隔离区的最高长官，管理这里所有的犹太人。"合津顿一顿，"你们的拉比说，制定犹太人律法的是上帝，而这个律法的执行者是大卫。而我现在呢，既是你们律法的制定者，又是执行者，那么你说说，我是不是也可以叫作'犹太王'了？"

他调侃地大笑了起来。

白绿黑做着最后的努力，嘟囔着："我们事先讲好的……"

合津还是不搭理，他指一指墙上的大上海地图，向白绿黑招一招手。白绿黑趋前几步，抬头看去。只见地图上，指示方位的十字坐标略略向右倾斜，右上方，一条扁长的三角形地带，被粗粗的红线框起。

"看清楚了吗？你说说，这是不是我的王国？"合津的口气从刚才的调侃转为认真。

白绿黑站在地图前面，表情渐渐凝重起来。目光久久停留在这个红色粗线框起的三角形上面，不再吱声。

21

这是对犹太难民施行通行证出入规定的第一天。

清晨,残月依稀,像是一片薄纱。难民事务所的门前已经排了二三百人了。人群中有人提着做工的工具袋,有人扛着包袱,有人推着自行车,还有人手臂里夹着卷在一起的工作服。这都是要外出"隔都"而来申请通行证的。所有人的脸都紧绷绷的,相互说话也是低声的。

办公室里,拿破仑的画像已经挂上了墙。桌子一角的粗铁丝筐里面,两种不同颜色的印有"通"字的圆形徽章,个个有三厘米大小,就像是刚刚采摘下来等待上架的水果一样,此外,另一个粗铁丝筐里放着用粗皮子和别针做成的小夹套,将"通"字圆章放在夹套里,然后便可以别在衣服上。

晓风中,五六个犹太保甲维持着秩序。人们不时跺一跺站麻了的腿脚。

后面的人还在增加。

一队荷枪的日本兵走过队伍,沿着东百老汇大街向一条小街拐去了。

天渐渐亮了,人们的姿势也起了一点小小的变化。每个人都在不知不觉中向前靠了靠,和前面的人挪近了一点,仿佛这样就可以缩短等待的距离和时间似的。没有人说话,三五米开外,渐渐围上来一群本地的孩子，张着嘴，好奇地看热闹。再远一点，街的对面，黄包车夫们把车的前杠卧在地上，一动不动地向这边望着，如同猎手，把握十足地注意着猎物的一举一动。

有人在街角很远的僻静处"哗哗"地撒尿。

合津和小川来到办公室的时候，时间还早。他没有立刻进到屋子里，而是沿着这上百米的难民队伍巡视了一遍。男女老少的面孔一张接着一张地在合津的眼前移动过去。犹太人的队伍整齐而且安静，每隔一段距离，队伍边上便站着一名维持秩序的犹太保甲，他们左臂上都统一别着白粗布的臂章，上面有黑色的中英文字样。汉字是"避难民所防护队"，对应的英文是"Security Service of the Refugee Camps"，臂章的左右空白处都严格注明了标号，盖着认证的印章标志。

在队伍还剩下二三十人的时候，合津终于看到了他要寻找的人。

"莱隆德·维森多夫先生！早上好！"

合津快乐地向维森多夫问候，但是他却不等维森多夫回答，小声说道："莱隆德，其实您不必这么早来啊！任何时候告诉我一下，出入证就会给您准备好的。"

他又转向小川吩咐道："小川君，一会儿维森多夫先生的通行证由你专门负责办一下，不要忘记了！"

八点整，合津在办公桌的后面落座。小川也同时坐下了，他的桌子在侧面稍远的位置。他是负责签发短期通行证的。

门外的日本人喊着："长期的，排这边！短期的，排这边！"

街上的犹太保甲也就赶紧应声传达着："长期的，排这边！短期的，排这边！"

原来的队伍哗啦一下就乱了。到处是"什么是长期的？什么是短期的？""一个星期算是长期还是短期？"的问话。有人被挤摔倒了。

突然间，一阵激烈的枪声和嘶叫声由不远的巷子里传出来，一下子便压倒了这边的喧哗。许多人本能地想跑，又担心一个早上的苦等白费了，都紧张地僵在人群里，队伍随即挤成了一团。倒是那群孩子，反而兴奋起来，风一般地都拥向小巷子口看热闹去了。

一会儿，东百老汇大街边的一个巷子口转出三四个日本兵，架着受伤的同伙。那受伤的人像唱歌一般高低起伏地叫着，一跳一拐地走着。随后，又有几个日本兵，倒拖着两具血肉模糊的尸体，也走了出来。尸体上浸着血的上衣，都被路面摩擦着堆挤在胸部和头部，在地上涂抹出一道红黑色的粗痕。

那几个孩子，从墙角向日本兵扔过来几个石块，然后飞也似的不见了。

难民们鸦雀无声，有的妇女把手紧咬在嘴里。

猛然间，办公室那边有人在喊："为什么？合津先生！为什么不发给我通行证？这个工作我是费了九牛二虎之力才得到的！没有工作，我们一家人可怎么生活啊！"

片刻，又有三三两两的人从办公室里走出来了，表情各异。有的露出欣慰的神色，有的兴奋地挥着胳膊，都把"通"字圆形徽章别在胸前，顾不上拥上来拉生意的黄包车夫，向"隔都"的出口匆匆奔去。只见出口街道的两侧位置对应的墙面上，安装着字迹明显的标牌。而道路中间留出的走道即是路口。它的两边，分别站立着一名盘查通行证的犹太保甲。

合津连午饭也顾不得吃，竟然一直忙到了下午三点钟。他很累，脑袋昏沉沉的，这一天下来总共批准了多少人的通行证，他早就记不清楚了，只记得门外不断传来的日本兵和犹太保甲们在维持秩序时高高低低的吆喝声。

他还可以大致回想起一些人来。

雅可夫·曼哈姆，一个身材高大，生着平展双肩的东欧犹太人。

"有！有！是我！"

当他回答过点名的第一句问话后，就赶紧向前跨了几步，紧贴着合津的办公桌站定了。

"一九三九年，从波兰来的？"合津看着他的身份证。

"对！一九三九年，从波兰来的。"曼哈姆身子动一动，把"波兰"用浓重的口音读作"波林"。

"你以前在波兰是做什么的？"合津把他的文件和材料在手中颠来倒去地把弄着，就像是玩弄几张扑克牌一样。

"警察！犹太警察！"

合津不由得抬头望了望。他感到像是在仰望一座大山。

"你多大年纪了？是保甲的成员吗？"

"我五十一岁。过了当保甲的年限了。"

"我看你该参加保甲！对呀！你有经验，当个保长或者甲长吧！"

曼哈姆默默不语。

"你出去做什么？为什么没有填写明确的地点？"

"我是在大街上'专业'磨刀的，需要到处走，所以没有特别固定的地点。哦！如果说有的话，就是那些饭店和酒吧间的后门口，再有，就是监狱，有时也需要我。"

专业磨刀！这听上去可真是新鲜。谈话变得随便起来。

"你怎么个磨刀法儿呢？磨刀还有'专业'吗？"

"我是用磨刀机磨刀的。"这个昔日的犹太警察说道。

他感到合津的态度渐渐变得顺达，也就放松了下来。

"磨刀机还是我自己设计的呢。"

"磨刀机？我还是第一次听说有磨刀机呢！这样吧，你把磨刀机拿到这儿来，我要先看一看，一切等看了你的机器再说。"

昔日的犹太警察被这个节外生枝的要求愣住了。

"磨刀机……它很重，拿来很不方便，合津先生！"

"胡扯！又重又不方便的话，你怎么能够带着它在街上到处走呢？！"

合津抓起他的表格向前一摔。

雅可夫·曼哈姆在过了一个钟头又回来的时候，合津已经把他的磨刀机忘到脑后去了。这一来，便又恢复了好奇心，站起来，跟着到门外去看他的磨刀机。

这确实是一个有趣的设计。事实上，是一辆中国的独轮手推车和一辆自行车一正一倒的奇妙结合。手推车的轮子，被一个自行车的轮子代替，而另一个自行车的轮子被安装在车子的上部。连同链条与小轴承，作为带动砂轮的传动装置。自行车的脚踏板被安在了手推车的下面，磨刀的时候，用脚踏踏板，车轮的转动带动砂轮，磨起刀来真是不费丝毫力气。最妙的是，磨刀石的中轴上，有一个小木头片，上面的轮子转动的时候，木片会不断拨动一根皮管，那皮管便会定时向磨刀石上滴水。

曼哈姆认真为合津演示了一遍。合津也津津有味地看完了全过程。他笑了起来，打算放过这个比自己高一倍的家伙。

曼哈姆也笑了。他随后直一直腰，后退几步，在看热闹的人群前面立定，露出一副很有把握的样子。他由身后的人群衬托着，活像个酋长。合津看在眼里，暗火在瞬间燃了起来，便掉转了身，一言不发地走进办公室去了。他这次到底没有批准曼哈姆的通行证，而那个可怜的波兰犹太警察，便怀着乞求般的期待，在门口一直站着不走。

合津又想起了另一个人，那是他一直记得的一个名字——赫尔茨。

这个名字印进他的脑子，是和维森多夫连在一起的。两年前，正是这个赫尔茨在《相逢上海》里，向维森多夫问起了是否接触过中国现代乐曲的问题。他甚至还记得，在节目主持人施奈德的介绍中说，这个人过去是德国汉堡一家唱片公司的销售员，而且，他是和维森多夫乘坐意大利劳埃德·特里斯蒂诺轮船公司的同一条邮轮——"绿伯爵号"到达上海的！所以，当赫尔茨的外出申请表格放在他的眼前的时候，合津真的吓了一跳。因为他申请要去的地方，竟然是江湾码头的货场！

"您去这种地方干什么？当搬运工？"他充满好奇，抬头望着赫尔茨，"您是非常熟悉音乐这一行的，对吗？"

赫尔茨愣了一下，嘴角动了动，却没有说话。

合津心生一丝怜悯。

"合津先生！请您千万批准我吧，现在的工作实在太难找了。我的太太一个月前，在我们就要搬迁到虹口之前去世了。现在，我的女儿……"他几乎掉下泪来。

合津没有再说什么，他在赫尔茨的外出证上盖了章，然后向放在桌子上一侧的铁丝筐努一努嘴，"你就自己拿一个徽章吧，别忘了出去的时候把它别在胸前！对！就拿绿色的吧！"

就这样，这一天合津批准了一半多的申请人，有近三成的人被他拒绝了。被拒绝的人反应各不相同。有的大叫大喊，有的失声痛哭，有的苦苦哀求，有的一言不发。

是什么原因使得他一定要拒绝这些人呢？因为拒绝可以体现他作为隔离区负责首脑的权威。一切事情都要把头开好，他想，他要让犹太人从一开始，便了解他对于他们的意义，从而有敬畏之心。

"井冢先生的训诫和嘱咐是非常有道理的！"他接受了井冢的提醒，决计从一开始便给犹太人立下规矩。

"人心其实是很卑贱的，有了敬畏，才会懂得感激。"他想。而"畏"则是"敬"的基础。换言之，假如他让每一个人都轻而易举地得到"外出证"，那他便不过是犹太人走出提篮桥地区的一个不得不跨一跨的门槛，他们很快就会厌烦这个门槛，而且说不定还会向它踢上一脚呢！

他就这样自怜自赏地唏嘘着，同时眼前浮现出一张张犹太人的面孔来。一下子，他想起了维森多夫！对了，这个小提琴大师不是一清早就排在队伍里了吗！怎么居然一整天，没有在办公室里出现呢？而且，为了示好，他还特地盼咐小川专门照顾他一下呢！签发短期通行证是由小川负责的，他是去小川那里办了短期的通行证吗？

"他今天不是来了吗？办外出申请了吗？"合津转向小川那边问道。

"您说谁？"小川很快就明白了合津的话，"您是问维森多夫先生吗？没有，他没有申请外出啊！"

合津的心中有什么东西沉下去了。

22

维森多夫的确没有申请办理通行证,而是在就要轮到他的时候放弃了。因为他看到一个又一个的难民不由分说被取消了行动的自由,断送了费劲寻得的谋生机会,又看到那些领到了通行证的难民的那种窃喜和感激,那种神情不仅仅是一个"如释重负"这样简单的词可以形容的。

"'犹太人的尴尬'和'犹太人的悲哀'啊!"他在心里自语着。所以,在就要轮到他的时候,他便从心底生出一种反抗意识。这种意识朦胧地一闪,以致令他瞬间处于失神的状态。

"喂喂!你的申请表格!进来,进来!嗨!你的表格!先交上来!你!就是你!"

一个文职的日本人大声叫着。

一名犹太保甲认出了他,客气地说道:"维森多夫先生!轮到您了,他在叫您呢!"

他转身走了。

这真令人吃惊!他想着。犹太民族,一个刚烈不屈的民族,一个向人类贡献了《圣经》的民族,自从逐渐沦落到寄人篱下和仰人鼻息的生存状态之后,越来越学会以从容乃至于"安详"的态度来顺应他所寄居的那个社会。这种"安详"所创造出来的财富在精神和物质的两个方面都是了不起的。但是，在这种"安详"的背后，是否又反射出犹太历史和民族的另一面，也就是说，是否可以叫作"犹太人的迷失"呢？

他没有能力回答，他不是历史学家或者哲学家。然而以他倔强的个性与艺术家的神经感受这些的时候，自然会比一般的人来得更加强烈。

他又不禁心生感慨，为什么"隔都"的负责人偏偏是合津康弘呢？

维森多夫住的这条虹口的弄堂叫作"源福里"，一共有近百户石库门房屋，原先这条弄堂里住了二十几户四五年前来到上海的犹太难民，而如今"犹太难民指定居住区"成立之后，除去其中九栋住着本地的上海居民之外，其他房子的租户竟全部成了犹太人。于是，房东们都不约而同地提高了房租。维森多夫精于艺术，却绝对缺乏打点日常生活和在社会上与各色人等周旋的能力，在讨价还价上更是十足笨拙。好在有晓念和小扬的帮助，他终于租到了一栋石库门房子的第二层，不仅避免了外面喧闹声音的打扰，而且房东也最终同意将租金维持在原先的价格。

维森多夫是在布告规定期限还有三天的时候搬来的。那天下午，约内斯也赶来帮忙了。他早在两个月前就将自己在法国租界里的小乐器行关了，然后在"隔都"里最西面的公平路上重开了一间二十几平方米的小店面，这间铺面的楼上是可以住人的，于是，既省了房租，又便于照顾生意。他又雇了一位店员，这样似乎比从前有了更多闲暇。

维森多夫的行李实在是再简单不过了，四个人和三只箱子分乘在两辆黄包车上，维森多夫和晓念在一辆，约内斯和陆扬在另一辆，过了外白渡桥,向"指定居住区"方向行去。到了兆丰路口,交通渐渐拥挤,路上难走起来。等到了广平路的十字路口,黄包车干脆走不动了。原因是日本的工兵正在给"隔都"的各个路口钉牌子,于是,所有的行人和车辆只好都拥在一处,一一挨过小小的进口。

约内斯趁着前面的人移动的空子指使车夫靠到前面,和维森多夫与晓念的那辆车并肩,然后伸过头来说道:"瞧见了吧,日本人正在给我们建'犹太乐园'哩!"

维森多夫附和道:"是啊!是啊!"接着便一字一句地用德文朗诵起来:"Waldung, sie schwankt heran, felsen, sie lasten dran, wurzeln, sie klammern an, stamm dicht an stamm hinan, ehren geweihten ort, heiligen liebeshort。"①

陆扬听不懂维森多夫的朗诵,说道:"老维!那时候你在海上漂了快一个月才到达上海,海上的日子肯定特别难熬。"

维森多夫打趣道:"那些时候,每当我感到无聊,就哼一哼这首曲子,后来,到了快到上海的时候,你猜怎么着?我已经爱上这首诗了!"

小扬道:"我知道这首曲子,这是门德尔松在读了歌德的两首诗之后创作的。这两首诗叫作《平静的海洋》和《幸福的航程》。"

维森多夫笑了:"好,那再考考你,那个时候作曲家里面还有谁用这两首短诗创作音乐?"

这下小扬答不上来了。

---

① 出自歌德的诗剧《浮士德》。意为"林原莽莽苍苍,山岩层叠如嶂,树根牢牢纠缠,树干密密参天。敬此洞天福地,敬此至爱所在。"歌德这一段对于风景的描绘,取材于意大利的壁画,表现埃及底比斯地区隐士们的和平与宁静的隐居生活。

约内斯也按捺不住加了进来:"贝多芬和……舒伯特,对吧？莱隆德,你也在考我呢！来到上海,这些东西我也快忘了。"

充满好奇的晓念也津津有味地听着。

终于到了目的地,姐弟两个帮助维森多夫将一切收拾停当,他俩因有事要先走了。天有些晚了,太阳斜照在窗下的天井里,一位犹太女子正在向她的中国邻居学习生煤球炉子,滚滚浓烟飘进了窗子,所有人都一齐咳嗽起来。陆晓念模糊地记得,这位犹太女子曾经是她在华德路收容所时中文班的学员,便说道:"老维！我去帮她一下。"

几个人一起下了楼。晓念道:"日本鬼子是长不了的！楼下的房子我们不打算再出租了,那里就是您的家,我们等着您回来。"

维森多夫说道:"女儿！我也相信这个'犹太乐园'是不会长久的。"

晓念突然想起了什么,回身说道:"噢！差一点儿忘了！这是您现在的地址,中文的和英文的。"说完从口袋里面摸出一张纸条递上去,上面是已经写好的地址——虹口唐山路八百一十八号,源福里四十五弄二层。

维森多夫笑道:"女儿！其实应该也写上你的名字和电话号码。等我丢了的时候,等着你去领回来就是了。"

这已经是几天之前的事情了。此刻,维森多夫从合津的办公室径直回到家里,他一进天井,正巧看到那位犹太女人在生煤球炉子,到处弥漫着一股呛人的煤烟味儿,他便当真想念起那两个孩子来了！

至于晓念和小扬的生活状态,最近也有了很大的改变。犹太人被赶进了"指定居住区"之后,全上海的医院才发现了一个令人咋舌的情况,那就是在逃亡到上海的犹太难民中,竟然有着数目极大的有过护士专业经验的女性，其中以来自奥地利的护士表现最为优秀。因此，当"隔都"里面的犹太人部分地失掉了行动的自由之后，很多医院的护士工作都感受到了不便。于是，以穷人为服务对象的慈济卫生院里，陆晓念在新近被提升为护士长。至于陆扬，他已经快十七岁了。早在几个月之前，他就在姐姐和维森多夫的说服之下，准备放弃在街上拉琴的那种野鸽子般的生活，继续他的学业，因此一直在复习功课。但是维森多夫依然要求他每星期一次到源福里来学琴，他自己也非常自觉，进步得飞快。

23

自从搬进隔离区之后,约内斯的悠闲心情没过多久便被无奈和焦虑取代了,他重新开张的小乐器行生意一落千丈,完全不像在法租界的时候。上海这个战争中的孤岛,尽管依然保持着繁华,但是硝烟的味道却是人人都能闻到的,没有人对未来做长远的打算,所以,乐器行这个生意就显得有点不合时宜了。约内斯当真开始担忧生计了,他好不容易在法国租界一家日本人开的饭店里找到一份拉琴的工作,时间是每个周末的两个晚上。一个月八天下来的收入成了他十分重要的经济来源。

每天夜里从十二点开始,街上就宵禁了。约内斯周末拉琴的两个晚上来不及回家,就都睡在饭店后屋的长椅子上,等第二天天亮再走。路上,他都会花一元钱买一块街边小贩的烤红薯或者几个小笼包子,边走边吃。他甚至觉得自己已经爱上这种街头早餐了。

日子不长,他很快便与拉小提琴的搭档发生了龃龉,他的火气其实来得也非常简单,和他合奏的是一个在中国浪迹多年,从哈尔滨混到上海来的白俄。当他知道了约内斯是当年慕尼黑交响乐团的大提琴手之后,或许是幸灾乐祸,或许是出于嫉妒,就在演奏中作怪,故意给约内斯找麻烦。他是酒吧和夜总会里拉琴的"油条",知道在什么时候讨顾客的欢心。另外,这个家伙长了两条出奇长的胳膊,一拉到高把位，就把琴头向上猛扬，露出趾高气扬的姿态，希望得到台下人的喝彩和小费，而每当这时，他的音量和音色也与姿势相当，恶俗得令约内斯忍无可忍。约内斯一气之下，便闷声不响地收了琴，拿起外套，叫了黄包车回家了。

"莱隆德，我有事和你商量。现在就去找你！"他不由分说地放下电话，然后在床头柜子的下面翻找出两支蜡烛，用旧报纸包好，就直奔维森多夫的住所去了。他要动员和说服自己多年演奏上的老搭档，与自己在酒吧、饭馆里再合作一次。

仲夏之夜，天清气爽，已经是晚上七点多钟了，天上依然留着镶了金边的长云。白天的暑气退了，上灯的街市上开始人头攒动，人多的地方会有刺鼻的狐臭味和汗酸味儿。店铺的小老板们也分外在乎这一刻的生意，不少人干脆捧着饭碗一边吃一边招呼客人，而这些人家里已经吃过晚饭的孩子，赤裸着上身，只穿短裤，在人群中穿梭追闹。约内斯在人群里走走停停，不时绕过有些人家已经开始在人行道上摆放着的准备露天过夜的棕床帮和铺板，或者低头钻过迎面飘来的煤烟，穷区闹市所特有的氛围也在他的情绪里注入了兴奋，他想象着未来与维森多夫在一起二重奏的情景，虽然不会像在慕尼黑的大剧场或者音乐厅里那般高雅，但是就令观众鼓掌叫好这一点来讲，也会令他有一种退而求其次的满足。他相信维森多夫也一定会有同样的兴趣。因为毕竟，这一两年，自从全上海都成了日本人的天下，工部局交响乐团便解散了，指挥迈依斯特罗·皮亚契去了美国，而乐团其他的成员大部分离开了上海。没有走的，不是进了集中营就是散落到饭店和酒吧里谋生了。所以，自那以后，他和维森多夫就几乎没有像样儿地演奏过了。但是，当约内斯得知这一个月来维森多夫至今还没有申请过外出通行证时，不由得大为惊奇。

"难道只有你一个人无法容忍这种歧视吗？但是现实就是这样的，就是说，这一千多年来犹太民族就是这样的，流亡。拉比们说，这是上帝的安排。《圣经》上说，上帝在燃烧的荆棘中向摩西显灵，为什么是荆棘，而不是无花果树或者玫瑰花田什么的？这象征了犹太人必须经历的苦难。你瞧，又是'荆棘'又是'燃烧'，所以，要接受这个现实啊！"

"在欧洲的每一个国家，只要是有犹太人的地方就会有'隔都'。而现在，'隔都'都建到上海来了！"

"那么，你打算做什么呢？你是不是要打扮成堂吉诃德那样冲上去，而且，是不是也想说服我去做桑丘①啊？"约内斯笑道。

正说着，忽地一下子，屋子里的电灯闪了闪，熄灭了。从窗子看出去，外面一片漆黑，这一带的电灯都熄灭了。

弄堂外面的街上很乱，有人"咚咚咚"地跑过去了。

"啪啦！啪啦！"又有人家在关窗户。

维森多夫点上了桌子上的小烛台。

"那么，你准备用什么来诱惑我，让我和你一起'下水'呢？"维森多夫笑着说。

"哈！狡猾的老家伙！我为你和我找了一个重新合作的舞台，怎么样，这个诱惑你不动心吗？你呀！说来说去，到底还是怕在酒吧里拉琴丢人吧？这里的人对艺术的欣赏力和口味真不见得就逊于欧洲的一些大城市呢！"约内斯道。

---

① 堂吉诃德和桑丘是西班牙作家塞万提斯笔下的人物。桑丘是堂吉诃德的忠实侍从。

蜡烛芯爆了几下,突突地抖着,火苗猛然拉长,延伸出一缕黑烟,活像是一支火把。

"质量太糟糕了!"维森多夫叹道。

"我拉琴的饭店用的蜡烛质量还不错。老板是个日本人,叫山口,据说和日本军方有一些关系。"约内斯把头向门边的小案几那里点一点,"我刚才带给你的两支蜡烛的质量应当是不错的,就是从他那里弄来的。"

"瞧!你瞧你瞧!看来要让我拒绝你是很困难的!因为我已经接受你的贿赂啦!"维森多夫说。

于是,维森多夫又回到等候申请通行证的队伍里来了。首先,这当然是约内斯极力说服的结果,其次,是出于对在一起重新演奏二重奏的期待以及不让老朋友失望的友情。这离他第一次申请通行证的时间已经过去很久,他也比第一次来的时候更加留意周围的一切。他看到周围出现了擦皮鞋、卖早点的小摊,甚至有人前后走动着,目的是专门替人排队,从中赚取小费。还有人在队伍里散发名片,名片上专门写明了提供早晨叫醒的服务,顺便提供当天的天气预报以及出租雨伞。至于等着拉生意的黄包车,则是如同豪华酒店门前的出租车一样,鱼贯地排成行。

八点钟的时候,合津来了。他从院子的后门进入办公室,门口的保甲随即开始唱喝着整理队伍。

"部长!维森多夫先生来了!"小川凑到合津的耳边轻轻说了一句。

合津心里动了一下,有些紧张,还有一种莫名的兴奋。这种兴奋给了他一种惶惶然却又十分舒适的心理状态，因为他非常想看到维森多夫向他投来献媚的笑容。

来申请通行证的人都是听从保甲的招呼，五个人一组地进来，在只有斗方的小厅那儿等候，再一个一个走上前去。维森多夫正好是这五个人的最后一个，前面有两个人是申请当日出去当日回来的短期通行证的，就向左走到小川的桌子边等着。这样维森多夫的前面还有两个人。

合津瞥见了维森多夫，但是他依然装作什么也没有看到那样，伸手接了第一个人的申请表。

奥尔·史坦尼茨，中年男子，妇科医生，有着一张如同女人一般柔和与精致的面孔。他在公共租界的私人诊所关闭了，便在外面一家医院里工作。现在，他是来续签通行证的。

"上次的茶叶您还满意吗？真是抱歉，我还以为您也只是喝绿茶呢！"

"您为什么不在虹口开一家自己的诊所呢？"

"我打算再看一看，等一等。"那男人声音细小地说。

"为什么？"

"现在虹口店面的租金太高了，租房子也太贵了。我了解了一下，比起三个月前，平均涨了百分之三十。您知道，我们犹太人刚搬进来的时候，有的房东突然临时提出，要多收一个月的租金，叫作钥匙费。但是，我估计不出三个月，租金还会回落。所以，再等一等。"

"精明啊！"

合津拿起图章，在盖下去的一刹那又停住了。他直直地看着那个人的眼睛说："常给人家做人工流产手术吧？这可是非法的呀！"

"不！不！绝对没有！"史坦尼茨慌了一下，随即镇定下来。

"真的吗？"

"真的没有！我发誓！合津先生！"

"那么，现在这种时候，除了堕胎，难道还有什么人会需要你们这些妇产科医生呢？"

"堕胎是有罪的！上帝是不允许的！在《圣经·箴言》的第六章和第七章里说……"

"你为什么会把《圣经》里面的这几个章节记得这么清楚呢？你真是记得太清楚啦！"合津说，"所以，你准是干过的！"

史坦尼茨像女人一样尖叫着被人拉了出去。

下面的一位妇女是来申请短期通行证的，但是由于听不懂英语站错了队，接下来轮到了维森多夫。

"您好！莱隆德！"合津从座位上站了起来，"让您久等了！"

"我们真是很久没有见面了！"他和维森多夫握手。两个人都显出十分高兴的样子，然而双方在对视的刹那都有些不自然，眼睛里不由自主涌出些尴尬。

"我的事情不急，可以等一会儿。再说……"维森多夫答道，他突然不知该怎样说下去了。

合津愣了几秒钟，同样也不知道该怎么把话头继续下去。

"您看见那个医生了吗？"他转了话题。

"好像是个妇产科医生。"

"喔！是啊！您都瞧见啦！您认为我应该给他发通行证吗？"

没有回答。维森多夫捏着通行证申请表一动不动地站着。

合津暗想，维森多夫一定是在盘算，因为回答"应该"或者"不应该"或者"那是由您决定的事情"等，都可能会给他带来麻烦。所以，他只能以不置可否来应付，这说明，他终于学乖了。

合津有些高兴了。

"老朋友，您变了！怎么和我说话谨慎起来了？"他摇摇头，惋惜地说道。

然而维森多夫恰恰在他刚刚露出笑容的时候抬起了头来。

"我认为，您应该给他发通行证。"

"这种鬼鬼祟祟的不法医生？"

"您怎么知道他是不法医生呢？再说，您好像已经收了他的茶叶了。"

"茶叶？"合津愣了一下。他这才想起那个史坦尼茨是提到了茶叶来的。

"该死！"他在心里嘀咕了一句。

"那就是说，他为了得到通行证是尽了力的，他甚至在向您讨好了。而您并没有找出他干了非法行医的证据，就这样扣掉了他谋生的机会，似乎不太妥当。"

"您说我这样做不妥当吗？"

"他甚至开始乞求您了。为了得到您的批准，他在今后或许还会给您送来更多的礼物呢！"

合津有些恼火，他感到自己处于被动的地位了，而且维森多夫的后一句话更使他觉得受了揶揄。

"这么说来，您这次来办理通行证，也打算求我吗？"他有些仗势欺人地说道。

维森多夫显得非常窘迫，他的右手一直是屈在胸前握着那张申请表的，此刻，那张纸在空气中微微颤抖。

合津再一次高兴起来，他打开右手边最上面的抽屉，取出一张有些皱褶的纸，向维森多夫递过去。

"您读一读吧！你们犹太人的传单！但是匿名的！胆小鬼干的勾当！"

这张传单上面的字很大，写得像一首诗，所以维森多夫不用戴老花镜也可以看得清楚。只见上面写着：

伪善！

不要假装糊涂！

你们就这样

把"无国籍"的帽子强戴在我们的头上！

我们忍受了，

我们手无寸铁。

我们迁进"隔都"了，

我们善良守法。

但是

我们记住了——

这种侮辱。

那么

你们也记住吧——

我们并不惧怕死亡和集中营！

会赢得战争的

难道是法西斯？是你们？

我们是波兰人！

我们是波兰人！

直到我们死去的时候

我们都是波兰人！

"噢！对了！我这里还有你们犹太文艺俱乐部以前发的传单呢！"合津又说道。

他很快地在抽屉里面翻着，拿出几张五颜六色的纸，然后从中抽出一张。

"您听听！'从现在起，我再也不是德国人，再也不是捷克人，再也不是波兰人！我就是犹太人！'"他读道，然后把这张纸扔在维森多夫面前，"这不是自相矛盾吗？哪一个是你们犹太人要追求的呢？所以，我们日本人称你们是'无国籍的欧洲难民'，怎么样？你们心里不舒服了！对吗？"

维森多夫的脸色苍白，胸前的纸抖动得更加厉害了。

"请您回答我！我说的对吗？"合津露出几丝威严。

维森多夫一声不吭，渐渐低下了头，那模样活像是一个小学生在聆听老师的训斥。但是他却再一次抬起头来，口中的回答也再一次出乎合津的意料。

"我同意您的看法！合津先生！您说得都对，除此之外，您提到这封匿名信，也可以这样说，是胆小鬼干的勾当。"

"这样说……莱隆德！您究竟是什么意思呢？"合津反而有些失措了。

"我的意思是说，犹太人有祖国，这是事实，因为每一个犹太人的护照上都是写得清清楚楚的。但是，说犹太人没有祖国，我们也只能吞下这杯苦酒了。不然，我们就不会从欧洲那么多不同的国家都跑到上海来了！"

"很好！"合津威严地说，"很好！明白了这个，就会看清形势，变得现实一些，不然的话，我敢说，不然的话，老朋友！您会麻烦不断的！"

他不再理会维森多夫的反应，伸手将他手中的表格拿了过来，声音很响地盖上了图章，然后推到维森多夫的面前。

"给维森多夫先生一个绿色的！"合津向站在墙边的一名年轻的保甲命令道。那名保甲立即从铁丝筐里面取出一枚绿色的"通"字徽章和带着别针的小皮套，递到维森多夫面前。

"维森多夫先生，您的！出去的时候，请把它别在胸前。"保甲认真地说。

维森多夫的嘴角颤动了一下，没有接，而是将眼前的这名保甲认真打量着。

"你多大了？"他问道。

"刚满二十二岁！一九三九年从慕尼黑来的。"

"哦？"

"我的父母都喜欢音乐，所以我知道您！"

"你的父母也在上海吗？"

"没有。"年轻人道，"我是和叔叔一起来的。全家说好了让我先来看看，然后再做决定，但是，"他的表情有些黯然，"后来，后来就联系不上了。"

"给，您的徽章。出去一定要戴上的。"年轻人小心翼翼地催促道。

维森多夫看着这枚绿幽幽的徽章，呼吸急促起来。他伸手接了，却依然一动不动地站在那里。突然，他将徽章和皮套丢到桌子侧面的铁丝筐里，然后转向合津，仰起头来说道："老实说，对于申请通行证，我一直是十分犹豫的，但是现在我不再犹豫了。合津先生！幸亏您给我看了这份传单，这很及时。所以，这份传单加上您的谈话，让我明白了许多东西，真的，许多东西！"

他将桌子上盖过章的表格认真地推回到合津的面前。

他转身走出了合津的办公室。

维森多夫漫无目的地在街上走着。见到迎面拦着路口的保甲和日本兵，就掉转身向回走。有的地方就在不知不觉中来来回回走了好几遍。

"我这样做，是对的吗？"他自问着，一遍又一遍地反复问着。

直到汗流浃背，甚至有些气喘了，他抬头看到迎面有个大招牌，上面是很讲究的花体字，写着"罗伊屋顶花园饭店"。他猛然记起很久以前听人们说起过这个名字，说是不但饭菜可口，而且每天下午的 Happy Hour，几乎就是上海犹太文化艺术圈的沙龙，在前几年光景好的时候甚至举办过一次上海小姐的选美比赛。他想起今天为了赶早，只匆匆喝了几口咖啡。抬腕看一看表，已经近十一点了，就决定把早餐与午饭合在一起吃了。他四下里看看，却找不到饭店的入口，再走，竟然走到一家电影院里来了。前厅的小生告诉他，这是百老汇电影院，二楼是跳舞厅，要到下午才营业。饭店刚好在楼顶上，是露天的，要从电影院里面右手边的窄楼梯上去。

维森多夫挑了一个靠边上的位子坐下，随便要了一点东西，新烤出的无酵面饼很诱人，金黄色的表皮上面还留着些干面粉，蘸着用来代替鹰嘴豆酱的加了佐料的芝麻酱吃起来很香，面饼很有韧性，在面粉的香味里透出淡淡的橄榄油和柠檬汁的香味，刺激着他的味觉神经。

"喔……"他第一次认真地把注意力放到了这些无酵面饼上，他觉得这饼真是好吃极了！现在，他要仔细判断一下自己的财务状况和维持生活的最基本开销了。于是他在心里粗粗计算了自己现有的钱，想一想即便不走出"隔都"的话，依然可以维持生计，万一不行的话，可以在家里一对一授课，教几个学生，最近已经有不少人询问过，表达了学琴的意愿。他发现事情并不是那么糟糕，尤其是当他想到晓念和小扬时，一股温情轻轻涌上了心头。

对了，还有沃尔特·约内斯！他今天晚上一定会兴冲冲地来找他，谈论未来一起演奏二重奏的快感。

"原谅我！老家伙！"他有些抱歉地想，"我想，我也许从此不会再去申请通行证，不会再去佩戴什么犹太人的特殊标志了！"

服务生开始上菜了。

维森多夫举目四顾，虽是盛夏，尽收眼底的却只有灰瓦与红瓦排出的条条横线与竖线，竟不见一丝绿色。他再抬头远望，只见几个街口之外，一幢土黄色的水泥塔孤零零地高耸着，那样子非常像巴黎圣母院的钟楼。他立即认出了——这就是提篮桥监狱的瞭望塔！说不定在那里警戒的日本兵也正在用望远镜看他呢！三年前，他被捕入狱的那一幕，在一刹那竟与几个小时前站在难民队伍里等待申请通行证的那一幕如同电火相击般地接通了！

"我这样做是对的！没有错！"他对自己说道。

24

一九四四年的秋天在世界大战的隆隆炮火声中不知不觉地到来了。被禁锢在"隔都"里的犹太人本应可以旁观世界大战,如同观看一盘搏杀到了中盘的棋局。但是,日本人严密封锁了一切于自己不利的消息,不但封杀了所有的非亲日的报纸与电台,而且收缴了所有具有短波收听功能的收音机。这样,世界对于这些被强加以"无国籍欧洲难民"称谓的犹太人来说似乎十分遥远。

短短的时间里,茂海路"避难民处理事务所"所在的这一段小街,已经俨然成了虹口地区一个热闹的去处和景观。除去每天来来往往排队办理外出通行证手续的犹太难民之外,在街的对面,一个小型的露天市场应运而生。每天清晨,几乎与难民来到的时间相同,这个市场就开张了。只见紧挨着马路牙子,琳琅满目的小摊儿一字排开,有卖烤红薯的,摇爆米花的,缝衣服钉扣子的,擦皮鞋的,更有一字排开的黄包车队,只要见到有人从合津的办公室里走出来,就一拥而上,抢着拉生意。难民们也都有了经验,通常的情况是先清楚地喊出要去的地点,围上来的车夫们就抢着喊出高低不同的要价,坐车便可以选择报价最低的。最令人惊奇的是,这些黄包车夫都轮番操着上海话、英语甚至是德语。再远一点,是清一色的犹太人,他们支起桌子,变卖衣服皮鞋、帽子领带、书籍唱片以及各色各样的家什杂物。

其中，一位卖茶水的老太太生意最旺，只见在两个小煤球炉上，大铁壶里的茶水冒着热气。炉子边上，一个像抽屉一样的笸箩里装着香喷喷的茴香豆，周围是几条长条板凳。板凳上，经常坐满了喝茶聊天的难民。他们的衣着比从前邋遢多了，出于实用，已经无法顾及外表，有的用围巾上下左右包住头与耳朵，再戴上一顶帽子。至于中国式的棉手套、厚毡帽，则随处可见。起先，人们是因为排队等得累了，到这儿来暖一暖身体，歇一歇腿，久而久之，保甲们索性搬来了一个汽油桶，又弄来木柴点上，这样一来，连那些不喝茶的人，也来凑热闹了。还有些人，在家里或者在收容所里待得百无聊赖，也跑到这里来消遣。于是，这个茶摊儿简直可以说是难民们临时的信息收集处和活动中心了。

几场连阴雨过后，天气先是干爽温暖了几天，接着又是几场冷雨。上海的深秋毕竟是十分阴冷和潮湿的。

这一天，保甲们又弄来了木柴，火一点燃，旋即带来了活力。在明亮的火苗和呛人的烟雾里，人们说话仿佛都有了理由。不但难民们聚上来闲聊，连周围的小贩和车夫也拢了上来。卖水的老太太也更加起劲，吆喝声里居然也加进了发音古怪的英文单词。

又有一个保甲凑上来取暖，他递上一块铜板，老太太随即用一块裁成方块的报纸兜上一撮茴香豆，然后，端上一碗滚烫的热茶。保甲呷一口茶，惬意地眯一眯眼睛。

一个喝茶的向保甲问道："听说这只日本猴子脾气越来越大了？"

保甲道："是啊！昨天只有一半的人拿到了通行证。"

"为什么？"

"为什么？天知道呢！他想给谁就给谁，想不给就不给。你们认识大吉姆吗？就是以前汉堡足球队的那个中锋。对，对！就是他！大个子。他联系到一个家庭教师的工作，教德文。那只猴子说，你的德文这么好，当家教实在是大材小用了。吉姆就赶忙答道，我的德文不好。谁知道那只猴子又说，不好，怎么还去骗钱呢？"

他耸一耸肩，开始喝茶，吃茴香豆。

周围的人话一下子多了起来。

"吉姆是个大个子，我猜啊，合津一定是又嫉妒了。听人说，这家伙个子矮，所以非常讨厌个子长得高的人。"

"这小子说他是'犹太之王'！"

"他要我们叫他'合津一世'呢！"

"这是玩笑吗？"

"什么玩笑，他的表情非常认真！"

一个高的声音气愤地喝道："瞧着吧！我早晚会找机会揍他一顿！"

一个低的声音谨慎地提醒道："说话小声一点儿！听说在我们的人里面，也有为日本人办事拿钱的，把我们平时讲的话，都记下来，然后拿去汇报。比如，'海姆'里的伙食不好，有人骂了日本人，第二天柯哈纳就被宪兵队叫去骂了一顿。"

"'海姆'的伙食和日本人有关系吗？"

保甲把话接了过去："怎么没有关系？现在是战争时期，收容所里吃的东西都是得到日本人点头之后才能配给的。再说，日本与美国打仗，美国那边的救济早过不来了。没听人们讲吗，前些日子，'卓因特'的代表玛格丽斯和她的助手都被日本人关到集中营去了。"

对于到难民处理事务所办理通行证,约内斯总是感到惶恐不安。他并不在乎像许多难民那样,被嘲笑或者羞辱一番,然后拒签。真是那样的话,他的心里反而会踏实些。事实上,合津对待他非常热情,就好像他有什么特权似的。

这一次,约内斯在公共租界里找到一份家教工作,一早就来排队办理外出手续。他的工作是一个星期一次,申请的是长期通行证。

合津二话不说地签了字盖了章,当约内斯正要离去的时候,合津叫住了他。

"莱隆德还好吗?"合津问道。

"好!……还好!"约内斯拿不准合津的意图。

"真奇怪!他居然一次也没有来这里办理过出入证。就是说,他在过去一年多的时间里,居然一次都没有离开过虹口!一位世界级的大师,就这么闲居在家里。"

"他……"

"他平时在做些什么呢?"

"教学生。"

"就是那个陆扬吗?"

"还有几个其他的人。"

"犹太人?中国人?"

"好像都有。"

"就这样?"

"好像就这样。"

约内斯只想赶快离开。

合津从桌子后面踱了出来。

"我一直认为,他误解了我。"

"您是说……"

"我能直呼您沃尔特吗,约内斯先生?"

"噢!当然啦!当然啦!大家都这样叫我!"

"好极了!沃尔特!您明天中午前来这里一趟,我要请您去一个地方。"

他并不等约内斯回答,转身回到桌子后面去了。

第二天中午,约内斯身着正装,如约而至,但他却怎么也没有想到,合津邀请他前去的地方竟是提篮桥监狱,他原先还以为合津要请他吃午饭呢。

"啊!一个人一生难得一见的地方!监狱,监狱就是生死界!"合津迈着悠闲的步子说。

"我,我还以为是……"约内斯诺诺地说道。

"您是我们的贵宾!只有本地的名流才会受到我们的邀请。"合津说。

约内斯跟在合津的后面,举头四顾,看到大门右侧沙袋堆成的掩体和守备士兵的机枪,又抬头看到左面拐角高处的铁丝网和瞭望塔,瞭望塔上的日本兵正在虎视眈眈地盯着他看,约内斯的手心里便真的有点儿出汗。

合津今天穿了黑色的西装套装和擦拭得发亮的皮鞋,领着约内斯从侧门经过一道走廊,进入监狱的天井里。这里一派节日气氛,天井中央的亮处,闲站着二三十位衣着亮丽的日本人,女的都手持一面日本小国旗,男的则在头上扎着写有"大东亚共荣圈"字样的布条。他们正在和当地的媒体记者叽叽喳喳地说笑。

在这一伙人之外，靠走廊还站了十几位客人。合津指点着告诉约内斯，中间的这些人是日本国内来的大东亚圣战参观团，边上的是上海本地的贤达和社区要人，一会儿，井冢明光大佐也会莅临出席。约内斯不由得暗暗叫苦，他把目光转向边上的人群，仔细分辨着他们的面孔，当确实感到这些人一个也不会认识他的时候，心里的石头才落了地。

不一会儿，全身披挂的井冢大佐被三五随从相拥而来。天井里的人们和井冢相互"哗啦啦"地鼓掌，便由监狱长大松博彦引领，从走廊进入大牢，而大牢中的犯人们已经被严命一律盘腿端坐，不许有另外的姿势。

乍看起来，这座双层监狱的每一面，都好像是建在齐胸高的灰色水泥地堡上一般。实际上，这是露出的地下部分。因此，每隔一丈开外，就见得到铁栅护住的气窗。关押重要犯人的单人牢房和审讯拷打犯人的行刑室都在地下，分别由两条很陡的石级通到地面上。地面上的两层建筑，上下都是一间挨着一间的集体牢房。通常一间里关十个八个人。囚犯们不论春夏秋冬，都睡在地上铺的稻草上，大小便都在墙角毫无遮盖的木桶里，身上盖一条灰色毛毯。那条毛毯经过反复使用，早就变得肮脏破旧，腥臭难闻。

不宽的走廊为了安保上的万全考虑，临近天井的那一面都用又宽又厚的木头板封死，只在接近屋顶的地方留了一尺多宽通风的空当。雨天一到，雨水便会从那里溅落进来。到了夏天，不但成群结队的蚊子苍蝇从那里飞进飞出，而且太阳和暑气也会把整座牢房变成蒸笼。

天井，通常是犯人们放风的地方。五米高的围墙上的瞭望塔，正好可以监视犯人们的一举一动。牢房后面的一个小操场，用于士兵和狱卒操练以及处决犯人。它的地势很低，经过一条曲曲折折的台阶小路和穿堂门，和前院相通。

井冢领着所有客人在监狱的上下转了一圈儿，走到地下单人牢房的时候，约内斯陡然认出几个上海犹太社区里人人熟悉的人物，心中随即紧张得透不过气来。他看到了在小牢里坐着的一位几乎瘦成皮包骨的老者，那不是卡恩·斯皮尔伯格吗？他还清楚记得他原来红润丰满的脸和过胖的身躯。显然，他在与日本人的死亡游戏之中到底没有能够全身而退，被日本人丢到监狱里面来了。约内斯有些害怕，但是更强烈地袭上心头的则是羞怯。他想，他这是怎么了？此刻居然和日本人混在了一起，不知情的人看到了，还会以为他是一个不明不白的角色呢！于是，他尽力走在靠外的那一边，只是跟随在人群的后面，趁合津不注意的时候，悄悄地溜回到了地面上。

三十分钟过去，参观完毕，接着是用午餐，用餐地点是看守和保安士兵们的食堂。宾主在几排长条桌子边上落座，由狱卒临时充当的侍应生端上的食物，除去大米饭之外，菜就只有几大盆盐水煮的黄豆和菜干。又等了一会儿，每个人的面前都摆上了一小杯日本清酒和一条盛在盘子里的细长的烤鱼。在这之后，就再也没有其他菜肴了。

井冢明光大佐站起来讲话。

井冢首先为简陋的午餐向大家道歉，他说，作为君命在身的军人，不敢有一丝一毫的挥霍。但是虽说如此，每一位宾客的面前依然都献上了在上海难得尝到的秋刀鱼。井冢说道，在日本，有一句俗语，叫作"秋天的秋刀鱼是不给媳妇吃的"。在全场的笑声里，井冢请大家起立，饮下面前的米酒，为天皇的万岁干杯。

井冢把话锋转向了那十几位在座的上海本地人士。他说,神勇的大日本皇军正在中国、东南亚以及太平洋的大小岛屿上,为了大东亚的共存共荣而浴血奋战,而在被日本当局竭力维持着繁荣的上海,却有人耍弄阳奉阴违的两面手法,用各种各样的理由与皇军作对,对此,他的心里一清二楚。他说,今天请各位与参观团一起参观监狱,也是为了促进大家今后的合作。

简单的午餐一转眼的工夫便用完了。下面的安排是由参观团为牢里的犯人分发午餐的额外加菜——每人一个煮熟的鸡蛋。这是为了表达天皇对自己的子民们,包括那些有罪之人的"恩典"。

一个个灰色的铅皮桶早已在走廊里一字排开地摆好了。煮熟的鸡蛋冒着白乎乎的热气,融在牢房腥臭的空气里。开始的时候,监狱长大松通过架在天井里的大喇叭,向全体犯人宣讲了一通皇恩,并且警告犯人在吃鸡蛋之前,必须先高呼"天皇万岁!万岁!万万岁!"他说完,随即以"天皇万岁!万岁!万万岁"的口号作为结束。于是,在场的全体日本人,就都直直地将两只胳膊举在空中,高呼万岁,然后便兴致勃勃地纷纷走向牢房发鸡蛋去了。

只见记者的镁光灯到处闪耀,参观团的人笑声朗朗,犯人们呼喊"万岁"之声此起彼伏,狱中到处一派欢乐祥和的景象。有的犯人吃猛了,被呛得咳嗽,参观团的妇女就在狱卒的帮助下,用头上安了小竹杯的长柄木勺,从铁栅栏的空隙向里喂水。

约内斯手里拿着几个鸡蛋,却处处躲闪,生怕会一不小心进了摄影记者的镜头。好不容易挨到了地牢那边,合津却突然走了过来,兴致勃勃地说道:"沃尔特,我该给你介绍一位熟人了!"

约内斯的脑子里"嗡"的一下,急忙顺着合津的手向前看去。只见昏黄的走廊尽头，铁栅栏的后面坐着一个面孔消瘦，头发与胡须纷乱的犯人。他的上身赤裸着，胸前和肩膀上都有条条黑疤，两只手在盘坐的大腿之间松松拢着，一动不动竟如一尊雕像。只几秒钟，约内斯便认出了这个人，不禁脱口叫了起来："啊！施奈德！这是盖瑞·施奈德啊！"

约内斯手里的鸡蛋不觉都掉在了地上，他向前跨了几步，却被合津伸手挡住了。

合津慢慢踱到铁栅栏前站住，而施奈德似乎根本没有意识到合津的存在，依然不动。

合津开口说道："知名的犹太华美电台节目主持人盖瑞·施奈德先生吧？"

没有回答。

合津的嘴角动了动，没有再说话。

片刻，他转向约内斯说道："沃尔特，你去！叫他把鸡蛋吃了！"

说罢，他向地上努一努嘴，约内斯看到一个鸡蛋恰好在铁栅栏底下，顿时不知如何是好。

"去啊！"合津叫道。

约内斯觉得周身的血液猛然流得快了，他很想说不，但是终于身不由己地弯下了腰，把鸡蛋拾了起来。

他沉重地向前挪了两步。

"盖瑞！"约内斯动了动嘴角，但是声音太小了，甚至连他自己都没有听到。太阳穴的血管涨得他头昏，耳朵里也"咚咚"地响着。

"盖瑞！"他又鼓起气力叫了一遍。

施奈德沉默着。

"盖瑞！把这个鸡蛋吃下去吧！你瞧，你那么瘦，一定是营养不足！"

他说完这些话，便随即有些自责。这里是监狱啊！这里是让活着的人死去或者生不如死的地方啊！怎么会在这里谈什么营养呢？

"噢！不不！我是说，我的意思是说……你一定要活下去，你一定要活下去！"

说完，他觉得自己也被刚刚出口的这些话激励着变得勇敢起来了，眼睛里不由得涌出了细碎的泪花。

他清了清喉咙，说道："盖瑞，这真是太好了！太好了！我们还都以为那天晚上，你遭了不幸呢。把这个鸡蛋吃了吧，无论如何，你的身体需要它。"

接着，他便用那只由于经年累月地拉琴而指头尖变得粗胖扁平的手，托了鸡蛋，从铁栅栏之间的空隙郑重地伸了进去。随即，白色的蛋壳反射了走廊顶子上的灯光，倒映上去，使得施奈德的眼睛里各有了一点亮亮的光斑在跳动，这立刻使得他的面孔充满了动人的光彩。

"我一定会告诉大伙儿，告诉大伙儿，你还活着，还活着！"

约内斯感动得几乎泣不成声，呜呜噜噜地说。

施奈德终于转过头来看了看约内斯，他依然沉默着，但表情却变得柔和了。

站在一边的合津脸色铁青。

"合津先生！施奈德先生，他是好人啊！好人啊！"约内斯的口气中带着哀求。

合津再也忍不住了。

"这就是我要你说的话吗？"他咆哮着，抬手抡起巴掌，猛然劈在约内斯的脸上，随后一把夺过鸡蛋，转身向施奈德的嘴上直直戳了过去。鸡蛋顿时碎了，破碎的鸡蛋沾满了施奈德的嘴角和胡子，他的嘴唇和腮上也都被鸡蛋壳的碎片割破了。渗出了殷红的血……

25

一整天了，陆晓念的心里都是七上八下的。白绿黑打了好几次电话，让她一定要到犹太文艺俱乐部来一下，说是有重要的事情告诉她。白绿黑说，他本来想申请通行证亲自来找她，但是合津这两天似乎情绪反常，就把气都撒到申请通行证的难民身上来了，今天差不多只批准了三分之一的人。

陆晓念有一种隐约的预感，就是白绿黑要谈的事一定是有关施奈德的，她不敢多问，生怕是不祥的消息。三年前和施奈德在路上分手时候的情景还清晰地停留在她的眼前。那天晚上，公共租界和法租界里都死了不少人。日本兵对任何做出反抗甚至对于"皇军"的命令稍有迟缓的人都立即开枪打死或者用刺刀刺死。后来，她与白绿黑也不断地四下里打听，也去提篮桥监狱查询过，都没有结果，但是她的期望依旧。

白绿黑瘦了不少，那顶红色的大软帽也不见了。他告诉她，这两年来的生活变得越来越难了，他半年只卖出了一幅小水彩画，画的是南京路上的黄包车。他说，这是他所卖的画里最受欢迎的题材。来到上海的犹太难民，有许多在日本人和美国人开战之前转到美国、澳大利亚、巴勒斯坦或者南美洲的一些国家去了，在走之前好几位买了他画的黄包车作为纪念品，他们说这是在上海生活的形象记忆。他说，尽管眼下生活艰难，但是他还是乐观的，将来等战争结束了，他打算开一家"白绿黑工艺品公司"，黄包车是他纪念品设计上的一个招牌式的内容。他说，他做了研究，黄包车原来是日本人的交通工具，叫作"人力车"，传到中国之后，被中国人叫作"东洋车"，后来由于车篷子漆成了黄色，渐渐改叫"黄包车"了。他还补充道，英语里面的"Rickshaw"，其实就是从日本话的发音来的。他爱上海，所以主张以后英语里的"Rickshaw"应该改为"Whangboochek"。

"你不是说有重要的事情要告诉我吗？"陆晓念故作平常地说，"关于盖瑞的消息，对吗？"

"晓念！"白绿黑停住了，一下子变得严肃起来，说话的音色也变得深沉了。

"晓念！应该说还是好消息！盖瑞，盖瑞还活着！"他的两只精瘦的大手伸出来，紧紧握住晓念的手。

"他在哪儿？"晓念惊喜地问道。

"就在提篮桥监狱里。"

"我要去看他！"

"先别着急，我们得想想办法。因为他关的地方是地牢。地牢……对不起，晓念！地牢是关押死囚的地方！"

他感到她的手抖了一下。

"那是不是说，他是要被枪毙的！"

"喔，不一定，也许没有那么糟糕！不一定会被枪毙，但是会一直关到死，永远没有出狱的可能。还有，因为死囚是单独关押的，所以我们才一直打听不出他的下落。"

"可是你现在的消息又是从哪里来的呢？"

"沃尔特·约内斯先生！"

"约内斯先生怎么会知道的呢？"

"这是他亲口说的。"白绿黑耸一耸肩，"他心里好像有什么事似的。"

"我这就找他去！另外，也顺便去看看维森多夫老头。"

提篮桥监狱探监的日子是每隔一个星期的礼拜四。这天从早上起，监狱门前就有上百人排起了队。人们低声相互询问，叹息着，寻找着安慰。此刻，陆晓念也在队伍里面站着。

这些日子，她打听到了一些监狱里面的情况，例如，外国人和中国人是分开关押的，放风的时间也是分开的。对于重犯和政治犯是不准探监的，这些人的放风时间也和一般的犯人分开，但是有的时候会偶然放在一起，例如，因为天气的变化造成的临时调整，等等。陆晓念是多么希望能遇上这样的偶然啊，她想见到施奈德，哪怕远远的一瞥也行。

她在填写探监申请表的时候，在准备要探望的犯人那一栏里填的人名叫保罗·瓦萨曼。她根本不认识这个人，这个机会是白绿黑和她在监狱外面那间小咖啡店里花了两个礼拜四的上午，好不容易找到的一位愿意帮忙的犹太妇女提供的。她还记得陆晓念在收容所的大食堂里面教大家说上海话的情景。保罗·瓦萨曼是她的哥哥，两个月前因为倒卖打火石而被关进监狱。陆晓念给了她一些钱，她便同意让给她一个礼拜四，她还详细地告诉了晓念一般的探监过程：来探监的人们进入监狱的大院子之后，贴墙排队等候。犯人们来到院子里放风的时候，会被带领着走过探监的人面前，这时候，他们可以进行简短的交谈，但是如果有什么东西交给犯人，则必须得到看守的同意才行。

九点钟了。监狱大铁门旁边的一扇小门打开了。荷枪的日本兵和黑衣的警察叫喊着开始放人,每个人都受到了检查,然后被领到了墙边。陆晓念的心里惴惴不安,不由自主地将手中施奈德的一件外套捏得很紧很紧。这件外套是施奈德以前常常穿着的。出事之后,晓念又一次去了他那间十六平方米的住处,她设法弄开了门,然后花了一整天的时间收拾好了他所有的东西,将它们搬回到自己圆明园路的家里用心保存着。

犯人放风的时间转眼到了。探监的人群里刹那间掀起了一片哭喊声,随即如同决了堤的水一般向前涌去!于是无论是黑衣服的警察还是穿着木拖鞋的狱警,全部抡起了细长的毛竹竿劈头盖脸地抽打下来。人们尖叫着,又退回原来的墙根去了。

陆晓念有好几次被挤得差点儿摔倒,但是一直目不转睛地盯着犯人的队列,遗憾的是她却始终没有发现施奈德的影子。她猛然想到,面前这一个又一个的面孔,一定也曾经是英俊美丽的吧?三年了!三年的铁窗生活,她的盖瑞一定被折磨得不成样子了!

"嗨,你,出来!你是来探谁的?"一个黑衣警察用竹竿指着她叫着。

陆晓念一慌,竟忽然忘记瓦萨曼这个名字了。嘴巴张了几下,越发答不上话。那警察上来一把揪住她的衣服,将她连推带搡地押向门口,最后,猛地一竹竿抽在她的背上。

就这样,陆晓念探监的尝试失败了。这事看来除了用金钱买通关节之外就没有其他好主意了。但是,除了监狱长大松博彦,还有谁是可以打通的关节呢?

一个月飞快过去了。一筹莫展的陆晓念却终于在一个偶然的事情上面想出了主意。那一天，慈济卫生院里面有病人去世，到了中午，搬运死尸的马车来了，停在了医院的后门口。陆晓念在无意中听到了那两位车夫兼搬运工的闲聊，他们抱怨提篮桥监狱里那些迷信的日本人，要求他们只能在深夜里搬运尸首，而那时正是宵禁的时间，需要特殊的通行证。陆晓念留了个心眼儿，后来她了解到监狱里面有人死去，的确是由这两个人搬运的。陆晓念蓦然有了主意，便恳求他们在下一次去提篮桥监狱搬运尸体的时候将她带进去。她再三恳求，又是买酒又是塞钱，那两个人终于被她说动，答应事先将她藏在裹尸袋里面混进去。陆晓念决心已定，又找到约内斯不动声色地问清了施奈德囚室的确切位置，到最后才把自己的想法告诉了白绿黑，请他和她一起去，然后藏在监狱的外面做个以防万一的照应。

又过了一个星期，机会终于来了。提篮桥监狱死了三个犯人，当晚要拖出牢房，直接运到贝尔开路坟山去。陆晓念事先准备妥当，便和白绿黑一起，按照那两个车夫所要求的，换上了黑衣服，到了晚上，便在提篮桥监狱小操场后门外的土路边藏好，等着会合。

两个人随着马车走了一百多米，马车突然无声地停住了。大家也都停住了，谁都没有说话，静静地站着。陆晓念明白是时候了，心中猛然一阵慌乱。直到这时她才感到，事到临头和凭空说说竟是这样的不同。她并不惧怕警卫的盘查，但是一想到进去的时候要钻在裹尸袋子里面，出来的时候又要将自己混在死人堆里，喉咙突然发紧，口腔里涌出大量的唾液，竟无论怎样也咽不回去，两条腿也抖得厉害，半天无法挪动。

那两个赶车的依然不说话，也依然不掉过头来，甚至依然在车上坐着。显然，这个姑娘是什么人，她要去看的又是什么人，她又为了什么要这样不顾死活地去探望死牢，都不在他们的关心范围内。做着这种职业的人经年累月和死人打交道，心大都变得坚硬如铁，眼下只是因为收了钱，要付出与这些钱相应的一份辛苦和冒险，那举止又仿佛在无声地表示："你看，不行了吧，一个姑娘，我早料到的！"

"晓念！你还可以吧？"白绿黑小心翼翼地低声说道，"时间到了，他们在等着……"

他感到这句话多少带着些残忍的意味，于是赶忙又添上一句道："要不，我们这次先回去，总会想出其他办法的。"

陆晓念一听这话，反而受了激励，心中的畏缩骤然消失，人也随之放松下来，她轻声说道："对不起！这两位先生给我帮帮忙吧！大卫，太危险，你回去吧！"

当她咬紧牙关钻进那盛过无数死人的黑色大口袋的时候，几乎真的要呕吐了。那种无法形容的腥臭熏得她几乎窒息过去，头痛欲裂。她尽力按照那两个车夫的叮嘱，将身子蜷在一起，她感到身上又压上了什么掩盖的东西，那些东西同样散发着恶臭。她小心翼翼地动一动脸孔，尽力给鼻子的周围留出些空间来，这一刻，她的下巴突然硌到了什么硬邦邦的东西，她想起来，那是她缝在衣服里面打算带给施奈德的奶油太妃糖！

"盖瑞，亲爱的，我来了！"她在心底呼唤着。

一切顺利。马车进了提篮桥监狱的后门，接着是依稀的说话声。值班的日本人非常迷信，交代了三个死了人的囚室的号码，要他们自己径直去找狱卒开锁，然后就趿拉着木板拖鞋"当啷当啷"地走了。车夫随即将陆晓念放了出来，其中一个人急切地说道："就是这个门洞，直接下去就行，千万不要出声！只有三分钟的时间，最多三分钟！然后趴在门洞里面的台阶上等着我们！小姐！您要是出了差错，我们就都活不成了！"

陆晓念沿着陡直的石级向下走，她几乎是像坐滑梯那样两手撑着滑了下去，她记得约内斯给她提醒的位置——尽头，最后一间，单人牢房。

"盖瑞，盖瑞！"她小声叫了两次，嗓子里便热辣辣的不能言语。这一刻，她突然连最坏的可能都想到了！

蓦然，她听到一阵窸窸窣窣的声音，同时，借着台阶上穿堂里面漫过来的昏黄的灯光，她看到一张既亲切又陌生的面孔如同在梦中或者如同幻觉一般，浮现在黑色铁栅栏的那一边。

"盖瑞！"她几乎要尖叫起来，但是极力克制着，"是你？是你吗？"

她费力地将手臂伸进栅栏的间隔，那些间隔很窄，她的袖子都堆在了一起，挤在了外边。她用双手抚摸着他草丛一样的长头发和长胡须，带着无限的柔情和酸楚。这是她陌生的他，又是她最最熟悉和最最亲切的他啊！

"太好了！你，你还活着，还活着！是你，对对，这就是你啊！我梦到过的！真的，常常梦到过的！我等着你，一生，一生等着你！"

她急匆匆地，语无伦次地，甚至疯癫了似的喃喃说着。几年的话，一生的话，仿佛要在这一刻全部说尽似的。

"晓念，晓念！是你？感谢上帝！"他也热烈地说着，脸上露出惊喜的光芒，"你是怎么进来的？太危险了！"他担心地摇着她的手臂，"你一切都好吗？"

"好好，你呢？他们一定打你了吧？"她清醒过来，泪水也随后淌落下来,"我很好,小扬、老维、约内斯、白绿黑都好!日本人搞了'隔都'。"

"我见到了约内斯。"

"我知道,所以我才知道你在这里。日本人快打败了!"

她突然想起了那些糖。

"差点儿忘了,这是糖,牛奶糖,给你的!"她用抖个不停的手使劲撕开衣襟和袖口,匆匆将糖兜起来递进去,"快藏好,都没有糖纸,剥了,怕他们发现。脏一点儿,不过,你需要的。"

头上传来马车轮子的隆隆声。

"差点儿忘记告诉你了,雅各布的信我已经销毁了。"他平静地笑了一下。

"噢,对对,我也差点儿忘了,你妈妈的项链在我这里,保存着。"

"时间到了,我一定还会来,你要保重!"她突然哽咽着说不出话来了。

"看着我,晓念,看着我啊,向我笑一笑吧。"他说。

他的表情一下子变得顽皮,这是她多么熟悉的啊!那天夜里,在街角上分手的时候,他不也是笑着,说着同样的话吗?

与此同时,他将双手伸出铁栅栏,每只手的五指都张开着,与晓念迎上来的双手拢在一起,手指紧紧贴着手指,手心紧紧贴着手心,正如他们的拥抱和亲吻。这一刻,晓念似乎感到,他的生命和他的勇敢就这样带着滚烫的热力进入了她的身体里面。于是,她寻找着他的眼睛,目不转睛地注视着他,也露出了笑容,同样长时间地,热烈地微笑着。

终于,她轻轻说道:"我,该走了。"

26

自从约内斯在提篮桥监狱挨了合津的巴掌以后，他的乐器行接连很多天都没有开门，至于那个雇来的员工，则因为乐器行生意日益惨淡，不久便被辞退了。有人打来电话，他的回答一律是病了。但他还是不时跑下楼来，从后面进到店里，在柜台那儿坐一会儿，然后就像一条受了伤的老狗那样，闷着头回到楼上去，在上楼梯的时候故意把阶梯踏得很响。

他的左脸被合津打过留下的淤青早已经消了，但是隔三岔五地，他会把自己塞进那间堪称"迷你"型的卫生间里，对着镜子做出几种不同的表情，有笑的，有阿谀和谦恭的，最后一种则严肃得近乎威武。他认定这才是今后要给自己的为人处世定下的基调。

"这只日本猴子！"他低声骂了一句。

他是个谨慎了一辈子的人，连大提琴拉出的音色也是宽厚的。而那天，他居然被身材矮小的合津康弘当众抽了嘴巴，他被打得在原地转了一个圈，要不是及时抓住了牢房的铁栅栏，他肯定会跌坐在地上的。最具讽刺意味的，他还是以贵宾和本地名流的身份出席的这次活动呢。所以，这段时间以来他的头脑里正发生着变化。原本，他对于维森多夫拒绝了通行证，不愿走出隔离区的做法颇有微词，而如今却在心里暗暗生出敬意。

这一天，楼下的乐器店有人敲门，固执地敲着。约内斯只得走下楼来，看到店门外站着的竟然是维森多夫。

"看来我还是离不开你，沃尔特！"维森多夫把一瓶红酒很响地放在乐器店柜台上说。

"瞧，司契派蒂诺。[①]晓念和小扬昨天来看我了，这是他们带给我的。这种意大利酒在欧洲早已经找不到了，而上海居然还有！"维森多夫说道。

约内斯快乐得几乎要叫起来了。但他还是没有显露出来，只是说道："是啊，上海，真是令人难以置信的地方！"

两个人随即上楼来。维森多夫并没有听说约内斯在监狱中的事，他来找他，是为了在难民收容所举办募捐音乐会的事。因为自从犹太难民被强制迁入了"隔都"，所有难民的收容和救济组织就都受到了日本人的严厉管控，至于美国方面的援助，尤其是美国犹太联合分配委员会供应的钱款和物资都必须经过日本人的手，没有任何商量的余地。

为难民搞几次募捐演出，是柯哈纳想出的注意，呈报给日本人备案后，柯哈纳就找白绿黑他们商量，筹备工作由犹太文艺俱乐部与难民收容所合力负责，地点选在第一难民中心收容所后院的大食堂，就是当年陆晓念教难民说上海话的那个地方。

所有的人都想到了维森多夫和约内斯，希望请他们奉献一台专场。然而，见到老朋友之后，约内斯的言谈却令维森多夫有些摸不着头脑。

[①] 司契派蒂诺（Schioppettino）：一种并不流行的意大利红酒，在历史上这种酒曾经十分走俏，但是命运多舛，天灾人祸不断，在两次世界大战期间，葡萄园曾被放弃并停产。

"我是说，莱隆德！一个人的命运是由什么决定的呢？人们都说是性格，那么，性格可以改变吗？"

"沃尔特，我们真的是有很长时间没见面了，这段日子你是在研究心理学吗？"维森多夫开着玩笑问道。

"心理学？心理学可是一门诡计多端的学问啊！比如，巫师和算命就是心理学的一个极端的体现。"

"是不是你近来遇到了什么不寻常的事情引起了你的思考？"

"是啊，是啊！"约内斯随即叫道，他几乎就要向他和盘托出监狱的事情了，但他到底还是难以启齿。

维森多夫并没有察觉到老朋友的这些微妙的变化，加上看到他的好心情，便顺着他的话开起玩笑来了。"从心理学的角度讲，音乐能够使人产生心理上的某些变化，从而影响到情绪和行为。比如，这些人可以拿出钱来，放到某一个指定的箱子里面去。"

"啊哈，我就猜到了！你今天来找我，是以前我们谈话题目的继续，只不过双方的位置颠倒了。这次是你服软了，要我一起去拉琴挣钱了，对吗？我可以肯定，你想的方法比我那个时候讲给你的还要糟糕。你要干的，一定是在街头墙角或者什么地方，面前放一个空盒子或者琴匣子什么的——啊！帮帮我们吧！对吗？小提琴大师维森多夫先生！其实，我们可以在箱子上再贴一张巴赫或者贝多芬的画像什么的，那就更能够影响看热闹的心理了，怎么样？"

"对对，好主意！再贴上个音乐家的画像啊什么的。"

"可是，我要说，不，我不去！真是太抱歉了！"约内斯快乐地叫着，同时摊开双手，动作就像舞蹈家那样轻盈，"你真是我的好朋友！老家伙！看来你这次来找我，就是想让我报复你呢！"

维森多夫不再开玩笑,把收容所与文艺俱乐部的打算说了。他知道约内斯生性谨慎,原打算好好费一番口舌说服的,但是约内斯酒后的一番乱谈让他摸不着头脑,便不安地期待着。

约内斯收起了笑容,正色说道:"你打算演出些什么东西?"

维森多夫道:"我本来想到你我一起拉过的勃拉姆斯和贝多芬的二重奏,但这次还是通俗的最好。"他停一停,不禁笑了,"其实,我还记得当初我刚刚到达上海,走投无路,去'黑天鹅'酒吧应聘的时候那位老板娘的话,后来我想一想,她说的话并非完全没有道理,所以,为了给大家尽可能多筹些款,我们宁可通俗一点好。另外,这是前半场的安排,除去随意的捐款之外,后半场,专门用来由观众点出希望听到的曲子,每个曲子的捐款数从一百元起。"

"好啊!就像在慕尼黑的时候一样!但这次我可要坚持一件事,就是一定要加上一首或两首以大提琴为主奏的犹太主题的曲子,怎么样?"

"你的意思是……"

"我的意思是:我是犹太音乐家。"

"但是我们要好好算一算演出时间。"

"我想专门演奏犹太题材的曲目,比如,布鲁赫的《寇尔·尼德莱》,如果还有时间,或者再加上勃洛克《希伯来狂想曲》的第一部分或者第二部分。"[①]

[①] 布鲁赫《寇尔·尼德莱》:犹太人在"赎罪日"对《托拉》经文的祷唱,被很多人改编为器乐曲,其中以德国作曲家马克斯·布鲁赫改编的大提琴和管弦乐的作品最为流行。勃洛克《希伯来狂想曲》:犹太作曲家勃洛克在看到一尊所罗门的雕像之后受到感动创作的大提琴协奏曲,所以常常被人们称为《所罗门狂想曲》。

维森多夫喜出望外，但是又说道："这次我们没有钢琴也没有乐队，如果是演这样的东西，我一把小提琴帮不上你的忙啊！"

"没关系！《寇尔·尼德莱》我一个人就对付了。《希伯来狂想曲》嘛，就只演奏第二段吧！没有问题，你只要在一开始单簧管进来的时候用小提琴代替弄几下就差不多了！这样，两个加在一起总共才十二三分钟。"

"这个曲子我不熟，记不清楚是怎么一回事了，你有总谱吗？"

"哦！当然！我一会儿就找给你。"

"沃尔特，你和以前不太一样了，这些日子你一定有什么事情没告诉我。"

"没什么没什么，这些日子我常常一个人坐着，静静坐着，和自己的影子在一起。"

"还是应当散散步什么的，散散心。"

"是啊！但是散步在这里是一件非常奢侈的事情了。到处是人，不论你走到何处，你的前后左右都是人，这就是隔离区，就是说，是一个罐头盒子，一切东西都是按照这个罐头盒子的最大容量塞进来的。你一定听说了现在犹太人中的一个笑话了吧：'喂喂，我为什么总在电影院里碰到你啊？''是啊！因为这里的人最少，最清净！'"

也许是酒精的作用，约内斯渐渐激动起来了。

"哦，对了，记得赫尔茨先生吗？就是四年前你们的电台节目里，问你熟悉不熟悉中国音乐的那个胖胖的赫尔茨。他为了养家糊口一直在日本军用码头那边的工地干力气活。他因为花了许多钱给女儿治病，日子过得十分艰难，他一直在码头上当搬运工，他说，最近干的粗活儿是向江岸的工地运石头，日本人为了提防美国人从海上进攻，在沿江修炮台。"

"怎么会不记得，记得啊！他以前好像是德国一家唱片公司的推销员，后来在法租界里一家也是销售唱片的店里面做工，他还说他也和我一样，是乘同一班邮轮到上海的。"

"你是说'绿伯爵号'。"

"对，'绿伯爵号'。我还清楚地记得船长的名字叫作塞尔吉奥·法布里亚诺，在我们聊天的时候，他告诉我他是八分之一的犹太人。"

"是啊！对对，说的就是塞尔吉奥！塞尔吉奥·法布里亚诺！赫尔茨告诉我的。"约内斯指一指酒杯，"刚才你说起意大利红酒，我就想起了这个意大利人。"

"你说的，我不太明白。"

"我要说的是，他死了。"

"什么！为什么？"

"被日本人打死了！"

"因为他的犹太血统？"

"倒不是的。你知道吗，他，哦，应该说他们，就是说，那些船员一起，他们干了一件非凡的事情，他们把'绿伯爵号'弄沉了！沉在了黄浦江里！"

"为什么呢？'绿伯爵'！"

"原因是意大利宣布退出了轴心国，宣布和美国、英国站在一起了。所以，在世界上凡是轴心国控制停泊的意大利船都不约而同采取了行动，几乎在同一天，明白吗？同一天，把船凿沉了！理由是不想让这些船成为法西斯们的战争工具。英雄！了不起！了不起啊！"

维森多夫问:"这么大的事情,为什么广播电台和报纸上一点消息也没有呢?"

"日本人当然不会讲啊!因为就在他们的眼皮底下,就在日本人汇山码头的船坞边上,秘密的,只是当船体开始倾斜下沉的时候,日本人才感到出了大事。"

"他说,把船凿沉的时候,他们偷偷地举行了仪式,和'绿伯爵'告别,他们都肃立着,默哀,都哭了。这些勇敢的意大利人!"

"'绿伯爵'!一艘伟大的邮轮啊!真正的贵族!"

"哦!这些意大利人在和'绿伯爵'告别的时候,本来是想唱意大利的国歌的,后来想起臭名远扬的墨索里尼,就没有唱国歌,而是唱了威尔第的歌剧《纳布科》里面的合唱。"

"Va, pensiero, sull' ali dorate?"①

"正是。"

两个人都沉默了。

先是一个人,接着两个人不由得低声地一起唱了起来。

飞吧,让思念,乘着金色的翅膀,

去到那深山溪谷的地方,

那是我们亲爱的家乡啊,

那里散发着甜蜜和芬芳……

---

① Va, pensiero, sull' ali dorate:"飞吧!让思念,乘着金色的翅膀",威尔第的歌剧《纳布科》中希伯来奴隶的大合唱。这首大合唱气势雄伟,充满感人的爱国主义情怀,被后人称颂为意大利的第二国歌。

就这样静静地对坐了好一会儿，烛光照出两个人眼睛里闪动的泪花。

"那后来塞尔吉奥又是怎么死的呢？"

"日本人把他们关在工地的一个工棚里面，白天强迫和赫尔茨他们一起在江边搬石头，当苦力，他们没有吃的，连刮胡子刀都没有，就是因为刮胡子刀的事情，塞尔吉奥去找日本人讨说法，最后争吵起来了，日本人说不能给他们可以攻击人的武器。真是荒唐！"

"他们说，他死得非常悲壮，就像意大利歌剧里的情节一样。"

"日本兵用枪托和棍子打他，他终于发怒了，大骂起来，他是用意大利话骂的，那些日本兵都听不懂，都大笑起来，还以为他是疯了，在唱歌演戏呢。这让他觉得日本人在戏弄他，这就更加让他感觉受了侮辱。

"日本人先是打他，然后开枪了。这时候受了伤的他真的开始唱起来了，当然，吃力地站着，断断续续的，一直到断了气，他依然没有倒下，靠在工棚的木板墙上，依然站着，他是站着死的！"

"他依然站着。"维森多夫低声重复着。

"在'绿伯爵号'快到上海的时候，我们在甲板上聊天，他就向我唱了《纳布科》里面的咏叹调 *Dio di Giuda*[①] 来表达自己想说的话。"

"哦？"

"那些没有死的船员呢？"

"他们原先住临时的工棚，塞尔吉奥死后不久，就被转押到敌对国侨民的集中营去了。"

---

① 详见第11页注①。

约内斯将杯子里的红酒一饮而尽。"人们都说，如果你无法反抗，可以选择沉默，但有时候我想，沉默成了习惯，就会永远沉默下去。"

"那么，你是说……"

"打个粗俗的比方吧，在清洗酒杯的时候，你向一套酒杯里面倒热水，噢，喏，就用这个酒杯吧！"他把空酒杯举起来，"这个酒杯没有炸裂，有了这个经验，你以后也会如法炮制，在洗杯子的时候，会向其他酒杯里面同样倒热水进去。如果这其余的酒杯里面有一个杯子炸裂了，你一定会说，哦，这些酒杯的质量可真不好。但是如果从一开始的时候，这第一个杯子就炸裂了，你反而不会埋怨酒杯的质量，只会责怪是自己的粗心大意，从此一定会对那其余的几个杯子加倍小心，加倍珍惜了。对吗？"

约内斯在自己刚刚喝空了的酒杯上轻轻敲了一下，"这就是说，这个炸裂的杯子，为其他玻璃杯们赢得了尊严。"

"我现在完全明白你刚才说的为什么一定要拉一两首犹太主题的作品了！但是我们不能指望每一个人……"

"哦，不不，我并没有指责别人，我只是说我自己。记得我还曾经和你说过呢，要接受犹太人生存中苦难的现实，可我近来一直在思考这个问题。"约内斯有些激动，他站起来给自己和维森多夫又倒上酒，然后一字一顿说道，"如果说沉默是我们为苦难付出的代价，但是沉默是不会改变苦难的。苦难会永无休止。"

"你是说，所以，所以要发声，哪怕是微弱得很难听到？"

"难道你不是已经发声了吗？你已经反抗了，反抗了！不是吗？你没有沉默，你不是已经拒绝去申请通行证，宁可不走出隔离区了吗？"

"哦，不不！艺术家往往是理想主义者，想一想，你总不能让每一个人都放弃忍受与沉默吧？有些时候反抗无异于死亡。"

"你知道吗，上个月，我被当作特约嘉宾陪同日本国内的参观团参观监狱了。我是贵宾啊！你猜怎么着？我见到了施奈德！你猜怎么着？和塞尔吉奥一样，这是另一位英雄！"

激动的约内斯终于向老朋友说出了他在监狱的"贵宾"故事，然后继续着他滔滔不绝的话语："我钦佩他们！因为他们都非常勇敢。所以我这些时候一直在想，当命运来临的时候，是不是每个人都会选择勇敢呢？"

27

陆晓念做出了平生最大的一个决定——参加慈济卫生院向苏南农村派出的巡回医疗队。实际上，卫生院已经在两个月前向那些村庄派去一支医疗队了，这次是紧急情况下的一次支援行动。原因是日本侵略军在苏北和苏南地区的军事行动连连受挫，便在整个江苏地区采取了极为野蛮的"三光"政策。阴潮多雨的天气加上环境的破坏使得蚊虫滋生，于是许多村庄疟疾、痢疾大面积流行，更可怕的是还有的村庄里出现了霍乱，所以，卫生院再次派出两个巡回医疗队，每一队是八个人，主要的工作是帮助这些村庄里的百姓防御和治疗流行病，帮助他们改善环境卫生，而医疗队的药品不足，所以慈济会除了向上海的红十字会再三争取药品之外，也想尽办法备下了大量的中草药，以备不时之需。

行装几乎是现成的，唯一要做的是安排好弟弟小扬的生活。在慈济会第一次组织下乡巡回医疗队的那段时间，她曾经两次向小扬试探，都遭到了他的坚决反对。他的反对并不是出于自私，而是为姐姐担心。现在，她生怕自己会又一次心软下来，便一直瞒着，直到最后时刻，来到"隔都"里找维森多夫。实际上她也同样不是第一次向他提及这件事了。

最后的话题自然转到小扬的身上。她把给弟弟的一封信交给维森多夫，请他在适当的时候转交。维森多夫郑重地用双手将信接过去了。

"遇到他不对的时候，您不用说得太多，一两句话提醒一下他就明白了。另外，我也留下了足够的钱。"

"好的！好的！他有的时候可以住在我这里。你瞧，这个沙发够长了。再说，我这个老头也很寂寞呢！总之，他在一天一天长大，连我都感觉很明显。"

他送她走到街上。

"他的确长大了！就像一棵竹子那样，在夜里都可以听到拔节的声音呢！"

她放慢了脚步，轻轻地、宽慰地笑了。

"您猜怎么着？"几个月前，他突然一本正经地向我说，"希望我在进他的房间前一定要敲门呢！"

维森多夫望望晓念，分明从她的口吻里听到母亲在谈论儿子的时候才会有的那种自豪与欣慰。而她也才是个刚过二十岁的孩子啊！

"你说话的口气就好像是他的母亲呢！"维森多夫说道。

"您知道，中国有这样一句老话，叫作'母亲不在，姐姐就是半个妈'。"

"那么你也这样觉得吗？"

"可不是嘛！有些时候，我觉得我已经很老了，有四十岁！"她自己笑了起来。

"那么他也有这样的感觉吗？"

"你是说，他也把我当作老太婆吗？"

"当然是指他也把你当作半个妈呀！"维森多夫也笑了起来。

"我想是吧！但是他表面上不露出来。所以，他盼望着赶快长大，好变得老练起来，但是做不到，所以有的时候会发脾气，我行我素。"

又说到音乐了。

"他的技术上我很满意。他是完全可以在一流的舞台上独奏的。我真希望能有一天坐在台下亲耳听他的音乐会呢！在许许多多的听众面前演奏，那种感觉是完全不一样的。一个好的演奏家必须有这个经历才能最终成熟起来，就像一个教徒最终接受了洗礼。"

"您说起洗礼，我小的时候爸爸带我们去过教堂，老维！我觉得唱诗班的唱诗真美啊！"

"是啊！是啊！你又说到另一个问题啦！其实小扬也需要听听圣咏，只是在这里似乎做不到，但是这对于他体会西洋音乐非常重要！"

说话间他们走到华德路边"指定居住区"的路牌附近了。

维森多夫情不自禁又把话题转到了晓念这次参加苏南巡回医疗队的事情上："苏南？苏南确切在什么地方，离上海有多远？很遗憾我不熟悉中国的地理。"

"在上海的北面，好大的一片地区，就是江苏的南部，江苏是中国的一个省，在上海的北面。"

"我可以再问一下吗，告诉我，你这次去有危险吗？我很担心，我是说，日本人知道你们的医疗队会在那些村庄里工作吗？而且，倘若医疗队的成员仅仅是女性或者人数过少，会不会非常危险？"维森多夫询问道。

"日本人倒并不反对，甚至还询问是否需要帮助。据轮换回来的人说，对这些流行病，日本人吓坏了，日本人最害怕霍乱了，他们管这叫作'虎烈拉'，叫法和英文发音差不多。另外，我们的原则是集体行动，所以，您放心吧！我们是安全的，关键是不要因为自己的大意也染上流行病。"

维森多夫点点头。

"孩子！"他抬头望一望头上"指定居住区"的路牌，"我不能再送你了。"半晌，老头轻轻说道。

晓念道："老维！你也要多保重自己！"她想用笑一笑来冲淡自己百感交集的心绪。但是正因为如此，她的笑容反而带上了一本正经的味道。

他们默默地长久地拥抱着。

维森多夫明白她的心情，说道："瞧！你的精神状态很好，这说明你成熟多了。"

"我发现人的成熟其实是跳跃式的，好多好多的事情，忽然一下子，就什么都明白了！您可能仍然会觉得，或许我是因为在监狱里见到了施奈德，受了刺激，要逃避一下现实的环境，换一换心情，或者相反，一下子变成一个行为非常激烈的人了。"她好像十分了解他的思想活动似的，"当然不是这样的！不过，在死牢里见到他让我明白了什么是勇敢。"

"太有意思了，这是我这些日子里第二次听到有人向我谈起勇敢！约内斯说，勇敢，是人在命运的挑战面前的一种态度和选择。"

她走出很远了，但是知道维森多夫一定还站在那里，就回过头去，果然看到他还站在"隔都"的路牌下面。他看到她停了，便远远地挥一挥手，示意她放心地离去。

现在轮到维森多夫琢磨怎样才能用最恰当的方式将这件事告诉

陆扬了。

下午，陆扬准时来上课了。

"扬！外面的天气好吗？"维森多夫问道。

"好极了！"陆扬将手中的小提琴放在椅子上面，说道。

"街上一定非常热闹吧！我想和你一起去个有意思的地方。"

"去'屋顶花园'吗？"

"啊哈！那是上完了课再去的地方！"

维森多夫领小扬去的地方是一家专门给人做文案服务的小店，店里一位穿长衫、戴老花眼镜的先生总是坐在一把硬木椅上，似乎一年四季都没有移动过。他的服务包括替人书写信函，红白告示，以及所有需要使用文字的东西。没有生意的时候，他便创作书法。维森多夫偶然发现了这个地方，来过几次，每次都是津津有味地看他写字，感到他用笔的方法，由胳膊传达到手指的力度和小提琴运用琴弓的方法十分一致，所以感受极为深切，只是碍于语言，无法交流。

"请他写一幅书法，尺寸和字的样子都要那样的。"维森多夫对小扬说，又用手指一指边上的一个条幅。那些写好的字都像晾着的衣服，用小木夹夹在一条细绳上挂在空中。

老先生答话后，小扬转述道："他说这种叫'草书'，看上去很快，其实很慢，是最难写的，好的草书要用全身力气。所以是一块钱。"

维森多夫从贴身的口袋里摸出一元钱递了上去，对小扬嘱咐道："仔细看他右胳膊的运动，想一想拉琴的时候运弓子的方法。我其实来过这里几次了，你看，他的手腕和肘关节都是悬在空中的，可是他发力的支点在哪里呢？如果说将笔尖作为支撑，那么字就一定无法写得流利，这就像我们在运弓子的时候，音量不是简单靠用弓弦用力压下去便可以实现的。另外,我和你讲过在处理连断弓法的时候,第一个音的进入一定要很结实。好了,现在你看看他在写每一笔的时候,他的笔是怎么进入的吧!"

又看了一会儿,维森多夫说道:"你可以请教一下他写好书法的心得啊!"

说起写字,老先生的声音顿时高亢起来,只见他指手画脚地说了很多话。陆扬想了想,说道:"我也听不太懂,但大意是说,首先要掌握好呼吸的节奏,就像是练习气功,心要沉下来。其次,用力的方法其实是靠腰部和脊椎发力,特别是要把注意力集中到笔尖上面去。方法和太极拳是一样的。"

不知是小扬翻译得不好还是维森多夫没有听懂,他竟站在那里沉思了许久,然后自言自语道:"太不可思议了!"

十几分钟的工夫,一条字写好了,但墨还是湿的。维森多夫就请老先生将字同样夹在绳子上晾干,来日再取。两个人正要离去,老先生又说了一席话。小扬笑道:"老维!他说你来过好几次了,若是要学书法,他可以教你,收费减半。"

维森多夫笑着谢绝了他的好意,便与小扬从写字店出来,沿着小巷朝街上走。这条巷子极为狭窄,仿佛是在盖房子的时候无意留下的一条裂缝。一层店铺的二楼全是用木板盖起来的阁楼,全部用作住家,外面漆成棕红色,由于老旧与潮湿变得色彩阴暗,木板走了形,裂纹里填满了泥垢和水痕,每一家的窗口用长竹竿晾着彩旗般的衣物,整个小巷便沉浸在刺鼻的肥皂水的气味里。

踏上一两级青砖和红砖相间的台阶,两个人来到明晃晃的街上。维森多夫道:"有趣!我不懂'气功'和'太极',但我想他说的一定不是肌肉力量而是身体内部的能量。其实他说的方法就类似我们拉琴的方法，而且高明得多！"

小扬说道："好像是人年纪大了才练习气功和太极拳呢！但是我爸爸去世之后，我想我长大之后一定要为父亲报仇，偷偷练过功夫，连晓念都不知道。"

一句话一下子触动了维森多夫的心事，他呆一呆，打算一点点透露陆晓念离开上海的想法竟全然乱了方寸。原先打算说的，比如"晓念因为慈济会的工作要出去几天，今天晚上你就住在这里吧！"这样的话都从脑子里面消失了。

"扬！"他说，"有一件事我必须和你好好谈一谈！"

话一出口，两个人都郑重了起来。小扬站住脚，说道："老维，到底是什么事？好像挺严重似的。是不是我姐姐有什么事情瞒着我？她这几天一直不对劲儿。她今天上午来找过你吧？"

维森多夫一时语塞，就提议干脆到"屋顶花园"去坐一坐。十几分钟的路，两个人从百老汇电影院里面的窄楼梯盘转到屋顶上，找了一个双人小桌子坐下，维森多夫将陆晓念的信转交了，然后讲了事情的原委。

"你看看信吧！"维森多夫说道。

"我想我知道信的内容。"小扬说。他把信在手中端详了一会儿，并不拆开，而是用心地对折了。信封折向里面的那一面被挤出皱纹，显出饱经沧桑的样子。片刻，他又将信封展平，仔细看着上面"小扬弟亲收"的字样，却依然又把信折好，放进了胸前的衣袋里。

"她为什么要把事情弄得这么复杂啊？"他平静地笑一笑，说道。

维森多夫突然感到，他此刻不是在和一个孩子说话，而是面对着一个大人，一个早熟的年轻人。早熟是一个中性的形容词，除去众所周知的那些含义之外，却也常常意味着神经质和多愁善感。但是白亮亮的阳光勾画出这孩子从容和平静的表情，却使维森多夫的心里轻松了不少。

"是乘渡轮走吧？"

"她说先乘渡轮到黄浦江对岸的陆家嘴集合……"维森多夫因为不能确定自己的发音，手在贴身的衣兜里搜寻着，拿出一张小纸，"对！叫陆家嘴。"他把纸片收好。"然后搭乘一条运输船到一个小镇，然后会有马车来接。后面的事情，她说当地乡下一所叫'仁爱会'的天主教会会安排好的。"

"什么时候发船？"

"四点一刻。现在已经四点半了！"

"老维！请您等我一会儿，我去送一送她！"

陆扬一走下百老汇电影院的台阶就狂奔起来。他在人群里躲闪跳跃，到了宽一点儿的大街上就像箭一样地飞奔，惹得正在巡逻的日本兵也停住脚步回头张望。他出了"隔都"，沿着北外滩大步流星地甩开双腿。到了外白渡桥，他索性跳上了桥中央十号有轨电车的车道跑着。末了，下了桥向左拐，又跑了二三百米，来到了黄浦江外滩的最北角上。这里便是当年父亲被日本人杀害的地方，昔日浓密的灌木早已不知去向。警戒大桥的日本岗哨出于安全考虑，两年前就把附近的树木砍光了。加上夜里探照灯的扫射和凌晨的宵禁，他和晓念再也不能用演奏《这一天》的方式来凭吊父亲了。

阳光斜照过来，黄浦江的西岸都笼罩在了高楼大厦的阴影里。对比之下，江对岸的一切变得非常清晰。陆扬向陆家嘴的方向望去，果然看到一条拉煤的驳船刚刚启动。由于甲板上堆着巨大的煤堆，原本就很小的船头与机舱显得愈加不合比例。他想，此刻晓念一定和同组的五个人一起拥挤在机舱里呢。这船的吃水很深，此刻正发出轰隆隆的声音。陆扬想象，那一定是涡轮的叶片在用力地滚动，将水向后面推去。因为从船舷上鼓起的半圆形铁罩下面，江水正有规律地翻起白浪，一波又一波地奔向船尾，如同告别的手绢或丝巾在空中挥舞。接着，驳船扬起一声悠长的汽笛，在这一刹那，陆扬突然有了一种自责的惭愧，无疑地，姐姐晓念和维森多夫都不约而同地采用了迂回曲折的方式来向他表露同一件事情，这恰恰说明了他们对他的判断和担心呢！

"喂！陆扬先生！快长大吧！该长大了！"他对自己说道。

28

时间来到了一九四五年的春天，这是"隔都"里饥寒交迫的日子。饥饿和流行病像风一样从一个街口刮到另一个街口。人们无力顾及自己的脸面，大街上不时看到将麻袋剪上三个洞当作寒衣的犹太人。至于上海式的毡帽和不分指头的手套则早在一年前便成为犹太人日常的穿戴。人们也可以在街头的垃圾堆那儿很容易地找到当年那群在难民收容所的后院里用撒尿赌钱的孩子。不同的是，他们都长大了，都能够说一口地道的与当地人无异的上海方言。在许多作坊和店铺的后屋，都有和本地人一起干活的犹太苦力，他们做的活儿，从推石碾子磨豆腐到在染坊里面漂布都有。另外，已经有越来越多的犹太人学会了说上海话，常常可以看到犹太女人和上海女人们一样，"叽叽呱呱"大声地向路边的小摊贩讨价还价。

总之，"隔都"里面的生活贫穷而且平静，在炮火连天的世界上越发显得异样。每天晚上，在灯火管制开始之后，人们就悄悄聚在一起，收听短波收音机里面盟军在东西方战场上的好消息。而在这一刻，从远处传来的美国空军"飞虎队"轰炸虹口日军设施的炸弹声，也向人们提醒着，那些好消息迟早会在上海出现的！

每天听完短波收音机里面的新闻节目，人们都要庆祝一番，议论一番。最新的小道消息说，日本人为了防止中国和美国的军队从海上进攻，要从长江的入海口到黄浦江的上海一段沿江修筑江岸炮台。

这些消息即刻从赫尔茨那里得到了证实。赫尔茨还讲了下午刚刚发生的情况。三点钟的时候，日本的监工和保安突然将所有的民工赶到一边，并且喝令他们跪在地上不准抬头张望。不久，沿着江边土路开来一队军车，车队下了土路便直接停在伸向深水的栈道边上。前面的几辆卡车运送的是伤兵和阵亡将士的骨灰盒，后面的几辆下来的是上海日侨的民兵保安团。随后举行了简短的亡灵送别仪式，只见骨灰盒由白布包扎，由戴了白手套的仪仗兵用双手捧在胸前并且用白布挽在脖子上，然后仪仗兵列队，踢着正步将这些亡灵送上一艘汽轮。在载满了伤兵和骨灰的轮船离岸的刹那，岸上的日侨民兵挥舞手中的小国旗，哭着唱起了日本的国歌。

维森多夫有在睡觉之前读书的习惯，此时，他靠在床上正饶有兴致地读着一本简装小书。这本书的名字叫《十九世纪世界文化艺术名人书信集》，是他在街头的地摊儿上买的。卖书的是一位有学历、有风度的犹太男子。他一定是所学专长在上海无法找到合适的工作才会以变卖图书为生的。

当他读到这样的几封书信的时候不禁有了一些感慨。一封信是奥地利作曲家舒伯特在潦倒之中写给弗朗西斯二世皇帝的求职信。在这封信结尾的那一页下面，有这样的一段注脚："这是弗朗茨·舒伯特在去世的前两年写给奥地利弗朗西斯二世皇帝的求职信，但未能得到任何答复。"信的内容大致是，臣舒伯特以无限的恭顺和谦卑恳请陛下开恩，将宫廷副乐长的空缺赐予臣。接着便是他列出的自己的履历，其中说到他曾经向已故的著名音乐家、宫廷乐长萨列里学习过全套的作曲课程。萨列里曾经是贝多芬的老师，维森多夫并不知道他原来也是舒伯特的老师。这封信使他长了些意外的知识。书里还收录了作曲家瓦格纳向他的友人霍恩施坦男爵的借债信，读这封信真令维森多夫忍俊不禁。在信中瓦格纳不但列出了所需钱款的数目，还向男爵指出筹款的方法，甚至将男爵一军道："这就考验你够不够意思了！"维森多夫很想知道瓦格纳这次借钱的结果，或者那位霍恩施坦男爵的复信，但是小书中没有提及。

他正思前想后，腰上突然一阵奇痒，挪起身子看去，只见床单上有一只臭虫在饱吸了他的血之后刚要爬走。自从搬进"隔都"之后，老鼠、蟑螂和臭虫便成为人们难以解决的麻烦事。有的人提供秘方，说是遍地洒上煤油非常有效，维森多夫试了一下，被熏得头痛了一天，放弃了。但此刻维森多夫的心思在别处，他一边搔着痒一边感慨着："性格不同，同样在困窘的状态下，处理事情的方式竟是这样的迥然不同，真有趣。"他合上书，想到明天小扬要来上课。他一定会向他说说这本有趣的书。

"喔！他要开始练习巴赫的六首无伴奏小提琴奏鸣曲和组曲了。"维森多夫带着期待和欣慰想。因为这是小提琴乐曲中最艰涩的作品了。他早在一个月前就布置了作业，要他首先反复将乐谱读透。

两个星期之前，在上课之后他们便谈起这快要开始的新课。

"我已经等不及了！"小扬说道。

"看来你真的是都读过了？"他问道。

小扬点点头。

"那么，读懂了吗？"

小扬又点一点头，表情却是犹豫的。"但是，老维！我已经开始练习拉啦！"他补充说。

"那很好啊！先试一试，也许再讲起来就更有体会。但是记住，先不要用颤音，就是说，控制揉弦，尽量不用颤音，正确地、一丝不苟地拉下来。现在你也许还不理解，但是我一定要求你首先这样去做。"维森多夫说道。

他有些感慨，站了起来。

"时间过得真快啊！你开始练习巴赫的作品了。你会进入一个全新的演奏领域了。"他情不自禁地用手抚摸着厚厚的乐谱。

"读这六首组曲的时候我想，我一定是在读《圣经》呢！"小扬又说道。

"说得好！"维森多夫露出欣赏的表情，"人们都说巴赫的这六首组曲是小提琴演奏的《圣经》。巴赫还有六首无伴奏的大提琴组曲，那是大提琴演奏的《圣经》。对了！沃尔特拉得很好。"

但是很快，他的表情里面又露出顽皮和狡猾。"那么，告诉我，你读过《圣经》吗？"

小扬有些不好意思了，他摇一摇头。

"那你为什么会有这样的感觉呢？"

"因为我在读乐谱的时候，我觉得这些乐段表面上简单，但是又非常不简单，单纯但是崇高。"

"好极了！要记住这种感觉，当然，有这种感觉还不够，你应当真正去读读《圣经》，不读它你是拉不好欧洲的古典乐曲的。浪漫派之后的还算可以，之前再早的就很难说。懂了吗？"他又想到，这孩子快放暑假了，功课会很紧，而且他或许会在家里苦练巴赫的小提琴《圣经》，到头来会给他一个惊喜。

29

几经周折，在华德路难民收容所大食堂举行的募捐义演终于得到了日方的批准。这次义演是由华德路难民收容所发起的，而组织者和最初投钱的是美国犹太联合分配委员会"卓因特"和上海本地的几个犹太救济组织，除此之外，上海本地的中国红十字会也捐了款。这次精心策划的义演一共三场，时间分别安排在三个星期之内。第一场是重头戏，即世界著名小提琴家莱隆德·维森多夫和大提琴家沃尔特·约内斯的独奏音乐会。第二场和第三场分别是犹太文艺俱乐部演出的易卜生的三幕话剧《娜拉》和木偶戏。这次义演的计划，详细的运作方式，这些演出的曲目、剧目和相关的一些内容介绍，在一个月前便呈送给日本人批准，井冢特别强调，所收善款，犹太人不可自己随便挪用，超过一万元的使用数额便需要附有详细的书面说明向"无国籍避难民处理事务所"报备。

在向日本人呈报演出剧目的时候，白绿黑要了一个小诡计，将第三场义演的内容选为一位意第绪语剧作家的作品《情人》，内容是讲述一位从欧洲逃亡的犹太青年，历经千难万险来到上海，他的日耳曼情人千里寻人也来到了上海，但是纳粹盖世太保的特务也跟踪而至，百般威胁，然而爱情给了他们勇气，使他们克服了许多困难，最后，有情人终成眷属。尽管白绿黑在介绍剧目内容的时候措辞含混，但还是受到了日方的严厉警告，被通知更换剧目。这样一来，不但拖延了捐款义演的时间，而且白绿黑和犹太文艺俱乐部的几位主要成员也被井冢叫去，受了一通严厉的训斥。

但是无论如何，一个多月的努力终于有了好结果，难民收容所里面也终于出现了那种久违的欢乐气氛。演出票卖得非常火爆，那先声夺人的气势无疑给柯哈纳壮了胆，于是他想尽办法在黑市上找门路，在这天午餐时，他给每一位成年人加上了一小片黄油，而给每一个孩子添上了一小块奶酪。白绿黑也是这次活动的大忙人，刚过中午，他就拉来一群犹太文艺俱乐部的男女，在大食堂临时搭起的舞台上方挂起一串用蓝色和白色电光纸剪成的大卫星。白绿黑还为自己备了一件涂上五色油彩的小丑装，那是他准备在挎着募捐箱子收钱的时候穿的行头。但是他过早地暴露了这件道具，以至于身后一直黏着一群吵吵闹闹的孩子。

经过大家讨论，这一场演出的门票是一百元一张，柯哈纳本想再涨高一些，但是受到了白绿黑的坚决反对，因为据犹太文艺俱乐部近一年的演出来看，人们是越来越穷了。无论如何，自从日本人接管了全上海，这里英美洋人的生意荡然无存，而本地中国人的生意也元气大伤，同情犹太人的人大都没有什么钱。晚上七点的时候，演出开始，只见大食堂里黑压压地座无虚席，连每一个窗子的外面也都是人。而自称"犹太之王"的合津和小川以及犹太社区的几位领袖与拉比，则坐在前排的雅座上。维森多夫依旧穿着他在兰心大戏院登台时穿的那身装束，而约内斯则打了一个红领结，两个老头的模样几乎可以用光鲜亮丽来形容。而陆扬自然不会错过老师的演出，也穿着整齐地坐在了侧面的角落里。

整场演出十分热烈，预先公布的曲目飞快地过去，转眼就进行到了下半场观众点奏时间。白绿黑将收上来的纸条读给台上听，每一首点奏的曲子捐款数可多可少，但是最少不低于一百元。维森多夫按照纸条拉了三支曲子，约内斯也应邀拉了圣－桑的《天鹅》，他们拉琴的速度都不约而同地比以往稍稍快了一点儿。维森多夫用眼睛寻一寻白绿黑，见到他正在台下忙着收纸条和善款，发现维森多夫正在看他，便向他高兴地挥一挥手。他因为穿着马戏团的小丑装，样子极为滑稽。

暖春的天气，场子里闷热，两个老头不时擦着汗水。

柯哈纳道："我去和白绿黑说，告诉他不要再接受纸条了。"

维森多夫受了感染："没关系，再待一会儿，争取多收一些捐款。"

他的话音刚落，收容所的院子里却传来一片嘈杂的人声，这种嘈杂很快蔓延到了演出的大食堂门前，只见一队荷枪的日本兵出现了，他们不由分说进到里面沿着墙拉开了警戒的队形，同时用枪推搡，制造出前后的空间。坐在边上的听众随即向里挤靠，有人翻倒在地，更有人快步挪向门口想要退场，但随即被日本兵堵住，呵斥着赶回到原位。接着，门口出现了井冢明光大佐和纳粹盖世太保约瑟夫·梅辛格上校。

乱哄哄的大食堂内顿时安静了！

合津赶紧命小川将自己周围的几把椅子腾出来，自己也不敢再坐着，恭敬地暂时站到了一边，而踱到椅子跟前的梅辛格却并不落座，而是转身拐进了观众席间，径直走到脖子上挂着收款箱，僵立在过道的白绿黑那里。梅辛格伸手取过白绿黑手中刚刚收到的几张曲目纸条，微笑着翻看了片刻，然后却随手把它们塞到了捐款箱投钱币的长长的窄口里，白绿黑动了动嘴巴，不敢吱声。

梅辛格踱向更近一些的台前，将两腿分开站立着，威严地将双手背在身后，静静盯住台上的维森多夫。

"莱隆德·维森多夫先生！"他说道，"很遗憾啊！我们又见面了！"

他的脸上呈现着不可捉摸的笑容。"我在五年前警告过你的，不要再让我见到你！但是太巧了，太巧了！"

维森多夫静静站在台上，梅辛格突如其来的出现，令他想起五年前那个生死离别肝肠寸断的夜晚。虽然他还一时间弄不清梅辛格不请自来的目的，不知该如何作答，但他知道他定是来者不善，所以在心里做了最坏的打算，决计以命相搏来捍卫自己的尊严！

"这样吧，"梅辛格依然笑着，"我看到你们收容所的海报了，所以，我特地前来共襄盛举，我也点一首曲子，你拉过之后我捐两百元。"

"什么曲子，请说吧。"

"《苏醒吧！德意志》！"

"我从来没有听过这首曲子。"

"那么，《武装党卫军》！"

"这是什么？"

"这么有名的德国歌曲！你居然敢说没听过？你要是拉这首曲子，我愿意捐五百元！"

"德国音乐，我只知道巴赫、贝多芬、勃拉姆斯那些大师，你说的这些，我从来就没有听过！"

"住口！你胆敢嘲笑我们德意志帝国的神圣军歌？！"

梅辛格勃然大怒，开始咆哮。然而这毕竟不是在慕尼黑，他还是有所顾忌。他挥起胳膊，却也不便撒野，停在空中片刻，最后将手重重地拍在合津给他让出的座椅背上。

双方各不退让，一时间竟成了对峙之势。

一旁的井冢有些意外，急忙用手势招呼合津过来，企图为梅辛格的尴尬解围。

他示意让合津靠近，耳语几句，合津却顿时显露出惊慌的神色。

"啊！不不，我不行！"

"合津君，这是命令！'不行'这样的话是绝不允许说出口的！"

"我……"

不顾合津的再三推托，井冢大声道："上校先生，我看不必为难维森多夫先生了！这样吧，我们日本人也愿意捐些善款，但是，我感到，演出应当再刺激一些，就像是体育竞赛，不就更精彩了吗？对吗，维森多夫先生？"

说罢，井冢强忍怒火转向合津："合津君！"好像是在说，"当下需要你来救这个场子了！"

合津求援似的转向维森多夫："莱隆德！请你多多包涵啊！"

全场的观众不明就里，搞不懂为什么突然间梅辛格刻意刁难，径直和维森多夫这位世界著名的小提琴演奏家唇枪舌剑地反目翻脸，更搞不懂为什么一瞬间合津康弘又来哀求维森多夫的宽宏与帮助，而在众目睽睽之下，一向威风凛凛的井冢明光大佐却显得左右为难，无计可施。

井冢显然丢了颜面，训斥道："合津君，你在几年前不是用变奏的方法击败了他吗？可现在看样子，你真的不是他的对手啊！"他的声音很大，但是因为所说的是日语，大多数人不明白其中的意思，全场反而安静了下来。

合津无奈，走到台前。

维森多夫淡淡说道："明白了，怎么？又是指定一段旋律，然后变奏？"

井冢强撑起和颜悦色的表情："为什么不呢？我看，合津君，记得那次吗？你不是赢了吗？你瞧，维森多夫先生一定又紧张起来了吧？合津君，我看你就先来指定一个曲调吧。"

合津头上已经流下了紧张的汗水。他恳求着："莱隆德！一切掌握在你手里，只要你说一声'不'。"

维森多夫似乎没有听到他的话，依然重复着："指定旋律吧。"

合津的声音几近哀求："莱隆德！"

维森多夫不为所动。

合津突然刺耳地笑起来，那笑声十分阴森。

"莱隆德，既然如此，那就对不起啦。我说一个旋律，你敢拉吗？"

"怎么？刚才梅辛格上校已经提出德国军歌了！我看，现在该轮到日本军歌了，对吧？"

合津的脸上露出冷笑，随即接过小川递上的纸笔，飞快写下几句乐谱。

"中国的！怎么样？我敢肯定，你一定熟悉！"

维森多夫向接过来的纸上看去，陡然一惊！他脱口喝道："合津，你！"

只见合津在纸上写下的这几句乐谱，正是中国抗日乐曲《这一天》的主旋律！

维森多夫终于明白这是一场什么样的决斗了！他当然记得，三年前，他便是因为在电台节目中不经意拉了几句这首曲子的旋律而被日本人抓进了监狱的。

毫无疑问，此时的合津感到抓住了维森多夫的软肋，也陡然兴奋起来，两个人相互对视着，目光都不移动，就像是决斗中准备向对手发出致命一击前的对峙！

"刚才合津先生给我提出的乐谱，是中国的一首抗日乐曲，叫作《这一天》。"

维森多夫语气平静地告知台下的观众。他的话音刚落，台下随即像炸开了锅似的一片哗然，然而又很快安静了下来。

而此刻，梅辛格终于看明白了眼前发生的这戏剧性的一幕，终于看明白了维森多夫被合津逼入墙角的绝境，不由得大笑起来。

梅辛格的笑声使维森多夫瞬间变得坚定，他抬头向台下望去，无数关切和期待的面孔在他的眼前一一移过，他又回头望一下靠近舞台的角落，遇到了陆扬担忧的目光！

维森多夫不再言语，他将纸条还给合津，定一定神，接着，托琴在肩，先是眯着眼睛想一想，将乐曲飞快地在脑子里思考了片刻，然后将琴弓的根部轻轻靠在了米拉尼小提琴的G弦上。

全场骤然安静了！

维森多夫从来没有像现在这样，心中充满了如同作曲家那样的冲动，依稀记得的《这一天》的旋律也在刹那间变得清晰与连贯，他运起琴弓，将琴头低一低，拉出两句略略有些起伏的旋律，那里面充满不安与悲伤的情绪，他还记得十分清楚，这就是《这一天》的小调主题。他把这个动机在另一个音部上做了简单的再现，然后，又回到原来的位置，将这个旋律重复一次。接下去，便准备做出变奏了。

蓦然，维森多夫的脑海里灵光一闪，的确，他已经又有两年多的时间没有登台演奏了，而此刻，他就站在这样一个特殊的舞台上，面对着这样的一群特殊的听众，他要用眼下这个难得的机会，好好倾诉一下自己的情感，这些情感已经在他的心中郁积得太久，他要用小提琴歌唱心中的骄傲，为自己，也为那些受尽欺压和凌辱的人们！

于是，在一个主题上仅仅依靠每一个变奏的变化与对比来表达全部内涵的手法似乎不够了，这一刻，他的感情已经冲破了《这一天》本身，急不可耐地想要飞得更远。就是一刹那，他的琴弓已经在弦上飞动起来，一个类似中国大调音乐的第二主题出现了，它带着金属般的铿锵，如同远方的号角那样召唤着。他将左手移向高把位，将这个新的主题用满弓的力量拉出来，音色保持得十分饱满。

突然间，大提琴浑厚的声音在他的身边适时而且极为准确地响了！它并没有任何顾忌，而是坚定不移地将那第二主题原封不动地重复了一次，然后并不给小提琴机会，竟然更加有力地再重复了一次。维森多夫在心底发出一声喝彩，他回过头，只见不知什么时候，约内斯已经坐在了他侧面的椅子上，此时他向前微微倾着身子，脸涨得通红，连鼻子也是红的，上面布满密密的汗珠，那样子有些好笑。维森多夫的眼光遇到了他的，不由得笑了一下，但是这位大提琴手却没有一丝笑容，他的表情里满是大义凛然的庄严。维森多夫感激地抿一抿嘴，却突然走了神，因为他猛然想起那天晚上两个人喝酒的时候，约内斯说的那只炸裂的玻璃杯为其他玻璃杯赢得了尊严的一席话。

两个人的交流和维森多夫的走神其实也就是一两秒钟的时间，维森多夫不敢怠慢，等约内斯将这第二遍重复的尾音拖着渐渐弱下去的时候，他加大了动作，用肢体示意他的小提琴要进来了。于是，他的小提琴的变奏，就在大提琴平稳的低音旋律上面高低起伏地吟唱着。

合津已经让出座位给了梅辛格和井冢，此刻只是作为决斗的对手尴尬地坐在台下的一侧，起先，他的腿吊儿郎当地抖着，但是随着维森多夫的每一个变奏，他的身体渐渐僵住了。

"太精彩了！"他情不自禁地赞叹了一句。

但是，他的这种感觉立刻就被怨恨取代了。因为他随即想到，眼前这个抖动着白胡子和白头发的老家伙，居然冒死拉着一首中国人的抗日曲子，另一个挨过他的耳光的胖子，本来是早就吓破了胆的，这时候也居然凑起热闹来了。他向四下里扫一扫，也注意到了周边的敌意。因为不少人每过一会儿，便要侧过头来飞快地瞥一瞥他的脸，那种眼神里面有好奇也有憎恨，这让他非常不舒服。但是不一会儿，一浪又一浪的音乐又渐渐将他的注意力吸引过去了。

真的，这或许是西洋音乐上难得一见的双主题变奏技巧。维森多夫的即兴演奏就如同奔腾的江水，起伏跌宕，一泻千里。而约内斯毕竟不像维森多夫那样熟悉《这一天》，但是同样是技巧高超经验老到的他，在这之后，便用了不同音部上的对位和长音，以及重复的节拍将老朋友的变奏万无一失地烘托着。

"啊！这一定会成为一首不朽的名曲啊！可惜没有乐队，不然的话，它可以叫作'由小提琴、大提琴和乐队演奏的交响变奏曲'啊！"

合津的眼眶里充满了泪水，几乎就要鼓掌了！

"部长！合津先生！"小川轻轻用手碰一碰他的胳膊，这才使他稍稍清醒过来。但是很快，他又被这令人激动的小提琴技巧和巧妙的变奏折服。

"啊！莱隆德！啊！"

合津脱口叫了一声，声音中流露着赞美。

但是，他立即察觉到了自己的失态，一时间却又不知如何是好，只是尴尬地待着，感动与沮丧，钦佩与怨恨，夹杂着种种火辣辣和酸溜溜的情感纷至沓来。因为他无疑见证了一首非凡的乐曲的诞生过程，却又偏偏是由于他卑劣的圈套成就了它的诞生。

台上两个老头的即兴演奏到了尾声，合津已经记不清听到的是第几个变奏了。音乐的速度在结尾的时候明显加快，小提琴和大提琴一起走向了激越的高潮，终于，在经过一段交替的三连音和琶音之后，两个老头手中的琴弓子同时扬起，全曲戛然而止！

大食堂内的掌声随即炸响了！还夹着这边那边大呼大叫的喝彩声，经久不息！经久不息！

早已按捺不住的梅辛格蓦然起身，将手在空中一抢，恶狠狠喊道："停手！"片刻，在尾声零星的几下掌声之后，台上台下竟又变成一片死寂，甚至连窃窃私语都没有了。所有的眼睛都盯着梅辛格和井冢的方向，只有屋顶上高高的两盏汽灯发着"咝咝"的声音，仿佛是人们紧张的呼吸声。

梅辛格复转身走到台前站住，依然是两腿分开双手背后的不可一世的姿势，但这姿势在此时此刻无疑显得可笑，只是力图挽回颜面的虚张声势而已。

"看来我早就应当把你扔到达豪集中营去！"他恶狠狠地咆哮一句，仿佛被方才维森多夫即兴演奏的音符敲打得鼻青脸肿一般。他停了一下，复转身走到依旧沉浸在音乐中发呆的合津康弘面前，拿过还在他手中捏着的写着《这一天》主题动机五线谱的纸条，好奇地翻看了片刻。他当然不知道几年前在井冢明光大佐欢迎维森多夫的晚会上发生的那场小提琴对决，但眼下发生的这一场用小提琴进行的决斗，则不用任何专业人士的解说也能让他清楚地感受到，是维森多夫压倒了他们所有的人！这不啻于被这个犹太老头当着众人的面用一套漂亮的组合拳将他们所有人打得体无完肤！

井冢无疑是其中最丢脸面的一个，合津的弄巧成拙其实正是由他一手造成的。他脸色极为难看地盯着茫然不知所措的合津叫道："哼！你干的好事！"随着话音挥手一个耳光劈在合津的脸颊上！然后，他的怒火转向了维森多夫："犹太人！你胆敢在公众场合演奏反日音乐，你知罪吗？"他挥一挥手，几个荷枪的日本兵立即拥了上来，夺下维森多夫手中的小提琴将他推向门口。

"把这个胖子也带走！"井冢指一指约内斯，两个日本兵随即上前，将约内斯推搡着也押向门外。

"放开我的老师！"陆扬发出一声喊叫，他不顾一切扑了上去，随即被日本兵一枪托打倒在地。

"把这个家伙也抓起来！"盛怒下的井冢叫道。

此刻，最为尴尬的便是合津了。井冢刚才打来的那一掌令他的脸颊依然火辣辣地发烫，他不但丢了脸面而且连一个辩解的字都说不出来。特别是那些通过维森多夫演出所得的善款，不久都是要在他这里如数报备之后才可以使用的。他看着维森多夫、约内斯和陆扬被荷枪的士兵押走，目送着井冢和梅辛格离去，只能机械地呆呆地发愣，他突然想起维森多夫的米拉尼小提琴，便又赶紧回到大食堂的表演台前。

他做这一切的时候，给犹太人办理通行证时的那种威风和气势全然不见了，当然，此刻也没有像平时那样，会有犹太保甲殷勤地走上来听候他的盼咐和差遣，他一把抓起刚才被日本兵从维森多夫手中夺下丢在椅子上的米拉尼小提琴，然后左顾右盼地掀开台上的布帘和桌椅，寻找米拉尼小提琴的琴匣和蓝绒布。台上台下所有的人都在冷冷地看着他的一举一动。他硬着头皮，把它们和琴一起按顺序摆放整齐，然后将琴紧紧抱在胸前，快步走向门口，就像会有人冲上来将琴夺走一样。他尽量显出从容不迫的样子，实际上却是脊梁骨发凉，他感到周围的人会随时扑上来，向他咆哮，或者会结结实实地揍他一顿。

终于有人发声了！

人群里传来严厉的喝问："你到底要把它拿到哪里去？！"

他停住脚步，"保存起来！保存起来！我会把它保存好！一定保存好！"他不由自主地扭回头，向着发声的方向，像是一个做错了事的学生那样，诚惶诚恐地保证着。

"滚吧！小丑！"

"杀人犯！"

"卑鄙！无耻！"

"滚！"

大食堂的人群里有人发出咒骂，起先是三三两两的叫喊，后来就响成一片。

合津本能地顿一顿，不敢再回头，然后在众目睽睽之下迅速走出了大食堂。

30

清晨，一丝阳光透过牢房上的小铁窗正好照到了维森多夫的眼睛上，把他刺醒了。人的年纪大了，觉就睡得很轻，但是昨天一整天的高低起落，竟使得他靠在又湿又冷的墙上睡得很沉。此刻，他的肩膀和背上冻得几乎没有了知觉，但是脑子里却清如池水。他记起昨天募捐音乐会上发生的翻天覆地的事情，便眯起眼睛仔细地将周围的一切用心打量了一番。

这间单人牢房的地上铺着经年不换的干草，这种令人窒息的气味对他来说已经不再陌生，三年多前他便曾在这所监狱的二楼牢房里待了五天，不同的是，眼下的这一间小得令人窒息，而且外面是上了锁的铁栅栏和黑洞洞的走廊。他抬一抬头，看到高处的铁窗里镶着一方白晃晃的天空。忽然，这片光亮被不断走过的人腿搅动得忽明忽暗，他才明白这里是地牢。随后，脚步声依稀远去了。

有人在手电筒的光柱里走进了牢房的过道。

光柱熄灭了，周围很安静。

"维森多夫先生！莱隆德·维森多夫先生！"一个声音轻声唤道。

"合津康弘先生。"维森多夫冷冷说道。

随后，他听到了铁锁"咔嗒"的声音和铁链轻分然后沿着铁栅栏滑落的声音。

他并没有回头。

"早上好！维森多夫先生！"合津跨入了铺着稻草的地牢，然而并没有得到回应。

"晚上睡得好吗？"他又问候了一句，随即意识到这句话的可笑。他有些懊恼。

抬眼望去，只见眼前的维森多夫静静坐着，明显消瘦了，脸上长出花白的胡须，他依然穿着演出时的正装，在微弱的顶光照射下，此刻便如同一尊古希腊的大理石雕像。

他有些尴尬，小心翼翼地站着。

"莱隆德！我……"他回头瞥见铁栏外依然恭敬站立的狱卒，挥手让他退下。

"莱隆德，在这里见面，我觉得很难过。"他说。

"我也很难过。"

"所以，其实我是来向你道歉的，我多希望昨天音乐会上发生的一切都不是真的！"他停了停话头，又认真说下去，"莱隆德，我真的没想到事情会变成这样，所以，我请求你的宽恕。我们日本人常常把荣誉看得重于一切。我想，或许我……我为了自己的荣誉，做得过分了。"

"犹太人倒和你所说的日本人不同，一千多年了，我们犹太人到处流浪，能够生存到今天，是把尊严看得重于一切的。"维森多夫继续着，"所以，我倒应当说谢谢你，因为你给了我一个保持尊严的机会，就是说，挽救了自己的灵魂！特别是用我自己最擅长的方式——音乐！"

"我能不能再问上一句，你这样做……不害怕吗？"

"害怕。怎么能不害怕！我只能给自己鼓起勇气。我告诉自己，人都会死的，但要有尊严，重要的是，上帝看得见的！"

合津似乎听不大懂维森多夫的自白，迟疑了片刻才继续说下去。

"莱隆德，我看，我们都明白，战争快结束了，不过好在，好在这么多年，我没有杀过人，没有杀死过任何人。"

"这我知道，所以这些年来我们才会有这些交往。但是，很遗憾的是，你的角色是杀人机器的一部分，这难道不是事实吗？"

"这，并不是我个人所能决定的，是时代，我记得我们两个人讨论过这个问题，我记得我说过，碰巧生在这个时代的艺术家是不幸的。"

"我的不幸，是我吃尽了痛苦，面临死亡，还有，由于你的原因而被抓进监狱的不光有我，还有约内斯，还有那个前途无量的中国少年小提琴家陆扬！所以，你的不幸，可能比我的更甚，因为你做了杀人犯的同谋，你的良心永远不会安宁。"

"米拉尼小提琴在我这里。我会好好爱护它！这难道不是我的良心吗？"

"啊！看来它已经成为一把有着自己独特故事的琴了。每一把小提琴都会有自己的故事，而我说的是，让每一个用它演奏音乐的人都足以为之骄傲的故事！"

"莱隆德！"合津受到感动，充满激情，"我……我会尽力保护好米拉尼小提琴，因为，我深深感到，它是世界音乐史的一部分。请放心吧！"

"这么看来，你好像是来给我送行的？就是说，你们日本人和那个德国党卫军上校是一丘之貉，准备杀死我，对吧？所以，你来安慰我，向我交代后事。"他淡淡一笑，并不正眼看向他。

"想想您的米拉尼！我想，您会最终接受我的话的。"

坐着的大理石雕像不说话了，因为此刻这句话确确实实击中了他内心最深处的痛楚。

"我会把米拉尼小提琴保护好的。"合津把这句话重重地又重复了一遍，"我会把米拉尼小提琴保护好的。"

这句话像是承诺，又像是施恩，他由此感到在心理上多多少少重新占据了上风，说话的声音也不禁提高了。

"放心吧！我会把米拉尼小提琴保护好的！"他声音不高却铿锵地说。他转过身来，挪动了一步便到了牢房的门口。

而那个犹太老音乐家依然坐在那里，一动不动地沉默着，如同一尊雕像。

31

井冢明光大佐一身戎装，正心事重重地站在提篮桥监狱牢房背后的小操场上，等待观看监狱守备队即将开始的新兵操练。在他的身边，站着纳粹党卫军盖世太保约瑟夫·梅辛格上校。此刻，梅辛格上校同样也是党卫军的标准着装，原野灰色的军服、雪白的衬衣和黑色的领带，胸前佩戴着铁十字勋章和绶带，他腰间的黑色皮带上，是一把在黑色皮套中的德国手枪。在二人的身后，是早已摆放好了的两把中国老式的硬木太师椅。井冢原本由侍从伺候着在椅子上落座，他的坐姿轩昂，两腿叉开，双手叠起，正中挂着军刀，腰杆笔直，是一位威武的大和武士的模样。但只片刻，他眼睛的余光察觉到身边的另一张太师椅是空的，梅辛格并没有落座，而是依然在椅子前站着，双手拢在背后，穿着一尘不染的皮靴的双腿叉开站着，出于礼貌，井冢不便再久坐下去，便也站了起来。他明白他是蓄意而来，希望也来观看新兵训练不过是借口，他真正惦记着的，是要置维森多夫于死地。但他又转念一想，那天犹太人的募捐音乐会，维森多夫真是出尽了风头，梅辛格、他自己和合津都成了维森多夫小提琴演奏戏弄的对象，从而颜面尽失。想到这一层，他便没有拒绝梅辛格的要求，即使梅辛格执意找碴儿要杀死那个老犹太音乐家，他也不会阻拦。

此刻，在他的面前，是一队数量十五六个人的稚气少年郎，半个月前刚刚被分到监狱来做警备队的士兵。此刻，这些新人正在教官的口令下进行最后一天的训练。再过一会儿要进行的，是这次为期十天的强化训练的最后一个项目，内容是以活人为靶子练习劈刺功夫。首先是使用刺刀杀人的突刺技巧，要求十分简单，做到勇敢和坚决便可以了。为了反复体会与练习，尽量不要把活人靶子一次或者很快杀死，这是因为稍后一些日本武士刀的劈杀训练还要使用活人。

这次新兵的劈刺训练在晚上进行实际上是监狱长大松的安排，很明显，如果在光天化日之下进行，那赤裸裸的鲜血和被活活刺杀的生命会令这些新兵感到恐惧，而在夜色的掩盖之下一切会变得易于接受。

井冢打量着眼前这群尚未长成的少年，暗暗叹息着什么时候他们才能成为合格的士兵。他的脑子里翻滚着乱云，一直难以集中精神，他知道无论在太平洋还是在亚洲的战场，日本的形势都是每况愈下，人力和资源的窘迫早就显露无遗。在陆战方面，表面上，日本陆军的精锐关东军还在中国的"满洲"如同镇山之虎。实际上，关东军的兵员早就源源不断地抽调和支援到中国和东南亚的各个战场，消耗殆尽，如同向滚开的水之中扔下的冰块，融化得无影无踪了。而由亚洲其他国家丁员凑合而成的雇佣军，把一切搅得更糟。报纸上的新闻依然都是一派好消息，比如"皇军在硫黄岛奋战一个多月，在重创美军之后，又战略北进了"，等等。井冢当然明白这些文字后面的真正内容。

今后日本还有什么呢，或许就只有这些在睡觉的时候还会哭着想家甚至尿床的孩子了，井冢想。

本来，井冢出席今天训练课的目的，是打算在所有项目训练结束之后，对这些幼雏们说些激励的话。但是现在的井冢，决定改变一下，所以，当训练的内容只剩下最后的重头戏就要开始的时候，他向教官轻轻地举手示意，然后慢慢踱到新兵队列的前面。这些新兵，全在头上缠了白布巾，赤裸着上身。由于长时间的用心训练，每个人的身上都是汗淋淋的。夏天将至，天气已经开始变热，所以，这些孩子汗淋淋的身体，都在灯光下闪闪发光。他们见到井冢来了，都尽力挺得笔直，显露出孔武有力的姿态，井冢顿时受到感动，心头被一种悲壮的情绪笼罩。

"日美之战，日中之战，都已经到了生死存亡的关键时候了。"他说。

正在这个时候，监狱的老兵从高台阶那边赶场看戏似的乱哄哄地来了。井冢用严厉的手势让这些人就绪，然后继续说："但是，我们已经老了！因此，大东亚圣战的责任和前途，就都落在诸君的肩上了！我知道，今天的最后一个内容，便是诸位这次训练的最后的考验。可以说，通过了，诸位便是真正的战士了！"

说到这里，井冢解下了腰间的佩刀，郑重地把它双手端在胸前说道："诸君！这把刀，是天皇陛下赐予鄙人的御赏。每一次见到它，我就像是见到了天皇陛下的本尊！"井冢就这样把刀双手平端着，在每一个人的面前肃然移过。于是，在场的每一个人的目光，也都在这把刀上停留一会儿。

这真是一把无比优雅的佩刀。刀鞘的侧面，饰有镏金的菊花图纹，在暗灰色的鲨鱼皮鞘衣的衬托下，金色的菊花闪闪发光。而菊花，则正是日本皇室家族的徽志。

"诸君！希望你们也用自己的勇敢，来争取武士的荣誉吧！努力啊！"他慷慨言毕，便退回到原处，用双手把刀在身前拄着。

劈杀活人的训练马上就要开始了。舐血的尝试使得这些孩子大都显露出紧张和亢奋的状态。这会儿，操场边上看热闹的又增添了不少人。这些人都是附近日本陆军营的士兵，听说了这里要劈杀活人，就说通了狱警，兴冲冲地赶来瞧，加上本监狱的，小操场边竟围了三四十人。有的坐在台阶上，有的站着，还有的为了能看得更清楚些，干脆坐到了地上。

不久，坐在台阶上的又都乱哄哄地站起来让路。原来是前院那边押来一批五花大绑的犯人，这些人都是被不幸选中充当活人靶子的中国囚犯，当他们明白了是什么样的命运在前头等待着时，便做了亡命的反抗，有的人几乎挣脱了捆绑的绳索把卫兵的枪抢到手，有的人大声叫骂，也有的人哭叫着，跪在地上求饶。但是他们都迅即遭到了竹杠、藤鞭和枪托的毒打，而且毕竟是赤手空拳，很快就被制服了。不久，这些人的喉咙里被强行灌进了大量的烈酒，身上也被注射了一种不知名的针药，脸上和身上很快泛起一片一片的潮红来，就都靠在被绑着的木桩上安静下来了。于是，只见一字排开的十几个圆木柱子，每一个上面都安着碗口大小的铁环，每一个铁环的上面，都绑着一个人。他们的上衣被剥去，每一个人的脸上都挂了一条白布。白布用细绳围系在额头上，像帘子似的遮了脸孔，直垂到前胸。

教官大声地发了口令，宣布训练开始。操场上空气骤然紧张起来。但是随着新兵们劈刺的进行，气氛渐渐变得轻松起来，甚至还不时地爆出笑声，原因是有些新兵的动作如此笨拙，失误连连。至于被刺刀刺中的犯人们不断发出的凄惨的号叫，不过是给这些热闹的场面增添了戏剧性的刺激。最忙碌的，是那位教官，他不停地在新兵之中走动和吆喝，主要是指点他们如何在刺中之后拔出刺刀。

这时突然传来一声拖着长音的呻吟声，只见队伍里的一个新兵突然扔下枪，"扑通"一下坐在了地上。

"不！我不行！我做不到！让我回家吧！"他叫着，声音十分凄厉。

教官一见，快走上去，向这个新兵连踢几脚，大声喝令他站起身来。但是那孩子扭动几下，反而瘫软得愈加不成体统了。

井冢在一旁看着这个游戏一般的场面，脸色早已变得十分难看，现在，他终于忍无可忍，只见他陡然立起身子，抢上几步，劈手扼住这孩子的下颌，竟将他拎了起来。然后横跨出一条腿，一个柔道的背摔，把他结结实实地抡翻在了地上！

"混账！"井冢咆哮着。

这时候，在场的新兵都住了手，四周的人群里也顿时静了下来。

教官大声吼道："站起来！报上你的名字！"

新兵再也不敢怠慢，他挣扎着爬了起来。

"成濑！"他喃喃地回答道，"成濑久直！"

队伍里立刻有了幼狼一般的叫喊："成濑君！我们真为你羞耻啊！"叫声的尾音也同样拖得很长。

井冢显然受到了刺激，只见他"哧棱棱"抽出刀来，直直盯住成濑，目光在刹那间变得极为凶狠！小操场的空气像是凝固了，一片死寂。

突然，井冢掉转身，双手挺刀过头，以极为标准的大和武士的劈砍动作，向成濑面前木桩上绑着的中国人直劈下去！

鲜血喷涌！可怜这个犯人连叫喊一声的机会都没有，转眼成了一堆血肉。

井冢并不留意脚边的那具血淋淋的尸体,依然提刀立着,但是脸上的表情明显温和了许多。这时候,站在远处太师椅旁边的随员走了过来,递上一条白色的手帕。井冢接过,就用它精心地拭起刀来。他先是把刀平举,刀刃向外,用左手的中指与食指衔着手帕,在刀面上轻轻抚过。然后手腕一转,把刀刃朝里,向刚才动作的同一方向,又抹去了这一面的血珠儿。随后,他把手帕调换了干净的一面,又在刀的两面重复擦了一次。忽然,井冢僵住了,他惊讶地看到,刀刃上被崩掉了米粒大小的一点,出现了一个小小的豁口。这个意外,真是非同小可,因为在井冢看来,这件天皇的御赏,真是一百条一千条中国人的性命也无法相抵的。

井冢怒发冲冠,喃喃自语:"啊!中国人!你的骨头好硬啊!"他这样嚅动着嘴巴,呆呆地站了一会儿。

突然,井冢甩掉外衣,只剩雪白的衬衣,双手挺刀过头,向着面前的人靶子轮番砍去!可怜十几条中国汉子,顿时血肉横飞,转眼间被结果了性命!

小操场上浮起一片热腾腾的腥气。

片刻,大松走了上来,小心翼翼地问道:"大佐阁下,"他用手指一指那些木桩,"那么,今天的训练课还进行下去吗?"

井冢闻言不禁回头看一看那排已经没有了一个活人的木桩,笑道:"你不能到前面再提取十五个犯人来吗?这有什么难处吗?"

一支烟工夫,又有十五名中国犯人被押解到操场上来了,他们被照例捆绑在了木桩上。第二场劈杀活人的训练立刻就要开始了!

"慢着!"一直站在一旁兴致勃勃地看热闹的梅辛格插嘴了,"我知道，贵监狱里还关着前几天抓进来的那两个犹太佬吧？怎么不把他们也一起带来呢，不是会更加有趣吗？"

井冢愣了一下，虽然他对眼前这位德国党卫军梅辛格上校并没有太多的好感，但是半个月前在犹太人的募捐音乐会上被那个犹太老头用音乐痛殴的狼狈场面依然历历在目。颜面尽失的梅辛格在回途的汽车中一言不发，井冢当然明白，他的怒气并不在合津，而在自己身上，于是此刻，便不再对这个德国人的建议提出什么异议。他转向大松道："大松君，就按照梅辛格上校的意思吧！劈刺训练等一下，等把那两个十天前关进来的犹太老家伙一起带到操场上来再进行。"

被关进地牢单人牢房里面的维森多夫起初还大致可以根据头顶上小气窗透进的光线明灭，感觉出白天与黑夜的交替，然而接下去，他进来多少天了，六天，七天，还是八天，内容一模一样的日子重叠在一起，如同一个时间与空间全然静止的长夜。

此刻，他的心头频频掠过一阵又一阵的战栗，他靠在湿漉漉的墙上，仔细判断着外面正在发生的事情。事实上，单人牢房离洼地上的小操场还有相当长的距离，而且单人牢房都是在地牢里面，仅仅有一个小铁窗和地面相通，但是维森多夫却相当清楚地听到了那边乱哄哄的吆喝声、惨叫声和喝彩声。一位非凡的音乐家的耳朵是异常灵敏的，夜晚有些微风，他便凭着那些断断续续吹过来的声音在脑海中勾画着可能的画面。他的想象和在小操场上实际发生着的事情大抵相差不远。

他极度不安地想起陆扬，便想站起来，可是他用力挪动了几下，两条腿却怎么也不听使唤。这时候，黑乎乎的走道里，马灯的光影摇曳，监狱长大松向后招一招手，两名狱卒打开大锁，把维森多夫架了出来。

一行人上了湿漉漉的生着苔藓的台阶，来到后面的小操场。很快，又有一个人被推搡进了这一行人中间，这是已经从胖子变成了瘦子的约内斯。

梅辛格陡然变得躁动起来，他在从来没有坐过一刻的硬木太师椅前来回踱着，不时望一望已成为自己猎物的两个犹太音乐家，如同一只嗅到了血腥气味的公狼。

"光线太暗了！请把强光灯打开！"他俨然反客为主，自作主张地向着高墙上的瞭望塔叫着。

瞬间，一片强光照亮了整个小操场！而在这一刹那，维森多夫则完完全全看明白了眼前发生的惨剧，更令他吃惊的是他看到了陆扬也在这批即将被杀死的犯人之中！

维森多夫呆住了！

"扬！"他不顾一切大声叫道，随即奋力推开左右的两名日本兵，想冲过去，但是他毕竟老弱，到底无法挣脱日本兵的钳制。而那一边，陆扬也看到了维森多夫，同样大叫起来。场面一时间几乎失控。

井冢大怒，催促道："大松君，你们还在等什么？"

片刻，陆扬和另外十四个中国犯人被反绑了双手，推搡到那排木桩的墙边去了！

事情的发展完全出乎维森多夫意料，他来不及多想，陡然增加了几倍力气，与那两个看守的日本兵扭作一团。

"井冢先生，放了这个孩子吧！"他气喘吁吁地从远处向井冢叫喊着。

愠怒的井冢面无表情。

"井冢先生！井冢先生！您听到了吗？我恳求您！我恳求您！"他提高嗓音，声音变得嘶哑。

井冢依然毫不理睬。

"井冢先生，这样吧，我愿意为我们之间这几年来的不愉快道歉！我可以，噢，不不，我是说，我愿意……愿意听从您的安排。您听到了吗？我向您道歉了啊！"他的声音已经近乎哀求了！

梅辛格津津有味地欣赏着眼前的这一幕，凑了上来。

"他说什么？他求您放了那个家伙对吗？"他不禁想起在波兰处决那成千上万犹太人的时候，有些人战栗与哀号，有些人却平静坦然，甚至相互搀扶和道别。时至今日那些场景依然令他记忆犹新！

"这就是说，这个犹太佬情愿代替那个家伙去死，是吗？"梅辛格向井冢问道。

此刻的维森多夫真是慌了手脚："这样吧，这样吧！我愿意接受您的任何惩罚，但是，这个孩子是我的学生，他非常有音乐天赋，井冢先生，求求您，放了这孩子吧！"

然而，井冢并没有回应梅辛格的问话，也不理睬维森多夫的哀求，他心中的火气似乎还没有消除，他向大松挥手，再一次催促道："抓紧时间，继续进行吧！"

瞬间，那十几个少年日本兵，全部端着已经带着血的刺刀枪，一一对准了包括陆扬在内的十五名绑在木桩上的犯人！

维森多夫实在手足无措没了主意，他不禁全身颤抖起来！

"井冢先生！井冢先生！"他声音嘶哑得无法连贯，苦苦哀求着："井冢先生！放过这孩子吧！您，您听到了吗？我恳求您，恳求您！

井冢先生！"他情急中跟跄两步，竟"扑通"跪倒在了井冢的面前！

井冢终于转过身来，露出了满意的表情，毫无疑问，在和这个恃才傲物的犹太音乐家的几番较量中，此刻，他终于出了一口恶气，迫使他低下了高贵的头！

梅辛格也笑了，因为这正中了他的下怀。他向井冢走近几步，提议道："井冢先生，既然维森多夫这样求您，我看……"他阴险地笑着，向捆绑着陆扬的木桩那边努努嘴，"我看，何不就干脆把那个家伙放了，换成这个'犹太猪'，成全他！"

井冢终于被梅辛格说动了，梅辛格则更加兴致勃勃，拍手道："太妙了！太妙了！我倒想看看他怎么做这个替死鬼！"

须臾，陆扬被松开了绳索，维森多夫跟跄着跑上去，无奈又被日本兵横枪拦下，他只能在几米开外大声叫着："扬！他们已经答应释放你了，不要再耽搁，快走！马上走啊！"

"那您呢？"

维森多夫急了，不顾一切地大叫道："不要管我，我老了！快走啊！"

他喘一喘气，又叮嘱道："记住！你出去之后，不要回家，尽量跑得远一点，不！越远越好！对！去找晓念！去找晓念！我曾经答应过晓念，要好好照顾你！可现在……"他一时哽咽。"愿上帝给我力量！愿上帝保佑你！愿在天上的米拉尼保佑你啊！"

"那您怎么办？"

维森多夫急得跺脚，不顾一切地又冲上几步，尽量压低了声音急急说道："不要管我，不要管我，我还有些和他们讨价还价的资本！我老了，来日无多，而你，你的艺术是前途无量的！趁这些魔鬼还没有改变主意，快走吧！"

立在一旁的井冢听不清楚他匆匆的话语，但猜得出大概的意思："怎么？是怀疑我说话不算数吧？"他目送着陆扬被带向前院，随后挥一挥手，一个日本兵会意，走上前来对准维森多夫当胸便是一枪托！维森多夫发出一声低闷的呻吟，扑倒在地上！

"让他起来，把他拉到木桩那边去！"

三五个日本兵扑向维森多夫，强行把他从地上拽起来，推向陆扬离去后空余的木桩。

"慢着！"梅辛格走了上来。

他在维森多夫面前站住，接着，从腰间的牛皮枪套中取出泛着蓝光的手枪。

"认识这种手枪吗？怎么样，让你这个'犹太猪'死在我们德意志军人最崇拜的沃尔特手枪之下，也算是对你音乐才能的褒奖！"他把头转向不远处脸色苍白的约内斯，"你，还有你！我也不会饶过你！"

他向着维森多夫举起手中的沃尔特P38式手枪，大拇指按下了枪身尾部的保险栓！

"你这个魔鬼！开枪吧！上帝不会饶过你！"

他用手枪指向维森多夫，枪口逼近得几乎贴到维森多夫的额头上，然后食指慢慢扣动扳机，直到扳机的保险栓发出即刻准备击发的清脆的"咔嚓"声。随着这个声音，维森多夫的全身不由自主地颤抖了一下，先是闭上了眼睛然后又睁开来。这正中梅辛格的下怀，他就这样保持着瞬间可以置维森多夫于死地的戏谑，享受着令对方魂飞魄散的快感。他又不禁想起在波兰，看着一个个犹太人被赶出运送牲口的铁皮火车厢，然后将他们赶进挖好的土沟内一一对着后脑开枪的快感。于是，他转到维森多夫的身后，将手枪直直顶在了维森多夫的后脑上，然后重复了一次刚才将手枪的保险栓扣动到准备击发的"咔嚓"的声音。

他突然大笑起来，"这样杀了你就太便宜你了！让你死得太舒服了！"他转身看向那个叫成濑的新兵，"喂！你！"他口气和蔼地说道，"来来来！我看用这个'犹太猪'来练习刺杀对你说来应当更合适！刺死他！慢慢地刺死他！你便有福了！"

维森多夫再次被拖到木桩那边去了！

那成濑听不懂英文，虽然可以大致猜到梅辛格说话的意思，但毕竟没有十足的把握，所以在那里东张西望，不知如何是好。

"怎么回事？"不争气的成濑又一次激怒了已经被梅辛格的喧宾夺主和自娱自乐弄得十分厌烦的井冢，他大声呵斥道。

成濑终于横下了心，只见他发出尖利的嘶叫，端着上了刺刀的步枪向着维森多夫摆出了刺杀的身段！

突然，空袭警报在监狱的上空尖锐地响起来了！也就是几秒钟，头上随即传来飞机刺耳的呼啸声，几乎就在成濑的刺刀接触维森多夫身体的同时，空中一连串的炸弹倾盆而下，在监狱的空地上爆炸。那日本孩子受了惊吓，刺刀随即偏到一侧去了，但是依然刺穿了维森多夫的左臂！紧接着，天空中飞机俯冲扫射的子弹如雨而下，机枪子弹的射击弹道发着光，在地上画出一道亮亮的虚线，这道虚线又由地面爬到了牢房的墙上。监狱里外顿时一片火海，到处传来死伤的号叫声。

维森多夫被气浪掀到了空中，重重摔到了六七米开外，有一刹那他完全失去了知觉，随即感到了剧烈的疼痛，不仅是刚刚被刺刀刺伤的左臂，而且觉得五脏六腑都破碎了似的，他背后捆绑的绳索也脱落了，双手获得了自由。他赶紧向四周张望，只见院子里到处是瓦砾和石块，散落着死者和伤者，有人发出刺耳的惨叫。监狱空场上被炸出了几个大坑，黑乎乎的影子在燃烧的火光下变得忽长忽短，如同鬼魅在舞蹈。飞机俯冲的呼啸和机枪"嗒嗒"的射击声忽紧忽慢，如同音乐中的问答。

维森多夫想到了沃尔特·约内斯，随即大喊着："沃尔特！沃尔特！"他一边喊一边手脚并用，连滚带爬地移动着身体四下张望，他很快看到了倒在一片断墙边的老朋友。

"莱隆德！"他听到了约内斯吃力的喊叫声。

"沃尔特！你受伤了！"

"小心！你也受伤了，你的左胳膊在流血！"

两个老朋友相拥着，他们看到了那个党卫军法西斯屠夫血肉模糊的身躯，毫无声息地躺在不远处，他的半个身子都被吞没在了半面残壁和横梁之下，在火光下分外刺目。

"怎么，他死了吗？这个魔鬼！"

"莱隆德！不要管他，这是机会，你快跑吧！逃出去，逃出去就有希望！"

"不不！我们一起走！"

"我不行了！莱隆德！我的腿。"

约内斯吃力地坐起身子，露出血肉模糊的右腿，他说这些话的时候，不断地发出痛苦的呻吟声。

"不！我来扶着你！试一试，站起来！站起来！"

突然，一名日本兵出现了，他不顾瓦砾的高低，跌跌撞撞地扑上来，手中的刺刀向着维森多夫直刺过来！

"莱隆德，小心！"只见约内斯"霍"地挺起身躯，挡在了维森多夫的面前，日本兵的刺刀随即刺穿了他的胸膛，他向前扑倒，但双手依然紧紧抓着日本兵手中上了刺刀的步枪！

"沃尔特！"维森多夫发疯似的大叫着，跟跄着扑将上去，一把抱住约内斯那被刺刀洞穿鲜血喷涌的身体。

不料，那一步开外的日本兵挣脱了约内斯的双手，端着刺刀蹒跚着又站了起来，疯狂嘶叫着，这一次，他的刺刀对着约内斯的背后戳了过来！

"住手！"维森多夫大吼一声，同时用他那曾经千万次演奏小提琴的右手，抓起地上的一块石头，挺起身子用力砸了过去。那日本兵终于歪歪斜斜地倒了下去。

"你快跑吧！快跑！"大口大口的鲜血从约内斯的嘴里涌出来！

"不不，我们一起走！"

"莱隆德！没有时间了，别管我，快跑啊！"

"不！"

"愚蠢！我已经老了，别管我，你快跑！快啊！"

他用尽最后的一点力气推开维森多夫，自己随即向后仰面倒了下去。

"沃——尔——特！"

维森多夫泣不成声，热泪纵横！

维森多夫不再耽搁，他感到自己的心在狂跳着，血液也加速流动。他最后看了一眼倒在身边的好友，然后挣扎着，用力移向最近的一片石墙，那石墙已经被炸出一个不大但足以越过的豁口。他吃力地挪向豁口，试图将身体翻上去，先是一次，又更加努力地一次，他的肩膀、胸部和腹部终于落到了高低不平的石块上，皮肉立即被尖利的东西扎破了。他顾不得这些，用力撑起身体的重心向前扑去，然后不顾一切地摔到了墙的另一侧。热烘烘的空气混合着硫黄的气味刺激得他几乎要打喷嚏。他小心翼翼地向左面张望一下，街上黑洞洞的，空旷无人，只有爆炸后散落的碎片显露着明灭的斑点。他再向右面望去，在开阔地的尽头，有一棵枯树正如同火把一样"哗剥"地燃烧着，照亮了不远处的一道壕沟。他记得，那是日本人为了对付日益频繁的美国空军的轰炸，动员了附近的中国和犹太居民，用几天时间突击挖成的。从壕沟里挖出来的泥土没有人过问，依然沿着沟边堆放着。此刻，有一段壕沟已经被炸平，此起彼落地延伸，隐入"火把"照不到的远处。他不顾疼痛，先是用手扶着墙面向前挪动几步，然后奋力摆动双臂，姿势虽然狼狈但是极为坚决地投向那片黑影里去了。

此刻，美国空军的空袭几近结束，枪炮声和爆炸声也变得零星和稀疏，但天空上，火药爆炸后留下的烟雾被凌乱划过的探照灯光反复照亮，如同色彩混浊随风飘舞的团团棉絮。

维森多夫深知不能耽搁，他一边奔跑一边寻思着要逃走的方向。他知道自己已经出了"隔都"的地界了，眼下正朝着江湾的水边走，他随即记起小扬曾经向他绘声绘色说起的北外滩靠近水边的那片荒地，这片荒地与市街相交的边缘在白天是个农贸市场，除了专门向相隔不远处一个叫作"下海庙"的小寺的香客们兜售香烛、佛像和画符的摊贩之外，便是乡下的菜农叫卖新鲜又便宜的蔬菜和水果。再晚一些时间，这里悄悄倒卖的是听装的罐头煤油和大包的无磷火柴，有胆量的，甚至可以买到枪支和手榴弹。入夜，荒地的深处便是鬼蜮，是成群的野狗的天下。一间又一间废弃仓库内外堆放着如山的废旧物品和垃圾，甚至可以看到死人和弃婴。而库房再远些的那一面，是长满荒草和蚊虫滋生的一大片茂密树林。

很快，他听到了身后的远处传来日本人的大声叫喊，他回头看去，只见百米开外，有人影和手电筒的晃动，还有起伏的狗叫声。他知道那一定是日本的巡逻队发现了他，追赶上来了！维森多夫知道自己已经别无选择，或是死去或是逃生，他毅然奔向了那片凶险四伏的荒地。

光线骤暗，他很快被地上的坑洼绊了一跤，浑身上下立刻被刺鼻的、令人作呕的气味包裹了。他不曾多想，支撑起摔得生疼的身体，继续向着荒地的深处奔去，突然，他的前后左右出现了无数阴森森的绿色光点，加上闷声的嘶吼，维森多夫全身的汗毛都竖了起来，脑子里陡然"轰"的一声，"野狗！"他惊慌地叫道。来不及反应，他瞬间被几只野狗扑了一个趔趄！他奋力稳住平衡，挥动右臂和带伤的左臂，一边尽全力阻挡着野狗的攻击，一边且战且走，尽力向前移动着身体。他正顾此失彼，眼看寡不敌众，突然，所有的野狗都放弃了纠缠，飞快向他身后的远处扑去了。他正惊奇不已，片刻，在他身后百米开外，狗叫声响成一片。原来，是日本的巡逻队迫近，而野狗嗅到了那群警犬同类的气味，冲上去嘶叫，同时也开始攻击和撕咬日本兵了。

维森多夫惊魂稍定，他不敢耽搁，继续向前奔去。夜色明灭，四下里有的时候稍稍露出些天光，有的时候却伸手不见五指。他一下子撞到了一丛弹性十足的灌木上，再往前走，又撞上了别的灌木的枝丫，脸立刻被划破了。他随即明白，这片野林子里并没有路，他不断撞到重重叠叠的树枝，再不断地用没有受伤的右臂把它们向边上推开，他踉跄着，摸索着，大口大口地喘着粗气。很显然，那群野狗帮了他一个大忙，无意中阻挡了巡逻队的追捕。但他知道，不应当沿江边走得过远，他大致知道，再走下去，便会进入日本海军军用码头的地界，那等于是自投罗网。他还记得五年前，日本军方从上海工部局的扣押令下夺回意大利邮轮"绿伯爵号"的时候，犹太难民们便是从这附近再远一些的江面下的船。于是他决定在黑暗的树林里左转，一边以江面作为识别方向的坐标，一边小心翼翼和江岸保持着适当的距离。

他终于走出树林了，空气瞬间新鲜了许多，在暗红色和灰色的浮云缝隙中，甚至有着星星的闪光。他在一块高起的土堆上静静歇息了一会儿，小心地听一听周围的动静，再次确认一下方向，然后借着夜色的掩护，又继续一段新的逃生之路。接着，他感到自己经过了不少三五成群的房舍，偶尔还有狗叫的声音，后来，四下里就越来越安静了。此刻他可以大致判断出自己的方向：已经从西南折回头，正向东北面行进着。他明白自己已经出了上海，在走到高处的时候回头望去，他看到黄浦江在天边弯成弧形，依然澄明如练，就像是黑白版画中呈现的效果。他不断向前奔跑，两条腿早已没有了知觉，好像是机器的两个轮子，机械地移动着。

田野上的一切逐渐变得清晰可辨了。他看到自己正走在一片耕种过的坡地上，土很松软，田垄像一道道起伏的皱褶，使他的双脚就像踏在棉花上一样。他的两条腿突然不听使唤了，人随即歪倒在地。于是，一道道田埂变成了一座座山冈，难以跨越。他惊惶地左顾右盼，看到右面的山坡上有一片树林，就沿着田埂向那边走过去。

"不能倒下！"他对自己呼喊道。

于是，他踉跄几步，扑向离他最近的一棵树！

他又扑向稍远些的一棵树！

他再扑向另一棵树！

他将自己立稳。然后把脸贴在那粗糙的、冰凉的树皮上。这一刻，他可以通过树木的振动感到自己"扑通扑通"的心跳。这是一颗对他无比忠诚的心脏，它的节奏十分混乱，却顽强地跳动着。他又努力调整自己的呼吸，深长地喘息了几下，觉得鼻子里的热气也呼热了树皮的表层，使他闻到了一股类似将树叶在手中揉碎后发出的那种带着草腥气的甜味。阵风在头顶上掠过，所有的树叶都一起抖动着身体，发出"哗啦啦"似海潮一般的呼应，甚至鸟儿也发出如歌的啁啾。透过树木之间错落的缺口，他望到了远方。

天开始亮了，高低起伏的地平线依稀勾勒出一片稀疏的房舍的形状。与地面最接近的天空有几抹淡红色和淡黄色，就像有一支饱蘸了水彩颜料的毛笔漫不经心地扫过一般。他知道，他已经离城市很远了。他又转过脸，向树林的深处张望了一会儿，里面的树木很暗，交织着层层的影子并且传达着一种飘忽不定的安宁，他的身体不由自主地渴望顺着树干滑落下去，就此不再挪动。他忽然想起，眼下正是初夏，一年中草木最为丰茂的浓郁季节就要到来了，紧接着便是秋天，而他，一个逃亡在异乡的来日无多的老人，或许会像一片树叶那样落到青苔上或者草丛中，变成腐殖质，变成泥土。他不惧怕死亡，而这一刻，死亡的念头就在他的意识里不失时机地轻轻掠了过去。

"不！我不能倒下！难道我跑出监狱，就是为了这样不明不白地作为一名逃犯死去吗？"他又一次对自己叮嘱道。

他明白，他必须再向前走，要走得离日本人更远。对！他要去找陆晓念！他又奋力地撑起身体，离开了那一片树林，顺着田间的小路艰难地走着。

天下起了小雨，不知过了多久，维森多夫的眼前出现了一条有四五十米宽的河，随着渐渐放亮的天色，他的心里也焦急起来，他急切地想渡过河去，仿佛有了河水的屏障便会离日本人的追兵更远一点儿，也就更安全一点儿似的。于是，他跌跌撞撞地沿着河滩一步步挨下去，希望能遇到浅滩或者狭窄一些的水面。蒙蒙的雨丝无声地笼罩着他的身体，他很快便分不清淌下的是雨水、汗水还是血水。他又冷又饿，受伤的左臂疼得完全没有了知觉，孤独感又一次袭上心头。

我应该去哪里？这里又是哪里呢？

语言不通，中国人会怎样对待我这个外国人，他们会把我这个洋人交还给日本人吗？

晓念在临走的时候说，她去的地方是苏南，她说那里的日本人已经龟缩到上海郊区了，所以很安全，但是苏南在哪里？

晓念说苏南在上海的北面，那么，我现在是在苏南吗？

起风了，天与地的界线模糊，四周空旷得出奇。他觉得自己如同荒野上的孤魂。

"晓念，你在哪里？你在哪里？"

他一边在心里呼叫着，一边继续吃力地向前走着。

他失去了知觉，身体趔趄着倒了下去。

朦胧中他感到有人影在晃动。

"喂！喂！"他隐约听到了有人在叫喊。

"晓念！"他喜出望外，拼尽全力地叫了一声，却没有听到自己的声音。

他昏倒在了河滩上。

32

清晨,就在维森多夫离上海北面五六十里地的田野上亡命地奔走的时候,提篮桥监狱的天井里面一片狼藉。人们忙乱着,将轰炸中的尸体一具一具移到后面刚刚清理出来的空地上。在昨晚的空袭中,井冢受了轻伤,而"华沙屠夫"梅辛格则几乎丢了性命,他不仅多处受伤,而且被炸断了一条腿,经过紧急抢救和止血处理之后,此刻正在汇山码头等待日本海军的潜艇将他送回日本救治。合津呆呆地站着,心有余悸,更暗自庆幸昨天的刺杀训练他没有在场,从而躲过了一劫。

虽然刚刚下过一阵小雨,眼下为了防火,院子里的大部分地方依旧被水枪猛烈地喷扫过了,但还有几处爆炸引起的小火"哔哔剥剥"地燃烧着。于是,烤热的石块和沙砾的呛人气味夹杂着依然浓烈的火药味,与水蒸气的白雾混合在一起,令人不停地咳嗽和打喷嚏。合津站在残垣断壁之间四下里查看,又一次体会到了美国飞机空袭的威力。监狱左角高墙上坚固的瞭望塔本来设有重机枪和探照灯全天候警戒,如今已经被炸得只剩下半片残墙,一层牢房区的正面被炸得门户大开,于是二层楼上的各个小牢房,便如同悬挂在半空的蜂巢一般,摇摇欲坠。迅速通报来的消息说,美国空军此次轰炸的主要目标是距此一箭之遥的日本电台,原因恐怕是电台的晚间播音实际上是给海上的日本舰只提供导航信号的。但是轰炸波及了附近的好几条街,事实上，这次提篮桥监狱被美国空军轰炸，也要归咎于井冢的疏忽大意，日本人明白，美国空军的空袭轰炸大多会在午夜后进行，而午夜十二点钟便是日本军方规定的上海戒严宵禁的时间。但是，由于昨天晚上新兵刺杀活人的训练中发生了种种的意外情况，加上梅辛格节外生枝的搅局，使得时间拖得过长，而且探照灯的强光无疑给天上的美国飞机指示了轰炸的弹着点和坐标。

眼前走来了监狱长大松博彦。

"维森多夫抓到了吗？"

"还没有！不过，他逃不掉的！我想就是现在没有消息，估计到了下午，最晚明天就会有结果。他有伤，这么大的年纪料定也撑不了多久。"

"他又能逃到哪里去呢？"合津像是提问又像是自言自语。

"据回来的巡逻队的人说，他逃到江边那片荒地去了，估计不被野狗咬死的话也不会逃得太远，因为过了荒地再不远就是我们江湾的军用码头和新修的炮台区了，到处是我们的人，他跑到哪里都跑不出我们日本人的手心！"

"如果他能侥幸通过那片荒地，如果他心里清楚江湾那一片地区是皇军的军事禁区，如果他又转向了相反的方向呢？如果……"他几乎脱口而出，想继续问下去，但到了嘴边的话却又咽了回去。他转过头，向墙根踱了几步，察觉到自己眼下就站在曾经关押维森多夫的地牢的上方，他忍不住透过地面气窗的缝隙里向下张望，黑洞洞的窄小的死牢里空空如也。他的嘴角露出一丝令人难以察觉的释然表情。

此刻，敞开的监狱大门外传来报童叫卖早晨报纸的高声吆喝："号外！号外！美国空军……死伤无数！……"

合津闻声扭头向外面望去，监狱的大门原来一直是紧闭的，左右的沙包后面是警备的士兵和机枪，而眼下为了抢救的方便，双扇的大门被临时打开，活像是街头公园那样一眼便可以直接看到街的对面。为了安全起见，两边的人行道上都临时拉起了绳子堆起了很高的沙包，中间留出的走道是为了让救护车进出的。当地为数不多的几辆救护车不断把周边由于轰炸而死伤的人拉到监狱的天井里集中救治与处理，随着天光渐渐亮起，显得越来越嘈杂和吵闹。

合津的心底掠过一丝烦乱和不安，因为毕竟是他的圈套将这位世界小提琴大师逼上了这样一条生死逃亡之路的！他心不在焉地愣了一会儿，便又想起了那把传奇的米拉尼小提琴。

一个小时以后，合津离开了监狱，来到了上海无国籍避难民处理事务所，他依然按照习惯在不大的事务所的周遭街边小心翼翼地看看。或许是昨天晚上轰炸的缘故，此刻居然没有一个犹太难民前来申请出入证，只有两三名犹太保甲无所事事地前后走动着。

"诸位辛苦了！都回家吧，回家吧！"他和颜悦色地挥挥手说道，"今天不办公，不接待任何要出去的人，听明白了吗？"

然后，他走进事务所，穿过外间的接待室，进入办公室，他将米拉尼小提琴从身后的铁皮柜的上层取出来，然后坐在自己的靠背椅上，掀开丝绒布，打开琴匣，将小提琴细细端详着。

他想喝茶，便从抽屉里取出妇科医生奥尔·史坦尼茨拍马屁送来的茶叶，才想起今天事务所关门，那些乖巧顺从的犹太保甲没有给他准备热水。他想一想，在后面的柜子里四下翻动，终于找出半瓶清酒，没有酒杯，便顺手用茶杯斟上，然后，将小提琴小心翼翼地取出来，用心地端详着。

"啊！米拉尼小提琴，一把非同寻常的琴啊！"合津感叹着。他知道，这把琴的高贵并不在外表，也不在于因岁月而提升的古董价值，而完全是由于它成为大师演奏用琴背后的原因。维森多夫的演奏艺术也必定由于米拉尼小提琴的相得益彰而淬成小提琴艺术的精华。于是，拥有了它，便不仅仅是拥有了一把琴，而是收藏了小提琴艺术史的一部分。

十天前，在犹太难民收容所的募捐演出会上爆发的事件，早就成了不胫而走的新闻，尽管井冢和日方声称要严厉惩罚造谣生事、蛊惑人心并且以此煽动反日情绪的报刊，但是反而使得原本的故事越发吊人胃口。另外，作为花边新闻，上海的许多报刊都绘声绘色地讲述着这把被称为"米拉尼小提琴"的传奇故事，添枝加叶的细节就像连载小说一般引人入胜。有的小报说米拉尼是维森多夫的情人，因为他们的分别而殉情。有的小报甚至说那个红黑相间的七星小瓢虫是在维森多夫流亡到意大利的时候，请一位会施法术的吉人赛人画上去的，为的是保佑他的平安，等等。

时间还早，合津闷坐着喝了一会儿酒，他推开茶杯，将琴执在手上摆弄了一会儿，然后拢在腿上，手指夹起丝绒布，在琴身上轻轻擦拭起来。

小川来了。他叫了一声："部长！"然后望一望桌子上的酒，再望一望正在擦着琴的上司，便在门边犹犹豫豫地站着。室内只闻丝绒布触动琴身的沙沙声。

"坐下吧！"合津道。

"喝酒吧！"合津又说了一句，然后两个人便不再言语。

小川也用喝水的茶杯给自己倒了半杯酒，啜了一口，半晌，终于忍不住开口问道："我也看过报纸上讲的那些故事了。但是就琴本身来讲难道也有什么特殊的地方吗？"

合津仰起头来："当然啦！这是一把有意思的琴，非常有意思！"他放下手中的丝绒布，将琴立在腿上扶着。"我请了两位白俄的专家鉴定过，他们说这把琴的长度和琴腰的长度都很特别。特别是它的共鸣箱比一般的小提琴要长一些。那两个家伙管它叫'肚子'。"

他用手指一指琴身。

"肚子？"小川好奇地凑过身子。

"据我的知识，一般来说，琴身加长小提琴的音色会变得厚重，但是这把琴的音色却非常明亮。"

"哦……"如同聆听天书一般的小川，发出一声低低的赞叹，"报纸上说，维森多夫在他的女儿死后拿到这把琴的时候，这把琴已经破损得非常厉害了。所以后来他到意大利的时候特地请了当地一位有名的制琴师修补了一次。"

"对对！"合津受到小川的感染，胃口也被吊起来了，"这么说，或者，或者是那个制琴师最终把琴调整成这样的？"

他突然想起了什么，但又立刻否定了自己的推测："不对！原本就是他女儿把琴制成这样的！"

他从抽屉里找出一个放大镜，向小川招一招手，然后将琴平端起来直对着窗子的亮光："向里面看！看到里面的签名了吗？可见琴板没有换过，原来就是这样的！"

小川顺着合津的指点，吃力地用放大镜向琴身上的音孔里看去，果真看到琴板的内面有暗棕色的花体字"米拉尼"的字样。小川哪里见识过这些，不由得又长长地发出了一声惊叹。

"据说，许多好的制琴师选择了理想的树木，比如枫树，在伐树取材的时候都要先做祷告，而且是在满月的夜晚去做。噢，据说在取木料的时候必须完全用斧子，而不能用锯子。

"所以要制作一把出类拔萃的小提琴，不光要有手上的技术，有细心和耐心，还要有偶然运气的成分，或者说，这里有一种神秘的因素左右着的。"

"噢！真是不可思议啊！"

"是啊！不可思议！有人曾经想仿制斯特拉迪瓦里制作的小提琴，特意选用了同样的木头，不要说尺寸和形制以及工艺程序，就连木头的花纹都几乎是一样的。"

"那结果呢？"

"制出来的琴的音色、音量和共鸣却完全不同！"

合津用手指在琴弦上轻轻拨弄一下，琴弦是松的，于是米拉尼小提琴发出一声低低的乐音，正如同一声叹息。

合津的心中升起一股惆怅，便把小提琴提起来，架在肩上，右手一面运弓，左手一面调音，他想了想，突然声音不大却非常认真地拉起《这一天》来了！显然，维森多夫在捐款音乐会上的演奏，他依然清晰地记得大部分。

小川渐渐分辨出了曲调，吃惊地张大了嘴，"啊！《这一天》！"他说道。

合津扭头看看小川，"哧哧"地笑了起来。

他收起笑，把琴立在腿上叹息道："大师啊！他的确是了不起的世界小提琴大师啊！"

小川道："您是说……"

合津像是理会小川，又像是自语地说道："他证明了，他证明了！他说的没有错啊！"

"可是……您不是已经战胜他了吗？"

"我？我战胜他了吗？"

"依我看，您已经彻底战胜他了！上一次他就在琴术上输给您了，而在这一次，他甚至连小提琴都被您缴获了！"

合津小心翼翼地将琴放回琴匣子里面去，仰头叹道："你明白吗？我没有办法战胜他，因为，"他低下头认真说道，"他说过，音乐是上帝创造的全人类的共通语言。而他，真的就是音乐的化身！"

他将头转向小川，继续说："四年前，我们在一起喝酒的时候，维森多夫和我说，既然音乐是音乐家的信仰，就像信仰上帝。所以，哪怕在大炮和机枪前面，一切的选择也会变得非常简单，我当时很不以为然，我说，这不过是漂亮话，因为这难以做到，既然无法举例说明，所以也是无法证明的事情。"

"那他怎么回答你的呢？"

"他没有说话，只是笑笑。他，好像被我问住了。"

合津仰起头来，像是说给小川，更像是说给自己："现在他做到了，他证明了！在难民收容所的演出上，他用他的生命创造了音乐！用他的性命！这就是他所说的信仰！"

他徐徐呼出一口气，低下头显出沉思的样子。"真的！他做到了！我永远不可能战胜他！"

小川越发听不懂合津的这些感慨，忍不住问道："为什么？这个老犹太不是还在提篮桥监狱里面吗？"

合津听到小川的这句话，将两手在胸前"啪"地合掌一拍，说道："小川君，还忘记告诉你一件大事。"他转回桌子后面坐了下来，"我们恐怕再也见不到莱隆德·维森多夫先生了！"

"怎么？自杀了？昨晚美国空军的空袭，噢！他一定也被炸死了！"

"跑了！他跑了。他利用昨天晚上美国人的轰炸越狱逃跑了。"

"这太难以置信了！而且他这么老了！这消息实在是太糟糕了！"

"糟糕吗？或许是吧。但是，这却是对我的一点安慰啊！"合津叹道，"所以，这琴放在这里不行，不保险。我一会儿要把它拿到我的住所去，附近有我们的兵营，那里更安全。"

小川一脸迷惑，两个人都不再说话了。

雨后的阳光由百叶窗的缝隙里斜射入室，将房间分割成两半，箭一样的光柱里面，有无数亮晶晶的粉尘无声地喧闹着。小川眯起眼睛望去，觉得合津的模样在幽暗处渐渐变得模糊了。

33

　　一九四五年八月，如注的豪雨下了好几天，没有停止的迹象。如同《圣经》中所描述的那样："地下深渊的源泉都裂开，天空中所有的水闸也都打开。"

　　"隔都"的街头空荡荡的，似乎没有了生命的迹象。地面被水泡软，树叶和垃圾被冲到死角，散发着腐臭。天光反射着水光，灰蒙蒙的却又明晃晃的。虹口的这一片老旧的散发着霉味儿的街道和弄堂，如同挪亚方舟，载着人们在水中升降漂浮，没有沉没。

　　历史，如同一座压缩了时空的巨型浮雕，显露着凝固和庄严的模样。然而真实的历史中，有多少事情却往往是平庸甚至近于荒唐的。当有一天人们终于回过头去，将那一切连接在一起的时候，便一定会发现，正是那些微不足道的小事，竟如同寓言一般地指向未来。

　　每天午饭的时候，难民收容所里都是一片愁云惨雾。"竹竿"柯哈纳再也变不出任何东西来为人们果腹了。后来，每顿午饭每个人可以领到的，只是一匙带汤的碎土豆，只有大桶里面的茶水是不限量的，想喝多少就可以喝多少。

　　有一天，食堂里面突然充满了笑声和歌声，惊得柯哈纳跳了起来，不知发生了什么事情。原来，有一位难民父亲为了安慰自己的孩子，唱了童话歌剧《韩赛与葛莉特》①里面的一句歌词"饥饿可以把任何东西变成美味"。不一会儿，排着队等着领取午餐的人们竟然全部学会了。这个难民大合唱从此成为每天中午开饭的时候一定会上演的戏码了。

日本人为了对付美国空军"飞虎队"的空袭，组织居民进行了好几次防空袭演练，包括做体操一样的奔跑、卧倒、匍匐前进，以及紧急包扎的训练。至于在早些时候组织居民在几条街上挖的壕沟，原本是要当作简易的防空设备的，如今这些壕沟已经被雨水灌满，与地面持平了，让人分不清道路，已经有十几个行人跌到沟里摔断了腿。有一天晚上，日本巡逻队的摩托车也摔到了沟里。日本人还以为遭遇了游击队，慌乱了好一阵子。这时候，一个下夜班的犹太保甲刚巧骑着自行车经过，被无处撒气的日本兵痛打了一顿。这个保甲素来以"对工作过于认真"而受到无数难民的怨恨，现在算是得到了报应。

另外，很多家庭不仅将窗子上的玻璃贴了纸条，而且将木板和床板都架起来当作防空袭的遮挡物。这些东西除了心理上的安慰之外，对于落下来的炸弹毫无作用，这可乐坏了每一家的孩子，因为他们有了捉迷藏的天堂。

好几天了，合津批准了所有人的通行证。

天气似乎真的了解了人们的期待，八月十五日那天，雨在清晨的时候突然停了。看不见太阳，云却很高。上午，天上传来一阵飞机的马达声，接着，一架灰底上涂着白色五角星的美国飞机便钻出了云朵。地上的人都慌乱了一阵，但是又很快平静了下来。因为日本人的防空

---

① 《韩赛与葛莉特》(Hansel und Gretel)：德国作曲家亨伯定克（Humperdinck）根据《格林童话》同名故事创作的歌剧。

警报并没有拉响，而且这架飞机在白天出现，飞得却又慢又低。

人们来不及多想，天上便落下了数不清的彩色传单，飞机转了一圈，又投下了成千上万的彩色传单，然后非常优美地侧倾着机身钻进厚厚的云层里去了。

传单有英文、中文和日文三种语言，内容是令人无法置信的：希望居民们不要离开居所，犹太人不要擅自离开"隔都"，请维持社区的稳定与安全，特别是不要上街游行！——难道战争就这样戏剧性地静静结束了？既然仗打完了，为什么还没有正式的官方或者权威的公告广播呢？

快到中午的时候，上海的各家电台都预告有重要的广播。人们的兴奋与不安交织着，咖啡店、饭店、商店和住家纷纷把收音机搬到了临街的窗口，大街上，弄堂里，到处是满怀期待的人群！

十二点整，一份日本天皇的诏书开始播放了！它是用预先拟好的日文、中文和英文宣读着，播音也是事先录制好的，声音低沉而平稳，中文和英文的发音都有些蹩脚。

诏书里说："在反复思考世界大势和大日本帝国当今的实际状况之后，我们已经决定指示大日本帝国的政府，开始分头接触美利坚合众国、大不列颠及北爱尔兰联合王国、中华民国和苏维埃社会主义共和国联盟的政府，大日本帝国已经决定接受以上贵国在联合声明中提出的条件……"这份诏书尽管扭扭捏捏，措辞含混，甚至没有一处提到"战败"，更回避了"投降"的字眼，但意思还是明晰的，日本法西斯终于承认了可耻的失败，和平到来了！

一瞬间，人群如决堤之水，不断汇入更大的人群中，涌向大街，涌向外滩。整个虹口，整个上海都沸腾了！到了下午，天上的云又厚了，雨重新下了起来，但是人们的兴奋不减，在已经废除了的"隔都"的每一个出口，都有大群犹太人在高声唱着犹太民歌、跳着舞，更有人搬来凳子、椅子，或者踩着朋友的肩膀，将钉在各个"隔都"路口的标识牌拆下来，作为纪念品收藏。

曾经是人来人往的"上海无国籍避难民处理事务所"——合津给难民批发通行证的办公室，如今备受冷落。原本就僻静的茂海路的拐角，终于在两年多之后恢复了它早先的样子，在雨中悄无声息了。短命的"犹太之王"合津早就收拾起所有东西，不再露面了。只是一连几天，都有一个戴着草帽的年轻人在这里徘徊，他非常警觉，而且有时耐心有时烦躁，似乎在等候什么人，这个年轻人便是陆扬。

已经两天了，尽管依然阴雨连绵，但整个上海的庆祝活动并没有因为天气的恶劣而受到丝毫影响。白天，人们自发拥上街头的举动已经被有组织的行为取代。不论国民党还是共产党的工会，还是无数企业和商会，全部组织员工走上街头，举行盛大的游行。声势浩大的秧歌队和舞龙、舞狮表演加上幽默短小的活报剧在几条主要的街道上轮番上演着。到了傍晚和夜里，街上依然到处是人，各种传奇和新闻被人们津津有味地再三讲述着，不断添加新的细节。

合津还没有随着大队人马离开上海，他预定搭乘这天下午的运输船，随最后的一批伤兵施行"集中驻留"。由于得到的消息并不确定，所以他甚至还不知道运输船下一站要停靠的地方是哪里，一会儿说是从上海外滩码头乘船出发直接返回佐世保，一会儿说是由外滩码头集中后，再集中到中国浙江的萧山，然后等待下一步的命令。而作为军用的汇山码头，如今已经被美国军队控制。作为战败国的日本，一切不得不听从中国和美国方面的规定和指令，均须在中美两国的军事监督下，由外滩码头上船，而且，部队的武装人员，已经不能持有武器，枪支弹药已被集中收缴，先期用数十艘木帆船运送到宁波去了。另外，合津从与同事的交谈和电话、电报的联络中得知，坐船回到日本之后，作战部队将就地解散，人员遣返，作为文职官员，则要限期到政府和军部的某一个特定机构报到，但是这个部门也是必须听从作为战胜国的美国人的命令的。

合津的心中尽是感慨，时势逆转，天灭大和，日本不仅在太平洋上败于美国，而且永远地让出了从世纪之初便苦心经营的对于中国、朝鲜和东南亚的控制。在电台播放了日本天皇发布的投降诏书后不久，合津就收到了井冢明光大佐在自己的家中切腹自杀的消息。合津呆坐了一夜，心中一片空白，倒不光是因为失去了顶头上司，他更带着深深的无奈和悲哀想道，当年，他决然放弃了音乐家的生涯，选择了随大日本皇军漂洋过海，在多难的战争中追求功名的道路，如今一切皆空，一切皆成茫然，他真的不知道该如何重新收拾起自己的生活。

比起前两天来，日本人住宅区所在的这一片街巷，已经安静了许多。两天前，日本宣布战败投降的消息和日本天皇发布的投降诏书在广播里一经宣读，成千上万的中国人就把日本人的住处团团围住。他们喊口号，唱歌曲，甚至扔石头，砸了临街面上无数的玻璃窗。许多日侨，特别是那些当过武装民团的人都害怕得聚在一起，有的甚至藏进了衣柜里。这真是绝妙的讽刺，因为过去许多中国人就是藏在衣柜里希望能逃过日本宪兵的追捕的。

与此同时，隔离区里的犹太难民也没有闲着，在那天日本宣布战败和投降的半个小时之后，几个犹太文艺俱乐部的小伙子，就由白绿黑带着，翻墙爬上了合津办公室的房顶，挂起了犹太人的白底蓝色的六角大卫星的旗帜。这种旗子的式样，最早是由犹太复国主义运动的创始人西奥达·赫泽尔的战友大卫·沃尔夫佐恩设计的，后来，便成了在一九四八年建国的以色列国旗的蓝本。①

这几天，合津累得手忙脚乱，将东西分成他要带走的、必须销毁的和不得不向战胜方交出的三类。在日本天皇发布投降诏书的第二天，上海几个犹太难民救济组织的头脑人物就联合找上门来进行"讨论"，实质上是坚决要求"上海无国籍避难民处理事务所"移交所有关于犹太难民的档案资料，大致包括自从一九四三年划定的"犹太难民指定居住区"建立之后所生成和收录在案的所有文件资料，包括进入"隔都"的所有犹太难民的登记名册，当然包括他们的姓名、性别、年龄、之前的国籍、早先的职业特长与而后从事的职业，等等；还包括这几年间在虹口每一年出生和去世的犹太人的名册，所谓犹太"保甲"组织的名册，等等。双方争执不下，当然最终服软和让步的还是合津。犹太人一反从前的唯唯诺诺的态度，而是直白和坚决地告知合津，这是犹太民族历史上非常沉重和必须记录的经历，犹太人将珍视与保存这些资料，使后代不可忘记。

在合津看来，犹太人的态度之所以瞬间变得如此强硬，除了日本战败不能再使用武力的因素之外，还有一个非常重要的原因，就是接收上海行政治理主权的中国官员和军队以及准备驻扎上海的美国军队

---

① 西奥达·赫泽尔（Theodor Herzl，1860—1904）：世界犹太复国主义组织的缔造者，被人们尊称为"以色列国父"。大卫·沃尔夫佐恩（David Wolffsohn，1856—1914）：赫泽尔的战友和他世界犹太复国主义组织主席的继承者。在酝酿第一届世界犹太复国主义代表大会的时候，大会采用了他所建议的蓝白两色旗帜作为标志，而这个标志性的旗帜便成为1948年建国的以色列国旗的蓝本。

已经按照计划的安排在进行之中，于是，犹太人自知有了武力的靠山。

合津的私人住宅里也是一片狼藉，他把要带走的东西打包或者装箱，带不了的，就一点儿不留，全部毁掉。他原本竭尽心力在上海收集了许多音乐的黑胶唱片，思来想去，终于将它们一一砸碎或者烧了，但是他却特别拣出所有维森多夫演奏的唱片，把它们小心翼翼地包裹起来，特别是那套绝版的门德尔松的小提琴协奏曲。

"再看看，不要漏下什么重要东西！"合津见到助手小川从外屋走进来，就一边忙着一边嘱咐道。

小川抬抬手，问道："这个，还要保留吗？"

合津扭头，也不禁停住了正在忙着的两只手。只见小川手里拿着的，正是两年前他特意向犹太画家白绿黑定制的油画《拿破仑加冕》。

他把它接过来，自嘲地苦笑，掂一掂分量，然后猛然掼在地上，摔碎了。

合津一行准备到达码头和开船的时间，预定为下午三点，但是，他还是在刚刚过了十二点钟的时候就出发了。他担心由于日本已经战败投降，路上万一有什么情况，无法应付。安全起见，合津走的是后门。他四下里看看，街对面昔日十分热闹的步兵营此刻不但空无人迹，从敞开的大门看进去，远处操场对面的一排平房，窗子和门都成了黑洞，玻璃和门板也不见了。

小小的车队只有两辆军用吉普车。第一辆由小川驾驶，车里还有一名随从，车里装着随同携带的大小箱子。合津坐第二辆车，跟在小川的汽车后面。

雨依旧淅淅沥沥地落着，看上去就要停了。合津左手抱着米拉尼小提琴，右手依然撑起一把黑雨伞，遮着小提琴免得被雨水打湿。在车中坐定之后，他把伞控一控雨水，收了，立在前面的脚垫上，关了车门，然后用双手郑重地把小提琴抱在胸前。合津决计在回到日本之前的所有路途上，都要细心呵护这把琴。他想，他曾经和崇拜了一生的世界大师走得那么近，却又反目成仇，几欲置他于死地而后快，但如今，当这些缠斗随着战争的结束突然成为过去的时候，他才发现自己在内心的深处依然存在着隐隐的歉意和对那个犹太老头的令人心烦意乱的惦念。

两辆汽车从排气管里放出团团的白雾，由后门所在的僻静小巷拐出去，驶向行人渐渐增多的大街。很快，他就感到了周围的敌意，前面和侧面的玻璃窗外，不断闪过嘲笑与憎恨的面孔，车厢的铁皮上也不断被什么重物击打，发出"砰砰"的闷响。合津并不慌乱，他抬起手把车门的锁扣紧，然后目不斜视，表情坦然，同时低声命令司机按一按喇叭，示意前面的小川开快一些。

雨大致停了，路上顺畅好走得多了。两辆吉普车的车轮卷着地上的积水，不一会儿便顺着在战时已经停用的十路有轨电车道，开上了外白渡桥的石板引桥，路面上的石板鼓着条条的脊棱，车子行驶在上面就一跳一跳的，也就放慢了速度。

在上海匆匆忙忙生活经年，合津曾经千百次从这座桥上往来，而如今，或许是最后离开上海的别样心境，竟使得他如同初见一般，好奇地对着这座大桥仔细打量起来。只见桥北面入口处，以往层层堆起的沙包掩体、铁丝网和路障、昼夜警戒的海军陆战队队员及重机枪都没有了踪影，一切直视无碍。他第一次感到这座桥是如此宽阔雄伟而且造型优美。

驶入桥面了，合津从车里抬眼张望，只见大桥左右两侧斑驳着绿漆的钢铁骨架，由于浸透了雨水变得模样浑重，如同两排凝神不语的古代武士。桥上方顶部的道道铁梁上，积下的雨水滴滴答答地淋下，桥面上正是苏州河和黄浦江汇合处空旷的风口，于是桥顶铁梁的滴水遇到江面上吹来的阵阵冷风，旋即破碎成更为细小的飞沫，四散开来，苍茫水雾把整座大桥锁住。等到两辆汽车一前一后地驶进了桥里，合津只觉得上下左右水滴撞击车身的声音响成一片，却又使人产生万籁俱寂的错觉。合津的头皮有些发紧，就再一次命令司机鸣喇叭，催促前面小川的车加快速度。

两辆吉普车拉开了距离，渐渐驶到了桥中央。突然间，"啪"的一声响，不知从什么地方飞来一块石头，重重砸在了汽车的前盖上，弹起来飞出去好远。紧接着又是一声脆响，合津座位一侧的车窗挨了重重的一击，顿时裂开了无数龟纹。他还来不及看清是什么，汽车"嘎"的一声猛力刹住，引得合津向前一撞，头几乎顶上了正前方的座椅靠背。司机慌张叫道："部长！请您快看！"原来，有人直愣愣地跳到车头前面，拦住了汽车！那人见车停下了，旋即后撤几步，在离汽车五六米的地方立定。合津向前一望，心中"咯噔"一下，因为车前站着的不是别人，正是大难不死的陆扬！不及他多想，又有两条人影一晃，聚到了陆扬的左右，这竟然是施奈德和白绿黑！施奈德刚从监狱出来不久，虽说依然瘦弱，但是由于理去了长胡须和长头发，显得精神抖擞。而白绿黑则没有戴近视眼镜，两只眼睛看上去有些凸出，他又在额上扎了一条红布，取代了当初他习惯戴着的大红软帽，这红布如同道具，更令人确信他是有备而来的。

双方僵持片刻，合津的车"突突突"地排着尾气，司机小心翼翼地向前滑动车轮，直到几乎贴上对方的身体。那三个人却没有丝毫退缩，依然分开腿立着，不动如山。

合津不免诧异，眼前的这三个人怎么会如此准确地在大桥上将他截住呢？他猛然想起，在和犹太人费神费力地谈判移交存档资料的时候，自己在不经意间告诉了犹太人他坐船离开上海的行程时间表。

合津的心中不免慌乱，但他毕竟是见过些世面的人，便一面将米拉尼小提琴藏好，一面迅速向司机叫道："快！快按喇叭！叫小川他们回来！"

小川的汽车已经驶出很长一段距离，此时径直向后倒了回来，车并不熄火，停在十几米开外。

合津开了车门，跨出一步到积水里，同时依旧支开黑布伞遮蔽着桥顶梁上的滴水。他向前移了两步，咧一咧嘴道："你们真是用心良苦，会想得出在这里拦着我！"

陆扬冷笑道："拦着你？哼！"

合津表情和蔼地说道："战争已经结束了，你们有什么话，可以好好说呀！你们可以去我的办公室或者家里找我，何必兴师动众在桥上截住我呢？我假若真的来个捉迷藏的游戏，是可以走苏州河上任何别的什么桥的，你们怎么办呢？"

他苦笑着摇一摇头。

施奈德道："笑话！你还以为我们会去你的办公室或者你的家里拜访你？！"

陆扬接过话道："我看这大桥就是最合适的地方，把有些事情弄弄清楚！"

施奈德继续道："其实，哪怕是你走了别的路，又有什么关系，你们开船的时间不是下午三点吗？地点不是外滩码头吗？更何况你们还必须有中国和美国方面的放行才能走。"

陆扬抬一抬头道："不是战争结束了，是你们小日本战败投降了！"他停一停，眼睛直视着合津，"可是，我们之间的事，还没有了结呢！"

合津极力笑笑，口气依然和蔼："我们之间有什么事呢？我知道，你，还有施奈德先生，都曾经被关进过监狱，吃了许多苦头，但是，战争时期毕竟有战争时期的行事准则，所以，该相互原谅了！"

陆扬道："你做了这么多坏事，难道就这么走了？"他深吸一口气，"所以，我们来就是要让你明白，把维森多夫先生的小提琴，把米拉尼小提琴留下！"

听到这些，合津的心里轰然一震，他知道夜长梦多，必须赶快摆脱这三个人的纠缠。他四下里看看，只见桥上原本稀稀落落的行人，看到这边的情景，也停住脚步，三三两两围了上来。

合津暗暗计算着人数，眼前是一个少年和一个刚刚出了监狱的瘦弱男人再加上一个文质彬彬的画家，而他这一方却是四个结结实实的健壮汉子。合津的心稍许安定了些，便依然不失风度，但字字发力地说："这办不到！维森多夫先生是我的好朋友，这把琴是他留给我的纪念，我会一生一世保存它！"

陆扬一听此话，顿时怒着叫道："住口！不许你再侮辱我的老师！我早就想好好揍你一顿啦！"说罢，他忽地跨上一步，迫近了些。

合津也恼羞成怒，冷笑道："好啊！就是你和我，一个对一个，怎么样？不过，你可不要后悔！"

"扬！"施奈德叫道，他也迅速跨上了一步。

再看陆扬，只见他并不答话，将上衣"刺啦啦"扯开，露出狱中留下的伤痕和极为坚实的肌肉！

合津明白已经没有了其他退路，便不再耽搁，把心一横，将雨伞向空中一掷，那伞在半空里翻了一个跟头，随着江风瞬间滚落到四五丈开外去了。他的身上也被高处横梁落下的滴水淋得半透，于是他索性也甩去上衣，在陆扬前的五米开外拉开柔道技击的架势，把两腿虚弯着。

这一刻，两个人四目相视如同两座凝固的雕塑！

合津眯起眼睛，认真地打量着眼前的这个中国少年。他还清楚地记得，四年前，当他第一次和维森多夫产生龃龉，他带着心烦意乱的好奇，专门去看在街头拉琴的陆扬，他被他出色的琴技震撼，他的心中瞬间充满了酸溜溜的妒忌，那种灰蒙蒙的情感笼罩着他的生活，直到得到了米拉尼小提琴才略有散去。此刻，合津的心中暗暗吃惊，只见陆扬的个子，高出他一个头，自从与维森多夫结下师生的宿命，五个年头的光阴如水，放荡不羁的少年，已经是十九岁的小伙子了。如今的他，出落得仪表堂堂，唇上和两鬓茸茸地滋出络腮胡须，头上是随意留着的长发。双眼在微锁的眉头下发出灰色的坚定的光。

突然，合津一声尖啸，随即伴着声势直蹿上来，先是左手出拳一晃，击向陆扬的右脸，待陆扬向左一移，右手飞快在空中展平，向陆扬的颈项斜着劈了下来，陆扬躲闪不及，被合津击中肩膀，随即一个趔趄！

"扬！小心！"施奈德叫道。

陆扬扭动上身，让过合津的狠手，左腿向前滑出一步，同时抬起右手，闪电一般扣住合津的腕子。不等合津做出反应，陆扬便抬起右腿，向着合津的右腿狠狠撞去！合津慌忙弯下膝盖，将腿向后一缩，这却正中了陆扬的下怀，他随即贴上去，向前一压，脚就紧紧勾住了合津的脚腕，只见他右腿一掀，把合津的腿掀离地面，同时右手向后一带，合津的身体顿时失了重心，向前飞跌了出去，头朝下重重地摔在水里！

"好！"施奈德大叫一声！

合津没有料到对手竟然如此强劲，急忙爬起身，向后跳开两步，抹一抹脸上的泥水，重新把双臂架在胸前摆好姿势。

陆扬从容移上两步，两只手虚握成拳，在合津的面前上下左右地点刺着，而合津则不停晃动双拳防卫，却不敢贸然出手进攻。

突然，陆扬高喝一声，左手出拳，合津急出右臂向外一隔，却不料陆扬的飞腿恰好由他暴露出来的空当中直直穿过，正中前胸。合津向后一仰，又跌坐在水里！

远处的小川望见合津的狼狈，便由车中跃到桥上，"咿咿呀呀"地叫着，急惶惶向这边奔来，而两辆吉普车的司机和随员，原本就是便衣，见到小川加入了格斗，也跳下车围了上来！施奈德和白绿黑见了，随即亮出双拳。准备捉对厮杀，一场你死我活的恶斗一触即发！

桥两边便道上的行人看到此刻的情景，也纷纷呐喊起来，有的也跳下桥，准备动手。

小川急中生智，先是用脚向施奈德撩起一片水花，却冷不防跨向侧面，挥手向他的头上击去！

说时迟，那时快，施奈德的一记重拳，硬邦邦落在他的面门上，力量是如此之大，以至于小川张开双手也无法保持身体的平衡，他还来不及站稳，脸上又挨了一拳，眼前的天地一明一暗，几步退出老远，勉强站稳。

白绿黑瞥见那两个随从蠢蠢欲动，灵机一动，厉声喝道："老实站着！你们的天皇已经宣布投降了，难道你们还要找麻烦吗？"

那两个家伙见到合津和小川都落了下风，心早虚了，果然立住不动了。

桥上围上来的人群随即大声喝彩起来，有人在高喊："打倒日本法西斯！""小日本侵略者滚回去！"人们呼应着，喊声此起彼伏。

合津歪在水里，他实在没有勇气爬起来了。冰冷的泥水使他清醒，他听到了周围纷乱的人声，也感到有什么东西由远处扔过来，打得他很痛。

小川跟跄几步，扑到合津的跟前，他既不敢回击，又无法驱走团团围住的充满敌意的民众，只得大叫一声："合津君！部长啊！"随即动手去拽合津的胳膊。合津却没有反应，依然僵在泥水里，任凭人们扔过来的杂物打着。这些杂物有的沾在衣服上，有的滑下去，落在泥水里。

"快！快跑吧！"小川催促道。

合津依然不动，片刻，他突然咧开嘴惨然笑了。

"都没有了！一切都没有了！欠下债的也都还清了！这样很好！小川君！很好！你也不要再叫我部长了！我们都是一样的人！"

小川再也忍受不住了，他猛然跪倒在合津的身边，膝盖也随即淹没在泥水里面。

"啊！"小川声嘶力竭地大叫了一声，接着便放声痛哭起来。

34

维森多夫终于平安地回到了他在虹口唐山路源福里弄堂二层的住处，那时已经是日本宣布投降的第五天了。护送他回来的是陆晓念和慈济卫生院巡回医疗队的两名护理人员。

三个月前，村子里一对驾着乌篷船的夫妇发现了昏倒在河滩上的维森多夫，便将他救回了村子里。

"河滩上发现了一个受了伤的洋人！"这个消息立即轰动了全村人，激起了全村人的好奇心。因为语言不通，村子里的老乡们不知如何是好，接着，便很快地用马车将他送到了正在三十里外另一个村子里治病的上海来的慈济卫生院巡回医疗队。这样几经辗转，当陆晓念见到维森多夫的时候，已经是第二天的中午了。陆晓念几乎无法相信眼前发生的事情，而当她从维森多夫的口中知道了在她走了之后发生的这惊心动魄的一切的时候，更是无法平静，当然，当大家了解了他们两个人的关系的时候，每个人也都为之动容。

那一整天，维森多夫的精神都非常亢奋，陆晓念和医疗队的队员一起极尽所能迅速给老人做了简单的检查、清洗、消毒与包扎，然后绞尽脑汁为他做了一碗他最爱吃的红菜汤。她还清楚地记得他传授的那个有意先将洋葱煎得焦一点儿的窍门。

起初，她思忖着为老人做一碗鸡汤补养身体，但是一年前日本人在这片地区连续残酷地"扫荡",几乎杀尽和抢走了所有家禽和牲畜。无奈之下,她才灵机一动想到这个聪明的办法。于是,她设法从老乡那儿找来了两个西红柿、一个土豆和一把面粉,没有洋葱便用青葱。她先将一点儿切碎的葱白在热油里煎得显出焦黄,盛出来放在一边,然后将其余的葱段炒香。接着,她将半个切得很碎的西红柿在锅中翻炒直到渗出金红色的汤来。之后,向锅里倒下开水,放下切好的土豆和西红柿炖煮。等到汤飘出香气,她又向汤里加盐、糖和一些面粉,使汤不论在味道还是口感上都变得浓厚起来,而糖是用一点医疗用葡萄糖代替的。最后,她将那些最初煎过的葱白放进汤里搅匀,将盖子盖上,又用微火焖了一会儿,就将汤盛在一个大碗里,端到老人的面前。

老人吃光了所有的红菜汤,他的眼睛里有了神采。但是在这之后的那些日子,他的身体却不见好转,高烧虽然稍稍退下了几天,却又很快升了上来。他的左臂肿得有碗口粗,而且越来越长久地处于一种昏睡的状态。

屈指算来,晓念在苏南巡回医疗队里已经工作四个多月了,起初,她在夜晚睡得很香甜,或许是由于劳累,亦或许是因为实现了自己的抱负,也给自己的痛苦做了补偿的缘故。她很想写信给小扬,告知她的平安,但是村子里面难得找到纸张,即使是那些用来糊窗子的粗面纸,也是难以找到的,当然,就是写了信也不知该如何寄出。后来,她开始做梦,而且常常会被梦中冷冰冰的场景惊醒。她梦到弟弟小扬被日本人抓走,梦到父亲,梦到施奈德,梦到维森多夫,她常常静静地躺着,一面在黑暗中听着蚊子在蚊帐外的低吟,一面庆幸那些冷冰冰的情节幸好是在梦里，然而她的思绪却会顺着梦中故事的发展延伸，结果常常是走向悲剧式的结尾。

于是，到了白天，她会加倍用心地工作，夜里的梦无疑成了她白天工作的动力。而今，面对着受了重伤的维森多夫老头，听着他讲述的发生在募捐义演和之后不久在监狱的刑场上鲜血淋漓的故事，陆晓念无法平静，尽管她没有接受过正规的外科医生的技术训练课程，但几年来在慈济卫生院巡回医疗队的护理工作中已经积累了相当的专业知识与经验，她并不是外科医生，但她非常明白，眼下维森多夫严重的伤势必须尽快进行手术，不然会引起各种并发症危及生命。然而，这又恰恰是医疗队无能为力的。因为医疗队在苏南这些村子里的主要工作是帮助村民们改善卫生环境，宣讲和普及卫生知识，对抗疟疾、痢疾和霍乱的流行，多少带有公益的性质。情急之下，晓念便和医疗队里的其余七个人商量，最后干脆找来了几位村里有威望的老乡，看看有什么行之有效的土方子或者医疗办法。

"为什么不去找一找新四军呢？"

"是啊！新四军里好像也有一位洋人，他以前也来过村子里给我们治病，大家都叫他'大鼻子神医'。"

几位老乡果真是见多识广的。

"大鼻子神医？大鼻子？他是叫罗生特吗？"

陆晓念随即想到，兴奋得要跳起来了！

"但是，他们在哪儿？危险吗？或者，实在不行的话，我们怎样才能把老维送过去呢？"

联系新四军的事情由村里老乡们顺利解决了，苏南一带，随着日本人的军事力量渐渐退却，加之不久前霍乱的暴发，日本人更是唯恐避之不及，所以，这周围方圆几十里的村庄实际上已经相对安全了许多。两天后的深夜，一队武装的新四军战士护送着罗生特来到了村子里，随即在村子的几个路口都布置了岗哨。这一整夜全村的人都彻夜未眠。

当晓念见到一身灰色军装的罗生特的时候，忘记了在特殊的时间和环境下应当静悄悄地行事，竟然兴奋得脱口叫了起来："雅各布！罗生特！"这一叫惊动了所有的人，连门外担任警戒的战士也忍不住转过头紧张地张望起来，以为出了什么意外状况。

剩下的事情虽然安排得紧张，但罗生特厚重的嗓音和英文夹杂着中文的从容谈吐也令大家在精神上放松了不少。洗过双手与前臂又穿上医生白大褂的罗生特给维森多夫做了仔细的检查，决定立即给维森多夫进行彻底的伤口清理和消毒手术。

"需要我们做什么？"晓念向正在和助手准备器械的罗生特问道。

"一口大锅，一定要刷洗干净，就是说消毒。然后烧一大锅水，水一定要煮沸过，做手术的时候随时需要。还有，就是白酒，有白酒吗？最好是500毫升量的两瓶，我担心伤口感染严重的话，一瓶不够。他伤口的严重程度比我估计的厉害得多，所以我担心我们带来的消毒酒精不够用。哦！我说的白酒不是这里的老乡常喝的那种黄酒rice wine，而是我们常说的schnaps！就是说，烈酒！办得到吗？"

"我明白，你说的是中国的白酒。"

"对！中国的白酒和以前常用的酒精消毒的效果差不多，这是我们在眼下医疗物资缺乏的情况下找到的代用品。"

"明白！明白！"晓念向站在一起的几位慈济护工和老乡翻译着罗生特的话，安排他们去照办，然后转向罗生特，"另外，我也来做你的助手吧！"

一切按照罗生特的要求，清洗伤口的手术顺利进行。维森多夫很坚强，在罗生特用煮沸过的清水和白酒为他仔细清洗伤口的时候，特别是当浸泡过消炎药水的纱布，裹在镊子上穿过已经进入了大量脏物的伤口时，虽然打了止疼的吗啡，但晓念依然可以明显感到他忍着剧痛的身体在颤抖，但他却一声不吭。

一个半小时之后，排出了大量的脓、血和污物，清洗处理终于完毕。罗生特在伤口上用心地附上几层浸泡了青霉素消炎液的纱布，然后给胳膊做了固定。

"他伤得很厉害，刺刀在左臂上是前后洞穿的，而且伤到了骨头，他又一路上遇到追捕，伤口里进入了许多很脏的东西，然后又是下雨，伤口出现了感染和溃烂，而且拖了这么长时间，有些杂物已经和肉粘在一起结了疤，首先必须剥离下来消肿消炎，不然是不能做缝合手术的，缝合之后愈合的结果也绝对不会理想。"罗生特说。

"明白。我会安排我们医疗队的人仔细看护他，让他以静躺为主，不能让他过多走动，以免发生意外的跌倒和磕碰。"

"五天以后我再来，刚才用的青霉素消炎液是我们这里自己用土办法研制的，所以效果终归不如正规的好，眼下我们还不能制作外伤直接敷用的软膏，所以，我留下两瓶消炎液给你，你要每天给他换药，就按照我刚才操作的方法进行。"

"这个青霉素消炎液的有效期有多久？"

"六天，不超过一个星期。我估计维森多夫先生伤口的消肿起码还需要四五天时间，我们再来的时候，如果消炎效果理想，我就立即给他做伤口的缝合。"

"做手术的时间呢？"

"如果照明有保障，我想手术还是安排在晚上，其实即使白天进行手术，这里的照明条件也是不够的，当然主要还是考虑安全问题，这一片虽然没有了日本军队，但是必须防止意外情况发生。"

罗生特的警卫员插进来说道："晓念姐，你知道吗，罗大夫现在是我们新四军卫生大队的顾问！他外出的行动都是要部队首长亲自批准的。这次来给这位西洋音乐家治伤，军区首长还特别下命令从警卫连里抽调了一整排的战士，全程保护罗大夫的安全。"

听着警卫员的话，罗生特摊摊手，对着晓念做了一个鬼脸。

"明白了！那么需要我们事先做些什么准备工作，你就直接提出要求吧！"

"这里没有电，煤油灯和蜡烛光线太暗，有汽灯吗？当然我们也会带着大手电筒灵活做不同角度的局部照明。"

"有的，一定准备好！另外，我也想过的，现在是夏天，点上汽灯的话，蚊子和各种小飞虫都会飞过来，所以我们会准备好蚊帐，把两个蚊帐对接变大，就是说，你的手术在蚊帐中做，既安全卫生又没有蚊虫干扰。另外，你刚刚说起的自制青霉素消炎液，其实现在巡回医疗队给老乡用的治疟疾和痢疾的药也是我们用本地的草药和简陋的蒸馏法自己研制发明的。"

"哦？太有意思了，下次我要和你细聊，这对于我们也很有帮助。"

维森多夫红肿得碗口粗的胳膊日渐恢复原状，体温也回到接近正常的状态。五天之后，罗生特来了，随同的武装警卫排战士照例在村里村外布置了警戒。

仔细认真的消毒、白大褂和口罩、蚊帐里面亮如白昼的汽灯和紧紧贴在蚊帐外面成群飞舞的小昆虫，就这样，两个操着谁都听不懂的语言的洋人和一个同样会说这种谁也听不懂的语言的上海姑娘，加上罗生特带来的另外两个新四军医疗队的助手，一起组成了这个一丝不苟的手术场面，从此，这个蚊帐里的手术便成为苏南小村庄里人们的共同话题和经久流传的故事了。

全村的男女老少又是一夜未眠，既是关心又是好奇，都争先恐后赶来观看手术现场，如果不是周围警戒的战士阻止，他们一定会涌进门来把做手术的蚊帐围个水泄不通。缝合手术进行顺利，最后，罗生特给维森多夫的左臂用木夹板和绷带做了固定，等到一切做完的时候，天色已经微明。

"对不起，晓念，你们安排好维森多夫先生，我想我必须在椅子上靠一会儿，就一会儿，就一小会儿。"他用手指了指自己上身的一侧，想解释什么，却欲言又止。

"我知道，你的肋骨，在纳粹集中营里受过伤。"晓念说道。

"你怎么也知道？"罗生特睁大了眼睛，随后咧嘴笑了，"哦，肯定是盖瑞告诉你的。"

"别说话，你抓紧时间休息休息，天快亮了，待会儿你们还要赶三十里回程路呢！"

不到一分钟，传来了鼾声，罗生特已经在人来人往的屋子里靠着墙边睡着了。

陆晓念看着沉睡的罗生特，不禁回想起四年前在华德路难民收容所初次见到他的情景。

"雅各布·罗森菲尔德！"在华德路难民收容所大食堂的那天晚上，身材高大文质彬彬的他用宽厚的男中音自我介绍，同时伸出手来，牵起晓念的右手，非常绅士地行了象征性的吻手礼。或许是天天和肥皂、药水、酒精打交道的缘故，他的手又厚又白又软。而今，他的名字已经叫作"罗生特"了，他的手依然很厚，但是看上去晒得黝黑而且粗糙。一个星期前，陆晓念在村子里见到他的时候，罗生特穿着灰色的粗布军装，或许是异于常人的身高，军装紧紧裹着他宽阔的双肩，看上去略显局促，但他腰间宽皮带上系着的手枪与子弹夹又给他增添了一股勇武甚至浪漫的气质。

一切看上去平安而且顺利，接下去的日子里，维森多夫几乎成为晓念和医疗队看护下的"模范病人"。他老老实实地遵守着晓念给他规定的一切注意事项，按时换药吃药，左臂的伤口也日渐恢复，慢慢地可以做一些轻微的受力的运动了。在身体好一些的时候，他甚至要求帮助医疗队做些工作，一起搅拌用草药煮的大锅消毒水，制作消灭痢疾和疟疾的自制汤剂，但是明显地，他消瘦下去了，而且随着天气的变化不时会发起烧来。晓念从自己的经验判断，这次重伤加上手术医疗毕竟来得太迟，严重地损坏了他的健康，他无疑需要更好的医疗药品的调理和饮食营养的补充。

村子里知道日本人投降的消息已经迟了一天，全村的人奔走相告，都聚集到了村子口的打谷场上，有人放了不知从哪里弄来的鞭炮，村口的大树上挂了汽灯，直到深夜也充满欢声笑语。

第三天上午，出乎陆晓念意料地，罗生特与两名伴随的警卫战士来了。两个人的话题当然很快转到了维森多夫的伤势上面。

"雅各布，你来了太好了！既然日本人已经投降了，我在想，能不能尽快把老维送回上海去。"晓念道。

"我完全赞成你的想法！我今天特地过来，就是想和你聊聊这件事。"

"太好了！我们想到一块儿去了！"

"尽管我已经给他做了缝合手术，但是无论如何，我们手头能够使用的外科器械和药品实在是太简陋了，我当时非常担心将来会重新拆开进行二次手术。"罗生特继续说道，"世界级的大演奏家的胳膊啊！绝不能让他留下后遗症。"

"后遗症，你指的是……"

"经常出现的僵硬和无力，或者每当天气变化，就会发作的神经性疼痛。另外，更重要的是他的整体健康状况。他还是需要一次全面调整和身体检查，而且越早越好。"

晓念道："我觉得，老维的主要问题是身体受重伤之后太虚弱了，快七十岁的人了，本来身体就不是很健壮，回到上海，我要为他加强营养。"

"虽然避免了败血症——那是我当时最担心的问题，但照你说的，要是他常常发烧的话，也会发生其他的连带问题，比如心脏的功能衰竭、心肌发炎、肺炎。"

"好奇地问一问，如果在你们部队里，比方说，在遇到类似老维最初的那种严重状况时你们会怎样处理？"

"伤口的缝合尽量在受伤后的六个小时之内处理，最多不要超过八个小时。所以，假定像你所说的遇到维森多夫先生最初那样的情况，而且严重感染，很可能会危及生命。所以，在万不得已的情况下，只能采取非常的处理方式。"

"那是什么？"

"我是说，截肢。"

"截肢？那不就是成了残疾了吗？"

"是啊！但是在极度缺乏药品和无法控制的卫生条件下，一旦出现了败血症，那就意味着死亡。许多年轻的战士就是因为手术的耽搁和药物的缺乏而成为残疾人的。"

"他们那么年轻啊！"罗生特摇一摇头，接着说，"所以我们的手术台都是直接建在离战场不远的后方，有的时候炮弹就落在附近，危险是危险，但是必须这样。所以，回过头来说起维森多夫先生，对！我完全赞成你的想法，而且越早越好！因为无论如何，在上海可以找到更好的医生和用药。"

"我估计从这里到上海差不多要八九十里，就是说四十多公里路，希望能一路平安。"晓念说道。

"哦，四十多公里的话，路上应当是安全的。我们这边的敌情通报说，日本投降以后，现在苏北苏南的日本军队已经放下武器集中到上海南面的什么地方去了，那个地方的地名好像叫作……萧山？我的发音正确吗？另外，他们在上海的军用码头也已经被美国海军控制接管了。"

"噢，萧山，是在上海的南面。"

"对！萧山！不过，晓念，你知道吗，或许你们一直在乡下村子里面，没有通信设备，所以听不到外面的消息，两三个月前，德国和波兰解放之后，人们才发现纳粹法西斯干出的丧尽天良的事情，他们在奥斯维辛和其他地方建立了不少集中营，用种族灭绝的方法杀害了数不清的犹太人！用毒气和焚尸炉！他们干的事情已经远远超出了历史上人类可以想象的范围。"

"维森多夫先生的女儿米拉尼就是被他们杀死的啊！"

"所以，我们这些来到上海的犹太人真是幸运。"他感叹着，"你回到上海，如果能见到莱奥的话，请转告他，我暂时不打算再回上海去，诊所就让他好好经营吧，我感到在这里还有许多事情要做。"

天不早了，晓念送罗生特一行人到了村口，两个人终于可以放松心情，在村口的大树下轻松地交谈一会儿。

"雅各布，你的外科技术很棒啊！"

"战争时期的需要啊！逼着我学会的！我还学会了不用缝合技术，而是把手术刀在酒精灯上烤热了直接给伤员的血管止血呢。"他露出满意的表情。

"你学的不是妇产科和泌尿科专业吗？我记得盖瑞告诉过我的。"

"是啊！我给这边许多村子里面的妇女接生过，起初她们看到面前站着的是一个高个子的男性洋人，都红着脸扭着头，还有的着急得哭了起来，坚决不接受！"

两个人都笑了。正说着，却突然发现大树后面躲着一群村里的孩子，不时发出叽叽喳喳的声音，看到他们回过头来，便像鸟儿一样一哄而散。

又说到正题了。

"那么，你们准备什么时候起身回上海呢？"

"如果来得及，我看，那就……后天的凌晨！你说呢？这样还有明天一整天的准备时间，我可以和这里的老乡商量，请他们帮忙准备马车，用马车将莱隆德送过去，进了上海之后万一马车在闹市区不方便，再改乘黄包车也没有问题。"

"好！带上充足的食物和水，以防万一，我也会再准备一些必要的药品给你带上。你们清晨就上路，天气会凉爽一点儿，我会来送你们一程。前些日子一直下雨，这次万一路上下雨……"

"那也不怕，我会嘱咐老乡在车上装好席篷子。"

第二天，陆晓念通宵未睡，和医疗队的负责人汇报，和同事们交接工作，联系村里的老乡准备加篷子的马车，车上铺了厚厚的被褥与凉席，准备路上的食物与饮水，特别是准备应急的药品。同行的是另外两名慈济卫生院巡回医疗队的成员，她们准备和晓念一起作为护理员，或坐在车上或步行，轮番照料维森多夫。

第三天，罗生特和两个全副武装的警卫战士都骑着马，在凌晨三点钟的时候准时到来。于是，一行人没有惊动村子里的乡亲们，静静地向上海的方向进发了。

天空出现了明亮的灰白色，日光下，向前方伸展的土路变得平坦和宽阔起来，道路两旁时疏时密的灌木也已经清晰可辨，初秋田野里热热闹闹的昆虫大合唱——纺织娘、竹蛉、蟋蟀和青蛙的叫声也渐渐停止了，随即，天地一亮，早晨的太阳终于翻越过了云朵的峰缘，将橙红色的霞光投洒到了每一个人的身上。

在水塘、稻田和土路交错的原野尽头，模糊显现出了城市高低起伏的轮廓。赶马车的老乡熄灭了手中的火把和挂在车前的纸灯笼。

"我不能再送你了。"罗生特说道，"不过，没有关系，下面的路你们是安全的。我知道你已经一天一夜没有合眼了，你抓紧时间也到马车上睡一会儿。"

"会的，我们三个人都会轮流休息的。"

"路上喝的水够吗？"他又问道。

"没有问题！"

"维森多夫先生呢？"他用头向晓念的身后安装了席篷的马车作出示意。

"也没有问题。"

"晓念姐！这个给你！维森多夫先生要喝水的时候方便些。"罗生特的警卫员把自己绿色斑驳的军用水壶解下来递到晓念手里。

罗生特扬扬手："好，出发吧！一路平安！算上路上的休息时间，估计你们到虹口难民收容所的时候也差不多是下午了。"

顷刻，罗生特和两个战士转过身去跳上战马，那枣红色的骏马扭动身躯，发出"咴咴"的长嘶。

"我们一定还会见面的！"晓念说道，这一刻，她想起了生死未卜的盖瑞·施奈德。

"我也盼着那一天！和你，和盖瑞、莱奥一起！和大家在一起！"

罗生特说罢，复转身抬起右臂，右手笔直地贴在军帽的下檐，向晓念郑重地行了新四军的军礼。阳光直射，他右手的投影遮住了汗涔涔的鬓角，也将眼睛笼罩在了暗影里，只留下眸子中炯炯的闪光。

晓念不禁挺直身体，也举手齐眉，一脸庄重地敬礼作答。

罗生特突然笑了，他翻身下马，脱下军帽，露出剪得短不及寸的褐发，然后将他的新四军军帽端端正正地戴在了晓念的头上。

"喏！留个纪念吧！这顶军帽你戴着，这才更像是战士！"

他端详着戴着新四军军帽英姿飒爽的陆晓念。

"我还一直记得你在华德路难民收容所夜校教给我的那句中国

话——'做一个反法西斯的战士！'"

晓念一行走出很远，回头望去，只见罗生特和那两位新四军战士，依然立马在土坡上，目送着她们离去，在他们的身后，大地和水塘正在冉冉升起的太阳下变得明亮。

快到中午的时候，陆晓念终于激动地望到外滩的那座高耸的钟楼了。

似乎环境真的对人有着心理上的暗示作用，到了下午，一直处在昏睡中的维森多夫醒来了，眼睛里也有了光彩。他看着正在用湿毛巾为他擦着头上汗水的陆晓念，嘴角喃喃地动了几下。

"这是哪儿？"

"这是您在虹口唐山路源福里住的二楼啊！您在这里已经住了两年啦！"

维森多夫的嘴巴动了一动，没有说话，像在想着什么，又像是在积蓄着气力。

又过了一会儿，他再次将头转向晓念，轻声说道："我似乎做了很多梦，在梦里我想起了，想起了很久很久以前读过的几句诗——'我依偎着生命之火取暖，它渐渐冷了，我也准备离去了。'"

"喔！不！不！老维！一切都在好起来！你的身体也会好起来的！"

他吃力地笑了一下，又轻轻说道："孩子，答应我，带我回家，我们回家去吧！"

老人顺从地喝了一点牛奶，就又睡着了。这些牛奶是陆晓念从舟山路上刚刚重新开业的乳品店里买来的。她看看一切还都平稳，就向那两名护理员叮嘱了几句，然后匆匆用凉水洗了一把脸，首先去收容所找柯哈纳。

"竹竿"更瘦了，他见到了陆晓念便快乐地大叫起来，他听了陆晓念的讲述后，当即爽快地答应她，随后会派人设法去找上海最好的内科与外科医生给维森多夫会诊。当他听明白了陆晓念要带着病重的维森多夫回家的时候，立即慷慨指派了十名工作人员听候调遣，随时准备协助陆晓念。

接着，陆晓念要了黄包车，向自己的家奔去。这不仅仅是因为渴望回到久别的家的念头，她更要实现维森多夫一再喃喃说着的回家的愿望，她明白维森多夫所说的家，就是指圆明园路上那个爬满了紫色藤蔓的老房子。在那里，老人、她和小扬，都在她父亲冥诞的那天晚上找到了爱的归宿。此外，她要抓紧时间将维森多夫在楼下房间的被褥和一切生活用具打点准备好。她已经从维森多夫的口里知道了弟弟小扬的遭遇，一年前她又目睹了施奈德的遭遇，加上眼下维森多夫的遭遇和小时候父亲的惨死，日本人就是这样在她从一个见了生人会脸红的小姑娘渐渐长成动人的淑女的花季里，将她的爱，她的梦，她所有的一切一一撕碎了。现在，她多么期望，这些被撕碎的一切，还能够再寻找回来，再重新拼贴成一幅美丽的图画啊！

公共租界已经取消了。在日本人全部占领上海之后，傀儡汪精卫曾经上演了一场从西方人的手里收回租界的戏码，所以，现在公共租界里的许多地名都已经更改了，但是无论如何，在日本人垮台之后，眼下的上海，似乎出现了一种政治和军事力量的真空，整个上海正如同一个焦急地等待着亲子认定的孩子。

陆晓念坐在黄包车里四下张望，仿佛这里的一切商店、铺面、人群和车辆，在空气中飘散流动的香气和浊气，乐音和嘈杂，都陡然变得新鲜，撩动着她的神经，逗引得她心中发痒，恨不得跳下车去，漫无目的地逛上一整天。

四十分钟之后，黄包车在房子前面的石子路上停住了。在踏上台阶取钥匙开门的时候，陆晓念到底还是紧张了起来，"咚咚"的心跳声连自己都听得见。这所房子临街的窗子与门，在陆扬也被抓进提篮桥监狱之后，也受到了日本人的"眷顾"，门上被贴了封条，现在还留着斑驳的残纸。她想象着里面一定是荒凉和落满尘土的模样。但陆晓念将门打开，只见一切井井有条，连窗台、门框与家具都被用心地擦拭过了。

"准是小扬回来了！"她心中一阵狂喜，大叫了起来。晓念还清楚记得，维森多夫在向她讲到监狱刑场的情景时，记得维森多夫嘱咐小扬不要回家，跑得越远越好，而此刻她觉得，小扬一定会随时随地出现，或者会故意弄出一个声音来，先吓她一跳。她等了半天，又楼上楼下地找了一回，有些扫兴，但是无论如何，她的情绪已经十分高涨，似乎那些被撕碎的种种美好，都在她的周围几可触摸的空间里飘舞着。

随后，陆晓念再次返回虹口，和柯哈纳指派的十名收容所工作人员准备停当，碰巧的是，烧"老虎灶"的刘妈和黄包车夫刘大伯恰巧在场，执意要出一把力，于是，在维森多夫又一次清醒过来的时候，陆晓念便将维森多夫搀扶上刘大伯的黄包车，一行人向着圆明园路的老房子进发了。

维森多夫坐在黄包车上，其他人全部步行。刘大伯小心翼翼地让黄包车走得平稳，尽力放慢速度以便随着车下人们的脚步，因此无法利用车的惯性，一路上气喘吁吁。晓念看到刘大伯吃力的模样，招呼护送的犹太小伙子们给刘大伯帮忙，两个犹太青年人便在黄包车的两侧一人一边，一起拉动车柄向前加力。

几乎就在同一时刻，陆扬和施奈德也与陆晓念一样，心中抱着同样的憧憬，由白绿黑陪着，向虹口唐山路的源福里和华德路的难民收容所匆匆走着。他们走的方向相反，但是恰巧错过了。

这真是一支奇特的队伍，经过几年战乱，如今的上海大街上已经鲜少能见到如此集合成群的洋人了，于是当过路人看到一群犹太人分列在一辆黄包车的两侧，静静穿过闹市的时候，都不禁停住脚步，扭头观望。这十名犹太人中有五名年轻的小伙子，三名年长的男人，还有两名妇女，每个人的胳膊上都佩戴着蓝白两色带有六角大卫星标志的袖章。他们五个人和慈济卫生院巡回医疗队的两名护理员走在维森多夫的左边，另外五个人和陆晓念一起走在右边。或许是感到了路人关注的目光，每个人都意识到了自己的责任，一路上没有人说话，而是不约而同地露出认真和严肃的表情。

快走到外白渡桥的时候，一个犹太年轻人骑着自行车追了上来，他也是难民收容所的工作人员。他气喘吁吁地通知陆晓念说，柯哈纳已经特地联系了斯皮尔伯格先生，请他郑重推荐两位上海最好的医生，现在有了结果，这两位医生一会儿会直接到陆晓念的住处来，因此要陆晓念提供确切的地址。同时，收容所刚刚收到的"卓因特"新发来的救济食品，其中有听装的罐头牛奶，也准备稍晚些时候差人送过两箱来。柯哈纳特别请年轻人转告陆晓念，施奈德和陆扬刚刚来到了收容所，此刻也知道了晓念他们这队人马的去处，正在匆匆追赶过来。年轻人还说，柯哈纳他们稍后也会一起到圆明园路来的。

陆晓念按捺着内心的激动，认真地在这个青年的小本子上面用中文和英文写下了门牌号码和具体路线。青年又跨上自行车匆匆骑回去了。

陆晓念快步追上大队伍的时候，人们已经走到了外白渡桥的中间。她看到维森多夫醒了，正微微侧着头，似乎在看着黄浦江和苏州河上的风光。她走过去仰着头，用快乐的口气叫道："老维！小扬和盖瑞他们一会儿也会过来，他们都是安全的，都是健康的！而且，柯哈纳一会儿也要来看你！他会带着上海最好的内科和外科医生一起来呢！"

车上的维森多夫用力地抬一抬身子，对着陆晓念露出笑容。上海初秋的天气依然闷热，而他的身上还盖着薄毛毯，此刻他没有说话的力气，只是静静地端详着车下这个快步走着而且似乎永远不知疲倦的中国女孩。

只见此刻的陆晓念身上依然穿着白色的专业护理长衫，长衫的两个衣袖已经磨烂，再加上天气湿热，她便索性将它们高高挽起，两只晒得黝黑的前臂露出被蚊虫叮咬的片片红斑，她的右手腕被宽宽的纱布缠绕着，纱布上面系着一条叠成几层的碎花手帕，这是为了举手擦汗的方便，免去了不时要从口袋里取出手帕的麻烦。她的腰间扎着一条皮带，在无意间诠释了她姣好的身材，她肩膀的一侧斜挎着印着红十字的急救包，另一侧的肩上则斜挎着罗生特警卫员送给她的绿色水壶。她的腿上打着为减轻长途行走的劳累而认真扎紧的绑腿，而脚上系着纽襻的厚底黑布鞋上还沾着一路走来的碎草和泥浆。她的头上端端正正地戴着透出汗渍的灰色军帽，当年垂肩的秀发已经被齐至耳根的短发取代，从而露出天鹅般优美却已经晒得黝黑的脖子，当她举手投足或前后顾盼时，松开的领口便会在不经意间闪露出白皙的前胸和颈项。

"孩子！你长大了！"他默默在心里说道。他觉得，她依然是他的女儿米拉尼，却又有着些许的不同，短短几个月的生死离别，他惊异地发现她明显变化了许多，苦难和担当在她昔日秀美的眉梢和嘴角清楚地雕刻出了坚毅、勇敢和自信。

但是无论如何，她和她都是他的女儿，他想，同样如同依偎在小提琴的音箱一侧的小瓢虫那样，是日夜伴随着他、守护着他的天使。他又想起了那几句年轻时候读过的英文诗，隐约地记起了那位诗人的名字叫兰德。

忽然，他的前后左右爆发出一片欢乐的叫喊，原来，是陆扬和施奈德他们赶到了。

历经生死的劫难之后，意外重逢的惊喜，长久的拥抱，悲喜交集的热泪……在这一刹那，此情此景，似乎用再多的话语也都是难以描述的了！

陆扬几步来到黄包车的边上，叫道："老师，你看，米拉尼小提琴！"

说罢，他将搂在胳膊中的小提琴向维森多夫举了起来，琴匣子依然整齐地包裹着蓝色的丝绒布。

"我们把它从合津的手里夺回来了！"他的手指一指站在身后的施奈德与白绿黑。

维森多夫将右手紧紧抓住陆扬的手，轻轻摇动着，摇动着，好一会儿说不出话来。

他积蓄着气力。

"扬！我知道，从今以后，我的左手或许不能够再拉琴了，所以，米拉尼小提琴，应当由你来使用，由你来保护！我早就想过了，你是最合适的人选！同意吗？"

"噢，不不！不会的，绝不会的！您的胳膊会治好的！老师！晓念告诉我了，一会儿会有全上海最好的医生来给您治疗！"

"但是无论如何，任何一把小提琴，或早或晚，迟早会有它的继承人，也就是说，任何一把小提琴都会有它的故事，值得讲述的故事。"

"老师！"

"扬，你猜怎么着？我非常想听你拉琴，可以满足我一下吗？就是在现在，你不觉得，现在这个时刻，应当有音乐的，对吗？"

"老师！您是说……"

"我是说，很久没有听到你拉琴了！我相信你肯定又进步了，其实有很多时候，演奏家真正的进步，往往是在不拉琴的时候体会到的！"

"您指定一个曲子吧！"

维森多夫点一点头，随后露出了做老师的威严："把曲子回忆一下，就拉《这一天》吧！"

"好的！老师，不过，我想拉您在募捐音乐会上和合津决斗时变奏的版本。好吗？"

"哦？你还记得？"

"放心吧！我还记得，我其实已经偷偷拉过很多次啦！"

"噢！不不，我当时做得不够好，不够好！"他露出微笑，喘息着，深深积蓄着气力。

"扬！你演奏的时候，从高音开始吧！怎么样？我是说，开始的几个小节提高八度，这样吧，我现在先给你一个引子！然后，轮到我和大家听你的了！"接着，他吃力地挺起虚弱的身体，微微从黄包车上抬起身，然后尽力唱出几个雄浑的高音，为了更有说服力，他同时将右手在空中全力挥舞了几下，仿佛是一个伟大的乐章开始时气度非凡的序奏。

他吃力地抬头望去，夕阳的亮光投入眼帘，周围的一切都熠熠生辉，他感到自己的手臂叠印在落日的金色光环之中，融化了……在外白渡桥上，在这个曾经被无数的史学家和诗人用各色各样的词句描述过的东方都市——上海。

后 记

《逃亡上海》是我在2005年出版的旧作小说《米拉尼的小提琴》的基础上做了大幅度的改写而重新创作的。众所周知，在希特勒上台之后，德国纳粹法西斯对犹太民族进行了令人发指的种族大屠杀，在此期间，有两万左右的犹太人从欧洲逃亡上海，在上海本地的犹太社团和世界上其他犹太救济组织的援助下，在正处于艰苦抗日战争中的上海人民善良的关照和帮助下，最终躲过了劫难，和中国人民一道迎来了第二次世界大战的胜利。

上海犹太难民纪念馆自2007年成立至今，我非常荣幸地被特聘成为该馆的艺术顾问，几乎参与了纪念馆从筹建成立到如今发展扩馆的每一个环节的工作，这也成为我再学习与积累的过程。感谢纪念馆馆长陈俭先生和上海汇展广告装饰有限公司林勇先生，我们三个人在犹太纪念馆项目上十几年来的通力合作，被周围朋友们戏称为"三剑客"。我们一直信息和知识共享，这既是对我们工作成绩的肯定也是我自己重写小说的动力。我也感谢意大利朋友Federica Salierno，在2020年犹太难民纪念馆扩馆工程期间，她加入了汇展设计工作的团队，担任市场专员，负责资料的深入研究，并负责与为数众多的国外犹太博物馆、图书馆、档案馆等机构的联系。她也给我之后小说《逃亡上海》的创作提供了不少新的史料参考。

我还要感谢好友沈梅，她是出版界资深的专家，她的建议使我受益良多，而她丰富的出版经验亦使我得以避开在出版技术上的许多无知和疏漏。我的另一位好友郭雪艳，是出色的书籍装帧设计师，本书的封面和内封的设计均来自她的构思和指点。另外，我的太太张跃，通常是我每写完一章一节的第一个听众或读者，她的许多意见使我极受启发。

此外，尽管我对西洋古典音乐有着相当程度的熟悉和了解，朋友圈里也有音乐家与爱乐者，但是我毕竟不是音乐专业，所以本书中关于十九世纪德国浪漫主义作曲家门德尔松的小提琴协奏曲的一些技法描述，参考了互联网上著名音乐家郑石生教授关于该曲的讲解视频，也在此说明并表示谢意。